KB264374

3
조직의 숙적과
결혼했더니 엄청나게 달다
It's so sweet when
I marry my organization's nemesis.
우조 토시미치   illust   하야시 케이

Contents

It's so sweet
when I marry my organization's nemesis.

조직의 숙적과 결혼했더니 엄청나게 달다

It's so sweet when
I marry my organization's nemesis.

우조 토시미치 illust 하야시 케이

3

냥키치 (♀)

품종은 봄베이. 사이가와 부부의 반려묘이며
어째서인지 로우시와 대화가 가능하다.

카야마 레이치 (26세)

로우시의 대학 친구. 여자 공포증이 있다.
현재는 탐정으로 요시노의 부하(노예).

부장

로우시의 옛 상관.
현재는 회사 상사.

쿠리 요시노 (24세)

리츠카의 친구이자 같은 조직의 이능력자.
현재는 탐정 사무소의 사무원이다.

시시쿠라 켄고

로우시와 콤비였던 이능력자. 현재는
편의점에서 아르바이트 중이다.

하구사 아키 (25세)

리츠카가 다니는 회사의
산업 상담사.

이바 요타로 (25세)

아키의 밥벌레.
파친코를 좋아한다.

CHARACTER

It's so sweet when
I marry my organization's nemesis.

사이가와 로우시 (26세)

과거, 시지마 기관이라고 불리던
조직에 소속되어 있던 전투원.
현재는 완구 회사에 재직 중인
샐러리맨. 애처가.

사이가와 리츠카 (24세)

냉기를 조종하는 최강 클래스
이능력자. 로우시와는 적대하는
사이였으나, 지금은 러브러브.
결혼 전 성은 나기라.

이코마 토코 (21세)

로우시와 같은 회사에 다니는
배려 잘하는 후배. 로우시를 매우 좋아한다.

나기라 토라지 (29세)

리츠카의 친오빠. 점토를 변형시켜서
조종하는 능력자. 심한 시스콤.

《시지마 기관》에 휴대 무기의 규격에 대한 명확한 규정은 없다.

《칠흑의 성녀》의 현현에 의한 개개인의 소망 성취를 최대의 목적으로 하는 《시지마 기관》은 통일 규격의 무기를 다루는 군대나 용병과는 다르기 때문이다. 총이나 도검은 지급되지만, 어떤 것으로 정할지는 어느 정도 요구를 들어주는 편이고, 개발국이라고 불리는 부서에 직접 요청하면 그 기관원에게 적합한 전용 무기를 손에 넣을 수도 있었다.

"로우시! 너에게는 화려함이 부족하다!"

거구를 자랑하는 청년이 아무런 맥락도 없이 그런 말을 했다.

"……뭐?"

그 말에 로우시라고 불린 영리하고 차분한 소년이 작게 대답했다.

"언제나 똑같은 총만 사용하잖아! 너는 《날개 사냥꾼》, 특별한 존재야! 일반 기관원과 같은 무기를 사용해서야 본보기가 못 돼!"

"왜 본보기가 되어야 하는데. 쓸데없는 말 하지 마, 켄고."

《날개 사냥꾼》인 사이가와 로우시는 동료인 시시쿠라 켄고와 자주 모의전을 벌인다. 두 사람의 실력은 막상막하이며, 《블레스》라고 불리는 이능력을 지닌 켄고는 그 이능력으로 자기 육체를 경화(硬化)할 수 있다. 즉, 실탄을 사용해도 아무런 문제가 없고, 일절 봐주지 않아도 되기 때문에 항상 실전처럼 싸울 수 있다.

지금은 잠시 휴식을 취하는 중이었으나, 아무래도 켄고는 로우시가 다루는 총이 마음에 들지 않는 것 같았다.

"쓸데없지 않아! 에이스의 존재는 전체의 사기 향상으로 연결된다! 신입도 너를 동경해서 한층 더 단련을 쌓아! 그리고 그건 기관 전체의 전력 향상으로 이어지지! 내 말이 틀려?!"

"틀리진 않지만, 과정이 달라. 내가 어떤 무기를 사용하는지는 전력 향상이랑 관계없어. 애초에 그런 걸 생각하는 건 위에 있는 아저씨들이지 우리가 아니야."

로우시는 대원에게 지급하는 총을 주로 사용한다. 물론, 다소 편하게 사용할 수 있도록 커스터마이징했지만, 성능에 큰 변화는 없다.

"나는 보고 싶다! 네가 로켓 런처나 바주카포를 사용하는 모습을!"

"누가 그런 무기를 대인전에서 쓰냐."

두 사람의 적은 《조직》이라는 적대 세력에 소속된 이능력자, 통칭 《블루즈》들이다. 그러나 이능력이 있다고 해도 결국은 인간이기 때문에, 굳이 위력이 지나친 무기를 사용할 필요는 없다. 이 녀석은 무슨 생각을 하는 거야, 하고 로우시는 속으로 생각했다.

"그러면 대검이나 망치는 어때?"

"무슨 헌터 출신이냐? 농담도 정도껏 해야지."

"이것도 싫고, 저것도 싫고…… 제멋대로구나, 너는! 적어도 그 총에 장식이라도 하는 게 어때? 총신에 번개를 디자인한다거나 드래곤을 디자인한다거나."

"그야말로 쓸데없잖아."

중학생이냐, 라고 말하려 했으나 로우시는 그대로 말을 삼켰다.

"그렇게나 지금 쓰는 총이 마음에 드냐?! 깊은 추억이라도 있어?! 말해!!"

"멋대로 사연을 만들지 마라. 하아……."

켄고는 여전히 말이 많다. 말없이 모의전만 하면 서로 쓸데없는 소모도 없을 텐데. 그런 합리적인 판단을 왜 못 하는 걸까. 로우시는 그렇게 질색하면서도 켄고를 대충 대하지는 않았다. 오히려 자기 총을 굳이 그에게 보여줬다.

"무능력자인 나에게 무기는 생명선이자 항상 휴대하고 다녀야 하는 물건이야. 그러니 가장 중요한 건 외형이나 화려함이 아니라, '관리의 용이성'이지. 사용감은 물론, 손질, 교체, 보급을 종합적으로 봤을 때, 이 총이 가장 적합해."

"그래!"

"제대로 듣긴 했냐?"

어쩌면 듣고도 이해하지 못한 걸 수도 있다. 켄고의 웃는 얼굴은 쓸데없이 해맑았다.

"하지만 위력은 어떻게 할 건데? 그 총으로 관통할 수 없는 상대, 예를 들어서 나 같은 녀석이 나타난다면?"

"상황에 따라 적절한 무기를 요청해야지. 다만, 평소에 자주 쓸 무기는 가장 몸에 익숙해야 해. 내 몸에 맞는 무기야말로 내가 믿을 수 있는 존재나 다름없으니까.”

“그렇군! 한 번 더 말해줘!”

타앙! 로우시는 틈을 주지 않고 켄고에게 발포했다. 물론 실탄이 들어 있었다.

“소용없어!!”

“쯧…….”

켄고는 달리 무기가 필요 없다. 견고한 육체로 상대를 들이받는 것만으로도 경이로운 위력이 나오기 때문이다. 역시 《블루즈》는 귀찮다고, 로우시는 새삼스레 생각했다.

(나에게 맞는 무기를 사용하면 돼. 맞지 않는 무기를 휘두르는 것은 어리석은 자뿐이야.)

그런 어리석은 자가 강한 존재로 남기 위해서는 《블레스》라는, 하늘이 내린 무기가 필요하다.

워밍업을 시작한 켄고를 바라보며 로우시는 총을 조금 강하게 쥐었다.

(나는——— 어리석은 자가 될 수 없어.)

팔보다 긴 총과 키보다 큰 대검을 휘두르는 자신을 순간적으로 상상한 로우시였으나 곧바로 그런 자신에게 코웃음을 쳤다. 분수에 맞지 않는 무기를 가진 자의 말로는——— 파멸일 테니까.

《제1화》

거시기가 너무 커서 안 들어가는데요?!?!?!?!?!?!?!?!?!
왜 안 들어가냐고요?
거시기가 너무 커서 그런데요?!?!?!?!?!?!?!?!?!?!?!
나는 혼란에 빠졌다. 인생 최대로.
“………”
“………”
사랑하는 두 사람의 침실은 침묵에 잠겼다. 엄청나게 민망했기 때문이다.
머리부터 푹 이불을 뒤집어쓰고 조그맣게 웅크리고 있는 아내 리츠카 쪽을 빤히 바라봤다.
……리츠카는 조금씩 떨고 있었다. 공포영화를 다 보고 난 후처럼.
“저, 저기, 리츠카.”
알몸이었다. 나도 리츠카도. 방은 매우 어두컴컴했다. 아니, 거의 아무것도 안 보였지만 서로 잠옷은 벗었으므로 그것만은 틀림없었다. 그러나 이제 옷을 입어도 지장 없을 것 같았다. 지금까지 무언가를 하려고 했는지만, 어차피 오늘은 이제 아무것도 할 수 없을 테니까.
나에게 등을 돌리고 있는 리츠카는 작게 떨리는 목소리

로 대답했다.

"에호마키*……."

"그러지 마."
에호마키라니, 결국 후토(太)마키라는 거잖아. 왜 후토마키라고 안 한 거지?『두껍다(太)』는 한자가 들어가서 그런가?
리츠카는 조용히 스마트폰으로 뭔가를 검색해 "올해는 동북동이 길하네……"라며 중얼거렸다. 지금 리츠카가 길한 방위를 바라보고 있다면, 나에게 등을 돌릴 대의명분이 생긴 거라고도 말할 수 있다.
그러나 지금은 12월이므로, 지금 해도 효과는 며칠뿐이다. 이왕이면 내년의 방향을 조사해야 하지 않을까?
(설마 이런 결말이 될 줄이야…….)
다시 한번 일의 시작부터 되짚어 보자. 딱히 말하고 싶진 않지만.
무사히 같은 침대에서 매일 밤 함께 하게 된 나와 리츠카였으나, 역시…… 이렇게 되면 자연스럽게 다음 스테이지로 넘어가는 법이다. 즉, 우리는 남녀의 행위이자 부부의 행위에 도전했다. 딱히 방해가 있지도 않았다.
나는 당연히 할 수만 있다면 매일 밤 리츠카와 함께하고 싶고, 리츠카도 나름대로 각오를 다졌는지, 내 행동에 아

---

*일본식 김밥. 입춘 전날 그해의 길한 방위를 향해 먹으면 운세가 좋다고 한다.

무런 저항을 보이지 않았다. 정말로 내심 살짝 놀랄 정도로 순순히 직전까지 간 것이다. 리츠카가 그걸 보기 전까지는…….

"히익!"

문자로 표현한다면 이런 느낌의 비명이었다. 옷을 벗은 우리는 밤눈이 밝아져 간신히 상대가 보일 정도의 어둠 속에서 나신으로 서로를 대면했다.

그러나 대면과 동시에, 어둠을 뚫고 더욱이 위압감을 발하는 하복부의 또 다른 내가 리츠카의 각오를 박살 내고, 파괴하고, 날려버렸다. 즉, 에호마키였다.

정확성을 가미하자면『거시기가 너무 커서 안 들어가』가 아닌, 『거시기가 상상보다 커서 무서워서 못 넣어』라고 할 수 있을 것이다. 구려~ㅋ (착란).

"로우 군……."

사그라드는 목소리로 리츠카가 나의 이름을 불렀다. 기분 탓인지 울음이 섞인 것처럼 들렸다.

"미안해……."

그 사과에 나는 아무런 대답도 나오지 않았다. 차마 "신경 쓰지 마"라고도 할 수 없었다.

그건 그냥 거짓말일 뿐이다. 리츠카는 금방 거짓을 간파할 것이고, 내가 거짓말을 하게 만들었다는 것에 더욱더 상처받을 것이다.

누구도 잘못하지 않았다. 그러니 사과해선 안 된다.

하지만 굳이 뭐가 나쁜지 따지고, 누군가가 사과해야 한다고 한다면 그것은——.

(나의 이 망할 놈의 거시기……!! 리츠카에게 사과해, 멍청아……!!)

뭐, 이렇게 되어야 할 것이다.

결국, 우리는 그 후 서둘러 옷을 입고 애매모호한 몸의 열기를——적어도 나는——억제하면서 잠에 빠졌다.

몸에 맞지 않는 무기를 가지고 태어난 자신을 저주하며.

*

"어라? 뭔가 한 가지가 적은 것 같은데."

다음 날 아침. 차려진 아침 식사를 본 나는 문득 떠오른 위화감을 입 밖에 냈다.

오늘 아침은 양식으로, 버터 토스트에 샐러드, 요구르트까지 총 세 가지 음식이 차려져 있었다. 평소 같으면 여기에 또 한 가지 더, 예를 들면 베이컨에그나 스크램블드에그가 있었을 것이다.

"아…… 눈치챘어?"

리츠카는 태연했다. 다행히 어젯밤의 일이 꼬리를 끄는 것 같지는 않아서 나는 조금 가슴을 쓸어내렸다. 아침부터 어색한 분위기 속에서 아침밥을 먹고 싶진 않다.

"장 보는 걸 깜빡한 거야? 나는 이것만으로도 충분하긴 한데……."

"아니. 아니야. 일부러 뺐어."

"뺐다니, 뭘?"

"……비엔나소시지."

"어, 음……."

전언 철회. 꼬리를 질질 끌고 있다. 이미 꼬리가 본체가 되었다. 꼬리에 리츠카가 딸려 있다. 아무래도 원래 구운 소시지가 놓일 예정이었던 것 같다. 그러나 리츠카의 개인적인 판단으로 없어졌다. 그 판단이 근거하는 것은…… 뭐, 나의 특대 후토마키겠지.

"미, 미안해! 이건 좀 다르지?!"

"다르다니, 뭐가?"

"왜냐하면 로우 군은 비엔나소시지가 아니니까……. 프랑크소시지니까……."

"으으으음……."

리츠카가 아침부터 이런 음담패설을 날리다니. 나의 프랑크소시지는 여성의 품성을 상스럽게 만드는 저주를 내리고 있는 건지도 모른다. 특급 주물(呪物)인가?

“리츠카, 아침부터 그런 말 하는 거 아니야. 그리고……
어젯밤 일은 일단 잊자.”

“응…… 미안. 하지만 잊을 수 있을까……? 무서운 영화
는 보고 나서 계속 생각나잖아…….”

“내 그게 엔터테인먼트 덩어리냐고.”

어젯밤 나는 리츠카가 떠는 모습을 공포 영화 시청 후라
고 비유했는데, 리츠카는 정말로 그런 감각을 느낀 모양이
다. 자고 일어난 뒤부터 아침 식사까지, 나의 어리석은 아들
은 점점 다른 무언가에 비유되어 갔다. 전혀 기쁘지 않다.

나는 서둘러서 아침을 해치우고 먼저 자리에서 일어났다.

“잘 먹었어. 냥키치 밥 주고 올게.”

“고마워! 부탁해.”

우리 사이가와 집안에는 반려묘가 한 마리 있다. 그게
바로 냥키치(※암컷)다. 봄베이라고 하는, 일본에서는 조
금 희귀한 고양이 품종으로, 여러 가지 사정이 있어서 집
에서 기르게 되었다.

뭐, 그런 것은 아무래도 좋다. 냥키치의 뭐가 『희귀』하냐
면——.

“이봐, 냥키치! 아침밥이다!”

『밥이다냥! 기다렸다냥!』

——대화가 가능하다는 점이다. 나와 일부 사람에 한해
서이긴 하지만.

《블루즈》, 즉 이능력자들은 공통적으로 신체의 어딘가에 날개 모양의 멍이 있다.

그리고 이 냥키치는 본래 검은 단색모인 봄베이임에도 불구하고 흰색 깃털 모양의 털이 가지런히 나 있다. 그러니 냥키치는 어쩌면 《블루즈》를 지닌 이능력 고양이일지도 모르지만…… 자세한 것은 아무도 모른다. 게다가 나도 이 녀석도 전혀 신경 쓰지 않는다.

『그건 그렇고…… 어젯밤은 즐거웠냥?』

"……이게 즐거운 얼굴로 보이냐?"

『저런, 실례했다냥. 어젯밤은 즐거우셨습니까냥?』

"네가 뭔가를 제공한 것처럼 말하지 마……!!"

이처럼 냥키치는 매우 건방졌다. 아니, 기본적으로 인간을 얕잡아 보고 있다.

나와 리츠카가 거사를 치를 때 이 녀석에게 야유를 받고 시들해지는 일이 생겨선 곤란하므로, 나는 그럴 때 냥키치에게 침실에서 떨어지라고 말하고 있다.

『뭐, 그렇게 낙심하지 말라냥. 그게 아니면 고양이의 손이라도 빌려줄까냥?』

"그게 뭐야. 별로 필요……."

『우웨에에에엑!!』

건사료를 입에 넣기 전에 냥키치는 갑자기 입에서 무언가를 내뱉었다. 검은 털 뭉치였다.

『……….』

"………."

『저기, 이거……. 보잘것없는 물건이지만.』

"필요 없어!!"

앞발로 쓱 하고 털 뭉치를 내밀었기 때문에 나는 그것을 집어 올려 쓰레기통에 던졌다.

『이야~ **꽉 차** 있었다냥.』

"누구 놀리냐!!"

"로우 군, 아침부터 냥키치랑 뭐 해? 재밌겠다~."

"……냥키치가 털 뭉치를 토하길래 처리했을 뿐이야. 아, 이제 준비해야겠다."

『이 건사료 맛없어! 그래도 어쩔 수 없다냥! 지금 이 몸은 영양을 섭취하고 있으니까냥!!』

(무슨 보디빌더의 식사냐고…….)

소란스러운 아침이었다. 뭐, 이 순간만큼은 내가 가진 새로운 고민이 사라졌지만.

출근 준비를 마친 나는 현관 앞에 섰다. 평소 같으면 리츠카가 여기서 키스를 해줬을 텐데 오늘은 손짓에만 머물렀다.

*

《반다 제조 주식회사》—— 내가 근무하는 기업명이다. 어디선가 듣기로는 귀여운 회사명에서 이름을 따왔다고 한다. 완구를 제조하는 기업으로, 블랙인지 화이트인지 말하자면 블랙에 가까운 그레이 중견기업이다.

나는 기획개발부 기획개발과에 소속되어 있다. 직급이 없는 평사원으로서.

다양한 장난감 기획을 입안하고, 그것을 상품화까지 가져가는 것이 주된 업무다.

(아……. 오늘도 하루가 기네.)

내가 그 정도로 의욕이 넘치는 사원인가 하면, 딱히 그렇지도 않다.

누구나 그렇듯이 노동이란 고통이고 귀찮은 일이다. 게다가 지금은 **커다란** 문제라고도 할 수 있는, 말 그대로 우리 부부에게 있어서 커다란 문제가 펼쳐져 있다. 『오늘 하루도 열심히 일하자~!!』가 되는 내추럴 본 사축이 아니다, 나는.

"아~ 이상으로 부서 조례를 마치겠다. 모두 오늘도 잘 부탁한다."

사내 전체 조례가 끝난 후 곧바로 이어진 부서 조례가 방금 끝났다.

"하아……."

그리고 끝나자마자 착석한 나는 한숨을 한 번 쉬었다.

머릿속에서 오늘 할 일을 늘어놓았으나, 정작 뇌리에는 겁먹은 리츠카의 표정이 짙게 남아 사라지지 않았다.

"선배! 커피 내렸어요. 드세요!"

"……응, 고마워. 이코마 씨. 거기에 놔둘래?"

"어라? 평소 같으면 제가 말을 걸기 전에 이쪽을 봤을 텐데. 선배, 혹시 몸이 안 좋으세요? 기분 탓인지 안색도 나빠 보여요……."

지금 나에게 뜨거운 커피를 가져다준 사람은 같은 부서 후배인 이코마 씨다.

젊고 발랄한 여성으로 보다시피 눈치가 빠르고 일도 잘한다. 몇 년 후면 내 상사가 되어 있을지도 모른다…… 하고 나는 멍하니 생각했다.

"아니, 괜찮아. 수면 부족…… 같은 거야."

"조심하세요. 그리고 여기 회람이요."

"회람?"

자료인 줄 알았으나 이코마 씨가 내게 준 것은 아이용 완구였다. 우리 회사에서 제조 판매하고 있는 오리지널 장난감이다. 아마 잘 안 팔리는 상품일 것이다.

"설마 조회 때 못 들었어요? 이거, 초기 불량이 발견돼서 초기 생산품은 폐기한대요. 실수로도 밖으로 가져가지 말라고 주의 환기 차 모두에게 돌리고 있어요. 자, 여기 조인트 부분이 커다랗죠?"

“크다고……?!”

“네. 그래서 이쪽 연결 구멍에 안 들어가나 봐요.”

“구멍에…… 안 들어가……?!”

잠깐, 이코마 씨는 지금 무슨 이야기를 하는 거지? 정말 완구 이야기 맞아?

다른 이야기를 하고 있을 가능성은 없는 건가? 설마 내 마음을 읽었나……?!

“크고 구멍에 안 들어갈 것 같아서 무섭……다고?!”

“아니, 뭐, 불량이 무섭다면야 그럴 수도 있겠지만요. 선배, 괜찮아요?”

쿵. 정수리에 충격이 느껴졌다. 뭔가 딱딱한 것에 힘껏 얻어맞았다.

이건 사람의 주먹. 즉, 딱밤이다. 그것도 상당한 실력자의.

뒤돌아보니 그곳에는 무서운 얼굴을 한 아저씨가 주먹을 쥐고 서 있었다.

“부, 부장님……?!”

“미안, 사이가와. 이유 없이 주먹을 써야겠다는 생각이 들었다.”

“부장님, 갑질이에요, 그거.”

“아니지. 이건 갑질이 아니라 폭력이라고 하는 거다, 이코마.”

“그럼 괜찮네요.”

"아니, 뭐가 괜찮아. 더럽게 아프다고요……. 뭡니까, 부장님."

과거 부장님은 나와 같이 《시지마 기관》에 소속되어 있었다. 그곳에서 나의 상관이었던 부장님은 현재 회사 상사가 되었다. 나에 대해서는 우리 부모님보다도 잘…… 아는지는 불분명하지만, 적어도 나를 전투원으로 단련시킨 것도, 사회인으로 만든 것도 이 사람이다.

전투원 시절을 생각하면 이 정도의 주먹은 쓰다듬는 수준이다.

"이유는 두 가지가 있다. 후배에게 성희롱하지 마라. 그리고 지금 제조과에 갈 거니까, 따라와."

""성희롱…….""

나와 이코마 씨가 동시에 중얼거렸다. 새삼스레 생각하면 내가 이코마 씨에게 한 발언은 아슬아슬하게 아웃——은커녕 확실히 아웃당할 만한 수위였다. 소송당하면 분명 질 것이다.

"미, 미안해, 이코마 씨!! 그럴 생각은 아니었어!!"

"아, 아뇨! 오히려 저도 부장님이 말씀하셔서 『아, 그렇게 들릴 수도 있겠네』라고 깨달았어요. 전혀 그런 식으로 생각 안 했고, 눈치채지도 못했어요! 오히려 성희롱이라고 지적당해서 성희롱이 되었으니 나쁜 건 부장님이에요!!"

"훗…… 유탄으로 심장을 관통시키는 건가. 대단한 사수로군, 이코마."

부장님은 팔짱을 끼고 웃었다. 나도 이코마 씨의 말에 동조했다.

"그, 그래! 나쁜 건 전부 부장님이야, 정말로!!"

"죽고 싶나?"

왜 나한테만 엄격한 건데.

그러나 사회인으로서 실격당할 만한 일을 한 것은 사실이다. 나는 자신에게 반성을 촉구하면서 부장님을 따라 자리에서 일어났다. 후배인 오오타카가 이코마 씨에게 볼일이 있는 것 같았으니 타이밍도 마침 딱 좋다.

"안녕, 아코마. 부탁받은 자료…… 근데 너 얼굴 왜 이렇게 빨개? 감기야?"

"……아무것도 아니야……."

제조과는 이름 그대로 완구를 실제로 제조하는 과다. 제조 공장은 본사와 별도로 있으므로 본사에 있는 제조과의 멤버는 기획서의 완구 도면을 그리거나 제조 단가를 생각하는 등의 업무를 한다. 사내에서 우리 기획개발과와 관계가 깊은 부서 중 하나이다.

"그건 그렇고 저희 둘이 제조과에 가다니, 별일이네요. 혹시 『도토리』 때문에 무슨 일이 있었던 걸까요?"

제조과는 지하층에 있다. 나와 부장님은 지하로 향하는

엘리베이터 안에서 이번 용건을 확인했다.

『도토리』란 현재 히트하고 있는 클레이 애니메이션의 작품명으로, 그 첫 상품을 우리 회사가 제조 및 판매하게 되었다. 역대 프로젝트 중 가장 큰 프로젝트이며, 나 역시 그 프로젝트에 크게 연관되어 있다. 아마 지금 맡고 있는 가장 중요한 임무라고 할 수 있을 것이다.

"아니, 그건 아니야. 제조과 주임이 우리를 지명했다. 용건은 거기서 직접 들어라."

"제조과 주임이요? 음, 누구였죠?"

관계는 깊지만 내가 실제로 자주 상대하는 제조과의 멤버는 모두 평사원이었으므로, 이른바 타 부서의 임직원이라 불리는 사람들과는 인연이 별로 없었다. 전 사원의 얼굴과 이름과 직책을 암기하는, 그런 슈퍼 사원의 기초 스킬은 내게 없으므로, 그 사람이 누구인지 자세히 알지 못했다.

"히토미 주임이다. 입사식에서 본 적이…… 없겠군. 그런 곳에는 참석 안 하는 편이니까."

"아, 이름은 들어봤어요. 조례에 절대 안 나오는 사람이라면서요?"

"조례는커녕 회의에도 좀처럼 나서지 않는다. 오히려 술자리에 히토미 주임이 오면 참석자들에게는 행운이 찾아온다는 말까지 있을 정도지. 뭐, 개성적인 사람이다. 실례가 되지 않도록 조심해라."

"네엡."

즉, 유능한 괴짜라는 건가. 사원으로서 참석이 당연한 조례나 회의를 무시해도 용서된다니, 그만큼 우수한 사람이란 뜻이다.

지하층에 도착한 나와 부장님은 주임실 문 앞에 섰다. 부장님이 몇 번인가 노크했다.

"――들어와."

"엥?"

그 목소리를 들은 나는 상상과는 다른 현실에 조금 놀랐다. 상대는 여성이었다.

그리고 실제로 히토미 주임의 모습을 본 나는 더욱 놀랄 수밖에 없었다.

"일부러 와달라고 해서 미안하네. 좀 볼일이 있어서 말이야."

커다란 게이밍 체어에 어린 소녀가 앉아 있었다.

흰옷을 입고 있는 소녀가 상한 모발이 눈에 띄는 검고 긴 머리를 흔들며 이쪽을 바라봤다.

(어, 어린애잖아……?!)

"아뇨, 저랑 사이가와는 신경 쓰지 않으셔도 됩니다."

"음. 아아, 자네가 사이가와 군인가. 이렇게 직접 만나는 건 처음이군."

"엇, 아, 네. 고생 많으십니다. 기획과의 사이가와입니다."

"딱딱한 인사는 그만둬. 나는 《히토미 치우네》라고 하네. 편하게 치우네라고 불러도 돼, 《날개 사냥꾼》군."

"뭣?!"

그건…… 《시지마 기관》에서의 나의 호칭이다. 적과 아군을 막론하고 나는 그렇게 불리곤 했다.

동시에 그 이름을 알고 있다는 것 자체가 『뒷세계』의 관계자임을 증명해 준다.

부장님이 손을 뒤로 돌려 방문을 잠갔다. 아무래도 업무 관련 용건은 아닌 것 같다.

"그녀는 원래 기관에서 개발국 국장을 맡고 있었다. 우리 사정은 다 알고 있다고 봐도 돼."

"개발국이면, 전용 무기 같은 것을 만들던 곳이었죠? 이 회사에 부장님 말고도 《시지마 기관》 사람이 있었나요?"

"『뒷세계』에 관련된 인간은 의외로 많이 숨어 있는 법이다. 아무도 함부로 발설하지 않으니 그 기밀이 유지될 뿐."

그런 건가. 뭐, 적지 않은 인간이 《시지마 기관》에 소속되어 있었고, 전국 각지에도 지부가 있었으니까. 그 인원 전부를 파악할 수 있을 리가 만무하다.

그런 것보다…… 내가 기관원으로서 활동한 것도 벌써 10년도 전의 일이다. 이 사람은 지금 몇 살이지?

겉모습만 봐서는 초등학교 고학년, 많이 봐줘야 중학교

1학년 정도로밖에 안 보였다.

“……음. 무슨 일이라도 있나? 사람의 얼굴을 빤히 들여다보고.”

“앗, 아뇨. 아무것도…….”

“아마 주임님의 모습을 보고 놀랐을 겁니다. 당신과 처음 만나는 사람들한테 흔히 있는 일이죠.”

“음. 그렇군. 후후후…… 여성이란 때로 신비롭고 수수께끼 같은 존재야. 미안하지만 내 사생활에 관한 질문은 모두 답변 불가로 넘어가 주지 않겠나?”

“저기, 부장님. 이 사람 진짜로 몇 살인가요? 나중에 슬쩍…….”

“아마 올해 3…….”

“말하지 마!!”

“……정도였던가?”

히토미 주임은 손에 들고 있던 렌치를 부장님에게 던졌으나 부장님은 아무렇지도 않은 얼굴로 그것을 피했다.

의외로…… 과연. 뭐, 지나치게 젊어 보이는 사람인 거겠지. 그런 의미에서는 확실히 신비롭다.

“이런 얼간이들 같으니라고!! 됐으니 내가 하는 말을 들어, 바보 자식아!”

“저희 사이가와가 실례가 많았습니다.”

(나이를 말한 건 부장님이면서…….)

“이봐, 사이가와 군! 양복 재킷을 벗고 셔츠 양 소매를 걷어붙인 뒤, 팔을 똑바로 이쪽으로 내밀도록! 한 발짝도 움직여선 안 돼! 움직이면 감봉시킬 테니까!”

“너무해요…….”

대화를 나눈다기보다는 주임이 갑자기 지시를 내렸다. 뭐가 뭔지 모르겠으나 나는 시키는 대로 따랐다. 줄자를 가지고 다가선 주임은 뒤꿈치를 들고 내 팔의 길이나 굵기를 측정했다.

“저기, 히토미 주임님. 왜 제 팔뚝 치수를 재는 건가요?”

“《재화쇄천》! 요전에 부쉈잖아!”

“네……? 그게 뭐죠……?”

들어본 적이 있는 것 같은, 그런 수수께끼의 단어가 튀어나왔다.

“네 전용 무기 말이다. 그 왜, 수갑(手甲) 말이야.”

“……아앗! 그건가! 그러고 보니 그런 이름이었죠!”

“이봐!! 당신, 부하 교육을 어떻게 하는 거야? 자기 참백도 이름을 잊으면 어쩌자는 건데?! 이래서야 사신 실격이라고!!”

“사이가와는 인간입니다만.”

주임이 날린 명작 만화 개그는 부장님에게 통하지 않는 것 같았다.

《재화쇄천》은 일찍이 나만을 위해 만들어진 다기능 장비로, 약 10년간 집에서 잠들어 있었다. 그러다 약 한 달 전, 켄고라고 하는 옛 친구와 싸움을 벌이면서, 그 무기를 사용했다.

《재화쇄천》은 그 전투로 인해 보기 좋게 부서졌으며, 잔해는 부장님이 회수했다고 들었는데——.

“지금 대화를 못 따라가겠는데요……. 왜 지금 여기서 그 이름이 나온 거죠?”

“전에 부장에게서 《재화쇄천》의 처분을 부탁받았을 때, 다시 그 무기를 보니 창작욕이 솟구치더군. 지금 내가 지닌 기술이라면 좀 더 훌륭하게 완성할 수 있을 거야! 그래서 이 부서진 《재화쇄천》을 베이스로 강화 보수 작업을 실시할 생각이라네. 물론 사이가와 군 전용으로 말이지. 그래서 제작 전, 치수를 재기 위해 자네를 부른 거고. 10년이 지나면 몸의 모습도 변하기 마련이니까.”

“이미 알아챘겠지만, 처음 저걸 개발한 것도 주임이다. 그녀는 예전부터 만드는 걸 좋아했고, 전용 무기 같은 걸 기꺼이 만들어 주는 괴짜였지. 요컨대 우리는 업무 시간을 할애해서 주임의 장난스러운 취미에 어울려 주고 있는 거다.”

“말투가 그게 뭐야!! 난 당신한테 아무 말도 안 하고 멋대로 진행할 수도 있었다고?!”

“그, 말씀 중에 죄송합니다만, 저는 더 이상 그 녀석이 필요 없는데요?”

평범한 샐러리맨에 지나지 않는 나에게 있어서 권총이나 《재화쇄천》 같은 무기는 이제 무용지물이다. 켄고와의 싸움에서 호구가 부서진 것은 하나의 계기이자 매듭이라고 생각하고 있었는데.

그다지 호의적인 대답을 하지 않은 나의 심정을 헤아렸는지 부장님이 귓속말했다.

"우리 회사의 기술력은 그녀에게 크게 의존하고 있다. 하지만 한편으로 그녀가 기분 좋은 상태로 순순히 일을 처리하는 일도 드물지. 주임의 모티베이션을 올릴 수 있다면 회삿돈으로 무엇을 하든 상관없다——는 상부의 지시다. 다물고 따르도록."

"도대체 그게 무슨 취급이죠……."

"본래, 대체할 수 없는 사람일수록 가치가 높은 법이야."

우리와는 다르게 말이지, 라며 부장은 말을 맺었다. 정말이지 지당한 말이다.

그 후, 내 몸의 치수를 재거나 이곳저곳 만진 뒤에야 히토미 주임의 취미가 끝났다.

"완성되면 연락하겠지만, 사이가와 군은 당장 사용할 생각이 없는 것 같으니, 내가 보관해 두지. 만약 《재화쇄천》의 힘이 필요해지면 편하게 말하도록. 그게 아니더라도 사이가와 군에게 뭔가 고민이 생기면 상담해도 좋아. 부하가 대응해 주지 않을까?"

"주임님이 상담을 해주는 건 아니군요…….."

의논하고 싶은 것은 있으나 뭐, 히토미 주임에게 말할 만한 일은 아닐 것이다.

애초에 업무와는 관련 없는 고민이기도 하고……. 아래쪽 이야기인걸…….

"사이가와. 나는 히토미 주임과 더 할 이야기가 있다. 먼저 업무로 돌아가라."

"알겠습니다. 그럼, 주임님. 저는 이만 실례하겠습니다."

"음. 아, 가기 전에 하나만 더."

"네?"

"후배 성추행은 그만둬."

"아, 안 했어요!!"

""했어.""

동시에 말하지 말란 말이야. 왜 알고 있는 건데, 이 사람은?

이렇게 해서 괴짜가 많은 회사임을 이해한 나는 피곤한 채로 내 부서로 돌아가 한 마리의 사축으로서 오늘을 완수했다.

✳

"어서 와, 로우 군! 평소에 어떤 야한 비디오를 보고 있어?"

"히에에에에에에에에엑~~~~~~~~~~~!!!"

귀가하자마자 현관 앞에서 허리를 삐었다. 요추가 전부 바닥에 내려앉은 줄 알았다.

아니, 이상하잖아! 어서 오라는 말 뒤에 할 말이 아니잖아. 20페이지 정도 뛰어넘은 관능 소설도 그것보단 좀 더 개연성이 있겠다.

리츠카에게 추태를 보인 나는 얼굴을 올려다보며 진의를 파악하려 했다.

"가, 갑자기 무슨……?! 열이라도 있는 거야, 리츠카?"

"없는데. 음, 오늘 하루 종일 계속 생각하고 있었어. 나에게는 뭐가 부족할까, 하고."

"아…… 아아. 그런 쪽 지식이?"

"응. 그런 쪽이."

이번에 내가 안고 있는 문제는 나만의 문제가 아니다. 오늘 내가 고민했던 것처럼 리츠카 또한 같은 문제로 고민하고 있었을 것이다. 서로 하려고 했던 것은 똑같으니까.

그러나 그렇다고 해서 귀가한 남편에게 바로 그런 질문을 하는 것은 좀 그렇지 않나…….

"이, 일단 나중에 진정되었을 때 얘기하는 게 어때?"

"그러자~. 꼭 알려줘야 해!"

리츠카가 억지로 납득하려는 것처럼은 보이지 않았다. 허세라든가 센 척을 해서 나한테 그런 질문을 한 건 아닌 것 같다. 아니, 그건 반대로 불안해지는데요?

터벅터벅 부엌을 향해 가는 리츠카를 배웅한 나는 일단 옷을 갈아입기로 했다.

방에서 옷을 갈아입고 있자니 문틈으로 냥키치가 미끄러지듯 들어왔다.

『교미냐?』

"이번에는 네 차례냐고…….."

『설마, 하는 방법을 모르는 거냐? 교미를?』

"시끄러워……. 모르는 게 아니라니까, 나랑 리츠카는."

『본능적으로 할 수 있다냐. 그런 거는. 암컷 수컷 관계없다냐.』

"………."

『기세다냐. 분위기다냐. 간단한 이야기 아니냐?』

"네 어미는『냐』가 아니라『냥』이었거든?!"

『오오오옷! 안 들켰어, 안 들켰어.』

"지금 완전히 들켰잖아!!"

고양이이기 때문에 어미에『냥』을 붙여야 하는 건가 했는데, 딱히 그런 것도 아닌 듯했다. 냥키치는 때때로 이렇게 법칙을 어지럽히며 인간을 부추기는 일이 있다. 캐릭터를 의식한 결과, 어미에 일부러『냥』을 붙이고 있다면……. 귀엽지 않은데. 네가 무슨 귀여운 척하는 아이돌이냐?

『뭐, 세세한 건 신경 쓰지 말라냥. 이 몸도 한 마리의 암컷 고양이로서 수컷 인간과 암컷 인간의 행복을 바라고 있다냥. 그러니…… 이 몸의 여기를 만져보라냥.』

그렇게 말하며 냥키치는 자기 허리를 만지게 했다.

고양이는 이곳을 쓰다듬으면 좋아한다고 들었는데 냥키치도 예외는 아닌 것 같다.

"쓰다듬길 바라면 솔직하게 그렇게 말해."

『이렇게! 이렇게!! 이렇게!!!』

꿀렁 꿀렁 꿀렁……. 허리를 만지자 냥키치가 그 자리에서 선명한 허리 놀림을 선보였다.

그건 수컷 고양이의 움직임, 좀 더 정확히 말하자면 깅아지의 움직임이 아닐까?

『알겠냥?! 이렇게…… 이렇게!! 봐, 이렇게!! 보란 말이다!! 이렇게 하는 거야!!』

"딴 데 가버려!!"

성희롱하는 아버지보다 더 악질이었다. 내가 냥키치를 방에서 쫓아낸 뒤에도 냥키치는 복도에서 이쪽을 보며 허리를 흔들고 있었다. 발정기일지도 모른다. 고양이 생태는 잘 모르지만.

"그럼…… 알려줄래? 로우 군이 평소에 어떤 야한 비디오를 보고 있는지."

"그걸 말하기 전에, 왜 그런 것을 알고 싶어 하는지 물어봐도 돼?”

저녁 식사 후, 나와 리츠카는 소파에 나란히 앉아 드디어 대화를 시작했다.

간밤의 흐름이 계속 이어지면 리츠카는 침울해져서 자기 처벌적으로 변할지도 모른다고 생각했는데 그게 아니라…… 오히려 다른 사람이 된 것처럼 적극적으로 변했다.

“그게, 나는 전혀 그런 것에 흥미가 없었다고 해야 하나, 피해서 살아왔거든. 아마 남보다 못한 지식밖에 없어서 거부감이 생기는 게 아닐까, 하는 생각이 들었어.”

“트라우마가 있는 거잖아? 옛날에 형님이 봤던 정신 나간 비디오 때문에.”

리츠카가 성적인 것을 기피하고 어리숙한 모습을 보였던 것은 사춘기 시절 리츠카의 오빠—— 나의 형님이 시청하던 엄청나게 빡센 에로 비디오를 우연히 봤기 때문일 것이다.

어린 시절의 체험은 그 후의 삶에 많은 영향을 끼친다. 옆에서 들으면 웃음이 나오는 에피소드라도, 리츠카에게 있어서는 충격적인 경험이었을 것이다.

“그건 그렇긴 한데……. 언제까지나 그대로여선 안 되잖아? 좀 더 나에게 지식이 있었다면, 로우 군의 그것은 지렁이가 아니라 거대 거머리라는 걸 알았다면 그렇게 겁먹지는 않았을 거야…… 그러니까 배워야만 해.”

"거대 거머리……."

어쩌면 내 아내는 남편의 바보 아들을 모든 방향에서 비유하는 데 천재일지도 모른다.

"그리고 심플하게 로우 군이 평소에 어떤 여배우를 좋아하는지도 알고 싶기도 하고."

"그쪽이 메인 아니야?"

"아직도 내게 숨기는 게 많지? 하나쯤 알려줘!"

"음……."

나야말로 내가 거대 거머리와 공생하고 있는 남자라는 사실을 리츠카에게 숨기고 있었다.

숨겼다고나 할까, 말할 기회도 의미도 없었기 때문에 결과적으로 갑자기 실전에서 선보이게 된 것이지만. 그도 그렇게 『나는 거시기가 커요!』라는 말은 사랑하는 아내에게 할 말이 아니다. 거머리가 그대로 리츠카의 능력에 의해 얼어붙을 것이다.

그리고 동시에 자기 성벽을 굳이 아내에게 알려주는 것도 거부감이 들었다. 다른 부부는 이런 문제를 어떻게 대하는 걸까? 숨기는 게 자연스럽지 않나? 모르겠어…….

"저기……. 내가 그런 것을 안 본다는 가능성은?"

"보잖아."

"아니……."

"내가 잠든 후나 목욕하고 있을 때."

"………."

"몰래 보고…….

"그래, 보고 있다~~."

"거봐."

어째서 들킨 거지? 가능한 한 리츠카 씨에게 폐를 끼치지 않도록, 틈을 봐서 숙연하고 담담하게 하고 있었는데. 응? 몰래카메라가 있나? 이 집……?

"참고로…… 왜 들켰는지 알려주세요."

"냄새라든가 얼굴의 윤기라든가? 왠지 몰라도 대충은 알 수 있어.『앗』하고."

"그렇군……."

물증이 아니라 동물적인 능력으로 간파했던 모양이다.

나는 지금까지 자가발전 완료 후, 모르는 얼굴로『안녕, 리츠카』같은 느낌으로 대하고 있었으나, 그 뒤에서 리츠카는 나를 보고『아, 이 녀석 아까 빼고 왔구나』하고 생각하고 있었던 것 같다.

뭐랄까…… 세계에서 제일 꼴불견 아닐까, 나는? 이제 그만 죽여줘.

"딱히 야한 걸 보는 게 이상하다고는 생각 안 해. 남자란 그런 생물일 테고, 로우 군도 훌륭한 남자니까. 단순히 야한 비디오를 보는 것만으로 끝나지 않는다는 것도 일단은 이해하고 있어. 그러니까—— 자, 어떤 걸 보는지 알려줘♡"

“하지만…….”

“괜찮아. 절대 부정하지 않을게. 사랑하는 사람의 성벽인걸.”

“정말로……?”

“정말♡”

“그럼, 뭐…….”

상황에 휩쓸리고 있다고 단언해도 좋을 것이다. 그러나 리츠카가 그런 것에 흥미가 생겼다면 그것은 나도 부정해선 안 된다. 오히려 배덕적인 흥분조차 느끼고 있었다.

나는 스마트폰으로 모 성인 사이트의 페이지를 열었다. 대여하거나 구매한 동영상은 여기서 일람으로 볼 수 있다. 내가 죽은 후 가장 공개되고 싶지 않은 페이지 중 하나일 것이다.

리츠카는 조용히 눈으로 제목을 쫓았다. 입 밖으로 꺼내는 것은 역시 부끄러운 것 같다.

“……가슴 큰 사람밖에 없잖아!!”

“윽?! 그, 그건! 이번 달은 거유 강화 월간으로——.”

“뭔데, 그 월간은?! 역시 로우 군도 큰 걸 좋아하는구나! 이 배신자! 용서 못 해!”

퍽퍽. 쿠션으로 공격받았다. 아니야. 변명할 기회를!

것보다 평범하게 부정당하고 있지 않아, 이거? 거짓말한 거야, 리츠카 씨?

“평소에는 엉덩이파입니다만, 강화 월간이라서!!”

“그거 변명도 안 되거든! 좀 더 머리색이 은빛이고 가슴이 작은 여배우만 있는 줄 알았는데!”

“그건—— 코스프레물이라서 좀 찾아다닐 필요가 있겠는걸.”

“냉정하게 생각하지 마!”

“그리고 리츠카를 닮은 여배우가 나오는 비디오 몇 편 정도는 갖고 있어.”

“그래?!”

“응. 당연하지.”

되도록 당당한 얼굴로 그렇게 단언했다. 반면 리츠카는 하얗게 질린 표정이었다.

“로우 군은 의외로…… 변태구나.”

“우화(羽化)한다고……?”

“얼버무리지 마. ……그렇지만 사실은 내가 그런 걸 전부 받아줘야 하는 거겠지. 그런데 계속 도망치며 로우 군의 상냥함에 응석 부리고 있었어. ……내가 생각해도 너무해.”

“——리츠카. 그건 아니야.”

평생을 맹세한 두 사람이 서로의 몸을 맞대는 것은 자연스러운 일이고, 오히려 그것을 지나치게 거부하면 이혼 사유가 될 수도 있다. 그만큼 성의 문제는 부부관계의 유지에 있어서 적지 않은 비중을 차지한다.

단, 그것만이 전부는 아니라고, 나는 생각한다.

"나는 리츠카가 싫으면 평생 못 해도 돼. 리츠카가 나를 받아준다면 나도 그렇게 있고 싶을 뿐…… 내 성욕을 표출하고 싶은 건 아니야. 그러니까 잘되지 않는다고 해서 무리할 필요도, 자신을 비난할 필요도 없어. 아내는 남편과 몸을 겹쳐야만 한다는 법 같은 게 있는 것도 아니잖아. 우리에게는 우리 나름의 존재 방식이 있고 그것은 딱히 일반적인 부부의 모습과는 멀어도 상관없다고 생각해."

"로우 군……."

얼마 전까지만 해도 나와 리츠카는 다른 침실을 사용했다. 성적인 것을 피하는 이유도 몰랐다.

이제야 같이 있게 되었고, 과거에 트라우마가 생겼다는 것도 알게 되었다. 그러나 다음 무대에 강제로 가고 싶냐고 묻는다면 그렇지도 않다. 내 동정이 지금 당장 버리지 않으면 어떻게 되어 버리는 물건도 아니고. 즉, 전부 리츠카가 원하는 대로 해주고 싶다.

"……정말 상냥하구나, 로우 군은. 계속. 그런 점이 좋아."

"나도 나를 소중히 여겨주는 리츠카를 좋아해."

"──응. 역시 정했어."

"정했다니?"

어떤 결의를 보이는 리츠카는 소파에서 일어나 내 쪽을 바라봤다.

“나는 로우 군의 전부를 사랑하고 싶어. 로우 군의 몸에 무서운 점은 없어. 로우 군의 전부를 받아들여서 더 행복해지고 싶어. 무서운데 무리한다든가, 부부의 의무감 같은 게 아니라 이건 내 목표고 소원이니까——.”

그리고 리츠카는 한 팔을 내게 내밀었다.

“그러니까 나랑…….”

가늘고 하얀 그 손가락에 내 손가락을 겹친 나는 자리에서 일어나면서 동시에 리츠카를 껴안았다.

그게 리츠카가 원하는 거라면 나도 전력으로 도와줄게——라는 핑계는 대지 않을 거다.

내가 리츠카와 연결되고 싶으니 폼 잡고 얼버무릴 필요는 없다.

“하…… 하자! 끝까지!”

“그래! 넣자, 전부!!”

“응! 넣어줘, 전부!!”

“리츠카!”

“로우 군!”

““사랑해!!””

『정신 나간 대화다냥…….』

연말이 다가오는 12월. 나와 리츠카의 목표가 정해졌다.

하나가 된다. 마음은 진작에 되었지만. 그러니 몸만 어떻게든.

　이것은—— 우리 부부가 한 발짝 앞으로 나아가기 위한
이야기이다.

“다녀왔어.”

“어서 와, 릿카…… 뭐야?! 다쳤잖아!!”

“아, 응. 근데 이 정도는 아무렇지도 않아.”

《조직》의 본부로 돌아온 리츠카를 맞이한 쿠리 요시노는 드물게 다친 그녀를 보고 조금 당황했다. 대원복의 팔뚝 부분은 붉게 물들어 있었으며 관자놀이에서도 한 줄기의 피가 흘러 내렸다. 당사자가 태연해하는 것과 별개로 치료가 필요하다는 것은 분명했다.

“아니, 아니, 의무실로 가야지!”

“윽……. 내버려두면 낫는걸.”

“적절한 조치를 하지 않으면 나을 것도 안 낫거든!”

리츠카는 의무실이나 병원 같은 곳을 싫어했다. 『냄새가 싫다』는 이유로 가능한 한 가까이 가려 하지 않았다. 요시노는 이를 알고 있었고, 더 이상 말해도 듣지 않을 것 같다는 생각이 들자, 구급상자를 꺼내 리츠카에게 보여줬다.

“자, 이쪽으로 와.”

“응.”

“뭐, 릿카가 다치는 것 자체가 별로 없는 일이긴 해도 그냥 두면 낫는다는 마인드는 가벼운 찰과상까지만 용납된다는 걸 알아둬. 이거, 누구한테 당한 거야?”

“그 녀석.《날개 사냥꾼》.”

“아, 역시.”

빙설을 다루는 《블레스》를 지닌 라츠카는 전투 시 자기 능력을 활용한다.

웬만한 공격은 자동 발동하는 얼음벽이나 공격으로 막고, 자신의 뛰어난 신체 능력으로 상대의 공격을 피하므로 다치는 일 자체가 드물다. 그러나 《날개 사냥꾼》이라 불리는 적은 이능의 간극을 뚫고 이렇듯 상처를 입히는 실력자였다.

지원에 특화된 능력자인 요시노는 전선에 나서지 않는다. 그게 리츠카에 대한 빚이라 생각하는지, 그녀 나름대로 독학으로 배운 치료법으로 솜씨 좋게 리츠카의 몸을 케어해 나갔다.

"……릿카는 말이야. 무섭지 않아?"

"뭐가?"

요시노는 리츠카의 몸을 만질 때마다 그 가늘고 하얀 신체에 놀라곤 했다.

그녀가 백설같이 흰 피부를 가지고 있기 때문에 더욱 그랬다. 만지면 녹는 눈처럼, 리츠카는 덧없다.

자신들은 아직 14살밖에 안 된 아이들이다. 리츠카는 단지 강력한 《블레스》를 지니고 있을 뿐.

그럼에도 최전선에 서서 산전수전 다 겪은 강자와 밤낮으로 전투를 벌인다. 그곳에는 미지의 《블레스》를 지닌 상대도 있을 것이고 군인을 뛰어넘는 전투 기술을 가진 자도 있을 것이다. 나라면 다리가 움츠러들 게 분명하다. 그렇기에 요시노는 불쑥 물었다.

"싸우는 거…… 그리고 다치는 거."

"으음…… 글쎄. 딱히 깊이 생각해 본 적이 없을지도."

"뭐? 정말이야? 그 대답이 더 무서운데."

"——그야 나는 강하니까. 다른 사람이 할 수 없는 일을 나만이 할 수 있다면 당연히 내가 앞에 서서 해야 한다고 생각해. 그건 모두에게 도움이 되잖아."

아무렇지도 않은 듯이 말하는 리츠카. 요시노는 주저하는 모습을 보이며 그녀의 등에 기대었다.

"무슨 일이야, 요시노? 무거워~."

"……나는 무서워. 다치면 아파. 아픈 건 싫어. 나뿐만이 아니라 분명 릿카도 그렇지?"

"응. 싫어. 그래도 버틸 수 있어. 이렇게 요시노가 걱정해 주니까."

"………."

하고 싶은 말은 그게 아니다. 듣고 싶은 대답도 그런 게 아니다.

단순히 요시노는 리츠카가 이대로 전부 내던지지는 않을까, 하고 내심 기대하고 있었다. 그렇게 해도 아무도 불평하지 않을 것이다. 애당초 나이가 어린 소녀가 너무 많은 것을 짊어지고 있다. 그것은 조직으로서 좋지 않다고 생각하고, 이를 당연하게 받아들이는 리츠카도 제정신이 아니라는 생각이 들었다.

아픔이 고스란히 공포로 직결되는 요시노는 슬플 정도로 평범한 사람이었다.

전사인 리츠카는 아픔과 두려움 사이에 각오가 있었다. 슬플 정도로 용감하다.

"릿카. 이제 앞으로—— 무슨 일이 일어날지는 모르겠지만 꼭 약속해 줘."

"약속?"

"그래. 약속. 무서워지면 도망쳐. 살 생각만 해. 내가 모르는 곳에서 절대 죽지 마. 아침에 『다녀오겠습니다』라고 한 사람에게는 밤에 『다녀왔습니다』라고 말해. 그걸 앞으로 할머니가 될 때까지 계속 지켜줘."

"——알겠어. 지킬게, 그 약속. 고마워, 요시노. 내가 걱정을 끼쳤네."

"……말로 한 약속이라고 쉽게 어기면 안 돼."

"안 어겨. 무서워지면 도망갈 거고, 죽지 않고 살 거야. 『다녀오겠습니다』, 『다녀왔습니다』라고 꼭 말할 테니 안심해."

리츠카는 자리에서 일어서서 요시노를 껴안았다. 뒤에서 기다리는 사람의 마음을 다 이해할 수는 없으나 그녀의 깊은 친절은 이미 알고 있다.

"응. 부탁해, 친구."

투쟁과 상처와 아픔. 그것들로부터 리츠카는 절대 도망치지 않는다.

그 등 뒤에 지켜야 할 것이 있다면 어디까지나 늠름하게 맞설 것이다.

그것이 《백마》—— 최강의 이능력자인 그녀가 지닌 천성일지도 모른다.

《제2화》

저런 커다란 게 가랑이 사이에 들어가면 무조건 찢어질 거야!!

가랑이 사이가 찢어진다니, 상상만 해도 엄청 아파!!

그건 엄청나게 무서운 거잖아!! 싫어!! 무리야!!

안 돼, 안 돼, 안 돼, 안 돼, 안 돼, 안 돼, 안 돼~~!!

"나무아미타불…… 헉."

자명종이 울리기 전에, 나는 눈을 떴다. 이, 이상한 꿈을 꾼 것 같아.

침실에는 시계가 두 개 있다. 내가 먼저 일어나고 옆에서 자는 로우 군은 나중에 일어난다.

나는 아침잠이 적지만 그는 매우 많은 편이다.

그래서 내가 매일 아침 준비나 도시락 준비를 하는데…….

"……크어어……."

아마 로우 군은 꿈속일 것이다. 어린애처럼 자는 얼굴을 보자 무심코 볼에 뽀뽀하고 싶어졌다.

아니, 입에다 할까……라고 생각했으나 나는 단념했다.

(전혀 약하지 않잖아…… 로우 군은.)

그의 허리 아래가 생각났다. 쓰기 좋은 보온병 같은 그 것을.

……아침부터 몸이 떨린 것은 분명 겨울 아침의 추위 때문만은 아니겠지…….

"아니, 아니, 아니, 겁먹으면 안 돼. 로우 군의 모든 것을 사랑하기로 했는걸!"

옛날 생각이 났다. 어떤 적이 상대라도 나는 두려움을 느끼지 않았다. 뭐, 사실 내심 가끔 쫄기도 했으나 그래도 그걸 태도로 보이지는 않았다. 내가 도망가면 더 많은 사람이 상처를 입을 수도 있기 때문이다.

게다가 《블레스》와 애도인 《종달새》가 있으면 나는 무적이었다. 로우 군…… 《날개 사냥꾼》이 아무리 상처 입힌다고 한들 마음이 부러진 적은 없었다.

(하지만 야한 걸 할 때는……. 나 알몸…….)

칼도 못 쓰고 《블레스》도 못 쓴다. 그런 것을 쓰는 상황이 아니니까.

그런 상황이 아닌데도 그런 상황보다 더 아프고 무서운 일을 당한다.

……다른 여자들은 어째서 그런 걸 태연하게 받아들일 수 있는 거야? 용기가 넘치는 건가?

……아니야. 분명, 내가 특이한 거겠지.

(보통 사람보다 겁이 많아…….)

나는 용감하지 않다. 겁쟁이에 비겁자다. 그 사실을 이제야 깨달았다.

로우 군의 거시기를 보고…….

*

《(주)허밍버드》는 내가 다니는 회사다. 허밍버드는 화장품 브랜드로, 원래는 독립해 있던 작은 기업이었으나 《화조당》이라고 불리는 매우 큰 기업이 허밍버드 자체를 매입(?)해서 지금은 이른바 자회사라는 형태가 되었다. 그래도 회사 이름은 그대로다.

업계 내에서는 비교적 유명한 기업답게 로우 군은 자주 "리츠카네 회사는 화이트라서 다행이야"라고 질투심 비슷한 것을 내비친다. 확실히 매우 좋은 회사라고 생각한다. 급료나 복리후생도 충실하고 여성 사원이 많아서 긴장하지 않아도 된다. 게다가 나는 그다지 출근할 필요도 없고.

"안녕하세요~!"

그러나 오늘은 출근하는 날이었기에 나는 사무실에 와 있었다. 되도록 큰 목소리로 부서나 다른 부서 사람들에게 인사를 했다. 가끔 오기 때문에 이런 게 중요하다.

"어머. 안녕, 리츠카♪"

부드러운 분위기를 지닌, 상냥해 보이는 미인이 나에게 미소를 지어줬다.

"아, 하타라 과장님! 안녕하세요!"

하타라 과장님은 홍보과 사람으로, 디자인과 소속인 나와는 부서가 다르다.

하지만 의외로 일 때문에 같이 엮이는 경우가 많다. 뭐, 그 이전에 과장님은 누구에게나 굉장히 상냥하고 일도 잘해서 사내에서 톱클래스 취급을 받지만.

물론 나도 과장님을 정말 좋아한다!

"오늘은 무슨 일이야? 출근하는 날이었던가?"

"네! 그리고 이번에 디자인 공모전이 있어서, 자료 모으러 왔어요!"

"우후훗. 리츠카는 디자인과의 에이스니까. 얼마 전의 파운데이션 디자인도 여러 사람이 극찬했어. 본채용까지 되면 이번이 벌써 몇 번 째려나?"

"그게…… 까먹었어요! 숫자는 잘 기억을 못해서……."

"셀 수 없을 정도로 채용되고 있다는 말이지? 믿음직스럽네♪"

나는 주로 화장품 상자나 용기 등의 디자인을 만든다. 물론, 디자이너는 사내에 잔뜩 있기 때문에 내 의견이 채용되는 일은 그렇게 많지 않다. 사내 경쟁을 이겨내고 그 위에 계신 높은 분이나 모회사의 심사를 받은 후에야 본채용까지 도달할 수 있다. 그래서 처음으로 내가 디자인한 화장품들이 가게에 진열된 것을 봤을 때는 굉장히 감동했다.

"곤란한 일이 있으면 언제든지 말해. 타 부서이긴 해도 나는 고참이니까. 리즈카가 모르는 것도 나라면 많이 알고 있을지도 몰라.”

“감사합니다! ……앗!”

“응? 무슨 일이야?”

과장님은 겉보기에 20대 후반으로 같지만, 실제 나이는 30대 후반인 데다가 대학생 정도 되는 자녀가 있는 모양이라, 신입사원은 그걸 듣고 깜짝 놀라는 일이 많다고 한다. 나도 예전에는 얼마나 놀랐는지 모른다.

그렇기에 그런 과장님이라면 지금 내가 안고 있는 고민을 들어줄지도 모른다.

“과장님은 그……. 남편이랑 항상 어떤 식으로 자나요?”

“응? 그게…… 같은 방에서 이불을 두 개 늘어놓고 잤으려나?”

“아, 아뇨, 그게 아니라. 좀 더 어른의 얘기? 라고나 할까요…….”

“……! 어, 어머, 뭐야, 리즈카! 이, 이런 아줌마를 붙잡고 갑자기 이상한 소리를 늘어놓으면 어떡해! 여긴 회사라고?!”

과장님에게 꾸중을 듣고 말았다. 하긴, 여기는 회사지.

“죄, 죄송해요~. 과장님은 그게, 지식과 경험이 풍부할 것 같아서…….”

“그런 비슷한 말을 하긴 했어도…… 그, 그렇지 않아. 리즈카는 잘 모르겠지만 나는 아들은 있어도 돌싱이거든. 남편이 있었던 것은 벌써 10여 년 전의 일이고 처음 사귄 남자도 남편이었어. 그러니 소위 말하는 경험 같은 건 전혀……."

"앗, 그러셨나요? 죄송해요, 제가 큰 실수를……."

과장님은 틀림없이 지금도 남편과 러브러브일 거라는 상상을 멋대로 하고 말았다. 보통, 이런 미인에다가 착한 사람과는 절대로 헤어지고 싶어 하지 않을 테니까. 그러니 분명 전남편에게 문제가 있었을 것이다. 그걸 파고들 생각은 없지만.

"괜찮아. 진작에 끝난 일이니까. 그것보다도 혹시 리츠카는 뭔가 고민이 있는 거야? 괜찮으면 상담사 아이가 총무부에 있으니 상담해 보는 건 어때? 어떤 고민이라도 방치해서는 안 돼."

"상담사……. 고민 상담실 같은 거였죠?"

"그래, 맞아♪ 산업 상담사라고 해서 사원 아이들의 멘탈 케어나 사내 환경 개선의 컨설팅을 하고 있어. 그 왜, 얼마 전부터 사무실에 아로마 디퓨저가 많이 놓였잖아? 그런 것도 그녀들이 생각하고 제안하는 거야."

"전혀 몰랐어요……. 으음, 확실히 심각한 고민이니 다른 사람에게 상담할 수 있다면 해보고 싶긴 하네요. 그래도 괜찮을까요……?"

"리츠카의 구체적인 고민은 나도 알 수 없지만 사회 상식 범위 안에서라면 말하기 어려운 내용이라도 상담해도 문제없을 거야. 비밀 유지 의무는 있으니까.”

과장님의 말에 의하면 업무적인 고민은 물론, 가정이나 사적인 고민을 상담해도 상관없다고 한다. 일과 사생활은 분리하라는 회사가 많으나, 우리 회사는 일과 사생활은 떼려야 뗄 수 없는 관계이기 때문에 어느 한쪽에 문제가 생기면 다른 한쪽에도 문제가 생겨 결국 퍼포먼스가 떨어진다고 생각하는 듯하다.

“그럼, 한 번 상의해 볼까요?”

“응, 알겠어♪ 접수는 내가 해둘게. 상세 내용은 메일을 참고해 줘.”

“네, 감사합니다!”

그렇게 해서 나는 산업 상담사의 신세를 지게 되었다.

냉정하게 생각해 보면 나의 고민은 남에게 털어놓을 만한 내용이 아니었지만 누군가가 이야기를 들어 주었으면 하는 마음도 있었다. 이런 것도 복리후생이겠지……?

그날 저녁에 나는 별실로 불려 갔다. 사내에는 확실히 상담실이 있었는데, 남의 눈에 띄지 않게 그곳으로 와달라는 부탁을 받았다.

“시, 실례합니다!”

“네, 들어오세요.”

방에 들어서자, 달콤한 향냄새가 코를 간지럽혔다. 조금 긴장하고 있던 나는 그 냄새를 맡자 이상하게 기분이 진정되는 것을 느꼈다.

"성함을 확인할게요. 디자인과의 사이가와 리츠카 씨 맞나요?"

"맞아요! 저기, 처음 뵙겠습니다! 잘 부탁드립니다!"

"아하하, 그렇게 긴장하지 않아도 돼요. 이 상담은 무언가를 따지거나 누군가에게 보고하는 게 아니니 편하게 있어요. 자, 앉아요."

산업 상담사는 부드러운 밤색 머리가 특징인 귀여운 사람이었다. 아마 나이는 나와 비슷할 것이다. 캐주얼한 정장을 입고 있었으며, 나와 마찬가지로 사원증(카드키 겸용)을 목에 걸고 있었다.

"제 소개를 드리죠. 저는 허밍버드의 상담사, 《하구사 아키》예요. 하지만 나는 딱히 의사가 아닌 데다가 굳이 따지자면 총무부의 사원이라서 입장은 사이가와 씨가 별반 다르지 않아요. 아, 여기 명함이에요. 괜찮다면 받으세요."

나는 하구사 씨로부터 명함을 받았다. 확실히 내가 가지고 있는 것과 똑같은 디자인이었기에 같은 회사 사람임을 알 수 있었다. 뭐, 이런 일을 하는 사람이 사내에 있는 줄은 몰랐고 하물며 하구사 씨의 얼굴도 이름도 몰랐지만…….

"뭐 좀 마실래요? 커피든 홍차든 원하는 걸 내줄게요."

"그럼 홍차로……."

"알겠어요."

차분한 사람 같다는 생각이 들었다. 하타라 과장님과는 또 다른, 어른이라는 느낌이려나. 동작 하나가 신중해서 그런가?

"만약 말하기 어렵거나 말하기 싫은 게 있다면 무리해서 말하지 않아도 돼요. 친구에게 불평할 때와 같은 그런 상태라면 기쁠 것 같네요."

하구사 씨는 소서에 컵을 내려놓은 뒤 나에게 내밀었다. 나는 그것을 조금 마시며 어떤 식으로 상담할까, 하고 머리를 필사적으로 굴렸다.

"우선은 말이죠. 하구사 씨에게 상담하고 싶은 건……."

"잠깐, 스톱, 스톱! 으음, 그래…… 나는 지금 25살이라서 사이가와 씨와 나이 차이가 별로 안 나. 그러니 존댓말은 안 하기로 할까? 나도 안 쓸게."

"네? 그래도……."

"신경 쓰지 마. 처음에만 형식을 지킨다면 나중에 어떻게 할지는 우리 상담사의 자유니까. 나도 딱딱한 건 싫어해. 나이가 비슷한 사람과는 이렇게 스스럼없는 말투가 더 좋더라고. 물론 정 불편하다면 존댓말로 계속 대화를 나눠도 상관없긴 하지만."

나는 24살이기 때문에 하구사 씨는 나보다 한 살 위가 된다. 그리고 나는 로우 군과 달리 비즈니스 매너라든지 비즈니스 존댓말이라든지, 그런 것을 매우 싫어한다. 지금도 무슨 말을 해야 할지 몰라 머릿속이 엉망이 된 참이다.

하구사 씨는 분명 그것을 간파했을 것이다. 그런 날카로움을 지니고 있는 사람이라는 생각이 들었다.

"하구사 씨라고 하면 돼?"

"아키라고 불러줘. 나도 리츠카라고 부를게."

"그럼, 아키 씨."

"굳이?"

"선배이긴 하니까……."

"후훗. 재미있네, 리츠카는. 회사에 더 자주 나오면 좋을 텐데. 디자인과는 성과주의라서 디자인만 나오면 출근 여부는 딱히 따지지 않는다고는 해도 평소에도 수다를 떨고 싶어."

"기쁘긴 한데 나는 아침에 전철 타는 걸 싫어해서."

"힘들지~, 출퇴근 러쉬는. 회사 차로 출근하는 사람이 부러워. 회사 차량은 영업부가 우선이라서 우리는 좀처럼 사용 허가가 나지 않는데."

하구사 씨—— 아키 씨는 사람의 마음속 얼음을 잘 녹이는 사람이었다. 내가 어떤 말을 해도 제대로 대답해 준다. 들어주는 것도, 말하는 것도 잘한다.

나도 모르게 시간 가는 줄 모르고 시시한 얘기를 나누고 말았다.

"——그래서 말이야! 몰래 뒤에서 로우 군을 바라봤더니
계속 냥키치 상대로 혼자서 이야기를 하고 있더라고! 심지어
혼잣말이 아니라 분명히 대화를 나누는 것 같은 느낌으로!"

"그렇구나. 대화를 나누는 느낌이라니, 예를 들어서?"

"으음……. 개그맨 중에서도 계속 태클 거는 사람 같아."

"『뭐야, 그게!』라든가?"

"좀 더 구체적일지도. 오늘 아침에는『어미에 "냥"을 붙
이는 건 이미 고양이조차 아니라고!』라고 말했어."

"아하하, 고양이 상대로 그러는 건 굉장하네. 사람은 스
트레스를 받거나 생각을 정리하고 싶을 때 혼잣말하는데,
남편분은 집에서도 계속 회사 일을 생각하는 게 아닐까?
출근 전 아침이라면 더욱 그럴 가능성이 높을 거야."

"그렇구나~."

아키 씨에게 로우 군이 평소에 하는 이상한 행동(냥키치
와의 대화)에 대해 얘기했더니 상담사다운 대답이 돌아와
곧바로 납득했다. 하긴, 로우 군은『도토리』건으로 평소
에도 오빠에게 괴롭힘을 당하고 있는 것 같으니까. 집으로
회사 일을 가져오지 않는다는 규칙이 있다고는 해도, 역시
일이란 것은 완전히 뗄 수 없는 법이겠지.

"그러니 일에 대한 불평을 좀 더 들어준다면 남편도 좋
아할 거야."

"맞아…… 나, 내가 할 말만 하는 것 같아. 푸념할 상대가

없어서 냥키치에게 그런 말을 하고 있다고 생각하면——
지금 당장 안아주고 싶어!"
"사이가 좋구나…… 아, 리츠카. 슬슬 본론으로 들어가
지 않을래? 아무리 그래도 시간이 다 될 때까지 계속 수다
만 떤다면 나중에 핑계 대기가 귀찮아질 거야."
"맞아! 미안해! 저기, 내가 하고 싶은 상담은……."
"응. 뭐든 얘기해 봐."

"——어떻게 해야 남자의 거시기가 무섭지 않을까요?"

"아아, 거시기 말이지. 응, 거시기. 으음, 거시…… 거시
기?! 거시, 거…… 거시기라오?!?!"
아키 씨가 의자에서 굴러떨어졌다. 허리 안 다쳤어?
내 안의 고민을 잘게 부수면 이렇게 된다. 나는 결국 로
우 군의 가랑이 사이의 그것—— 굵은 시험관 같은 것이
근본적으로 무섭다. 그런 게 내 안에 들어온다고 생각하면
더 무섭다. 근데 이거, 뒤집어서 생각하면 졸업장 통 같은
게 더 이상 안 무서워지면 그 이후 대부분의 행위가 가능
해지는 게 아닐까?
"여, 여여, 여긴 회사인데?! 갑자기 뭐야?!"
"하타라 과장님한테도 같은 말을 들었어……."
"당연히 그렇겠지. 이야기는 전부 듣긴 하겠지만……."

그렇게 해서 나는 아키 씨에게 사정을 얘기했다.

역시 아키 씨는 대단하다고 해야 할지, 내 이야기에 진지하게 귀를 기울여줬다.

"──그런 일이 있었어."

"그렇구나~. 아, 뭐, 희귀한 상담인 데다가 전례가 없다고는 해도 비슷한 케이스가 없는 것도 아니야. 부부간의 성 사정은 나아가서는 사원의 임신 준비라든가 출산이라든가 육아휴직이라든가 결혼 퇴사라든가, 그런 이야기로 이어지니까. 오히려 전부 얘기해 줘서 고마워."

"아키 씨…… 상냥해♡"

"다만 역시 정확한 조언을 해줄 수 있느냐 하면 그건 좀 어려울지도. 성적인 고민은 그야말로 전문의와 상담하는 게 확실하니까. 어디까지나 당사자끼리의 문제이기도 하고."

"그건 그래……. 으음…… 아, 맞다."

"응?"

"아키 씨는 결혼했어?"

"앗, 나? 결혼 안 했어. 동거 상대는 있지만."

"에헤헤~. 그럼 역시…… 해?"

"뭐, 뭘?"

"그 사람이랑 야한 거……."

"……하……는데."

"어떤 식으로?!"

“네!! 상담은 이상입니다!! 고생 많으셨어요!!”

강제로 끝나버렸다. 생각해 보니 나는 주위에 결혼한 사람이 거의 없다. 그래서 이런 세속적인 이야기? 같은 건 해본 적이 없다. 다른 가정은 어떤 느낌인지 조금 알고 싶었는데.

“앗. 좀 더 얘기하고 싶어~.”

“지금은 아직 서로 근무 중이잖아. ……자, 여기.”

아키 씨가 명함과는 다른 종이를 건넸다. 자세히 보니 QR코드가 붙어 있다.

“이건 뭐야?”

“내 개인 연락처. 그런 이야기는 업무 시간 외에 연락하면 고려해 볼게. 뭐랄까, 리츠카는 목적을 향해 단번에 돌진하는 타입인 것 같기도 하고…… 이대로라면 본격적으로 윗분한테 혼날지도 몰라. 다른 데서 이상한 소리 하기 전에 먼저 나한테 말해.”

“앗싸~! 일 끝나면 바로 연락할래!”

“그래, 그래. 기다릴게.”

결과적으로 나는 상담을 받고 편해졌다.

해결책이 보였다든가 고민이 사라졌다든가가 아니라 새로운 친구가 생겼으니까!

그것이 기뻐서 오늘 일은…… 뭐, 보통 정도 진행된 느낌이다.

＊

"안녕, 릿카. 기다렸지~."

"요시노!"

일이 끝난 밤. 아키 씨와 띄엄띄엄 메시지를 주고받는 와중, 나는 약속 장소에 온 요시노와 합류했다. 오늘 밤은 저녁을 만들 틈이 없고 로우 군도 조금 늦는다고 해서 요시노와 함께 외식하기로 했다.

"응? 사이가와 씨는?"

"아직 일하는 중인가 봐. 나중에 늦게 합류한대."

"그렇구나. 그럼 먼저……."

"하핫. 자연스럽게 두고 가지 않았으면 좋겠는걸. 나도 같이 있다고."

정확하게는 나와 요시노와 로우 군과 이 사람…… 카야마 선배와 밥을 먹는다.

카야마 선배는 로우 군의 친구로, 우리보다 나이가 많고 요시노와 같은 탐정 사무소에서 탐정으로 근무하고 있다. 그러나 요시노보다 나중에 입사했기 때문에 요시노의 후배다. 그리고——.

"공기도 맑고 좋은 밤이야. 그럼 오늘은 해산! 여자는 흩어져!!"

“이제 막 모였잖아……. 왜 해산시키는 건데.”

──여자 공포증이 있다. 아무튼 엄청나게 이상한 사람이다.

“이 멍청아!! 빨리 안 와?! 해산할 거면 남자가 해산해!!”

“으아…….”

“아파! 죄송함다!!”

요시노가 카야마 선배의 정강이를 걷어찼다. 옛날에는 그렇지 않았는데 지금 이 둘 사이에는 이상한 역학관계가 형성되어 있다. 요시노가 완전히 카야마 선배를 조련하고 있다고나 할까.

“두 사람은 일하는 중에도 그런 느낌이야?”

“하핫. 아니, 그렇지 않아. 피가 아직 안 났는걸.”

“짐승 대하듯 대하면 돼, 이런 녀석은. 내년에는 경비로 채찍도 살 거야.”

“서커스의 사자 같네…….”

좀 더 카야마 선배에게 상냥하게 대해주면 좋을 텐데. 요시노는 옛날부터 나 이상으로 남자와 잘 어울리지 않았다. 일이나 임무와 관련된 거라면 아무렇지도 않지만, 사적으로 누군가를 사귀었다는 이야기는 지금까지 한 번도 들어본 적이 없다.

뭐, 나도 로우 군 이외의 사람과 사귄 적이 없으니 서로 비슷하다면 비슷한데…… 카야마 선배는 요시노와 잘 어울리는 것 같단 말이지.

“일단 가자. 로우 군도 포함해서 네 사람이 같이 밥 먹는 일은 좀처럼 없으니까!”

“저번에 같이 먹었잖아. 가방.”

“네엡!”

카야마 선배가 요시노의 비즈니스 백을 건네받았다. 비서인 모양이다.

우리는 그대로 걷기 시작했다. 나와 요시노가 나란히, 그리고 그 뒤에 카야마 선배가 붙었다.

“아참, 릿카, 부러진 《종달새》에 관한 건인데, 할아버지로부터 연락이 있——.”

“으아아아아아아아아아악!!”

무슨 말을 하려던 요시노의 목소리를 가로막듯, 앞쪽에서 비명이 들려왔다. 목소리가 들린 쪽을 바라보자, 가게에서 뛰쳐나온 남자가 일심불란하게 이쪽으로 달려 나오고 있었다.

저 가게는…… 파친코였지? 아무튼 시끄러운 가게.

“기다려, 임마아아아!!”

그 남자를 뒤쫓듯, 또 다른 남자가 파친코에서 나왔다.

검은색 운동복을 입고, 렌즈 색이 옅은 선글라스를 낀 사람이었다.

“비켜어어!!”

"우왓!"

"요시노!"

도망치던 사람은 방해된다는 듯 요시노를 밀쳤다. 나는 갑자기 밀려난 요시노를 받아줄 수 없었으며, 그 도망치는 사람을 잡을 수도 없었다.

"괜찮아? 쿠리."

그러나 카야마 선배가 어느 틈엔가 요시노를 두 팔로 안고 있었다.

그 대신 요시노의 가방이 바닥에 버려지긴 했지만.

"앗……! 난 됐으니까 저 불량배를——."

"걱정하지 마. 스쳐 지나갈 때 **만졌으니까.**"

"?! 모, 몸이?!"

도망치던 사람이 거짓말처럼 그 자리에서 『차렷』 자세를 취했다.

《액터》. 나와 요시노가 소속되어 있던 《조직》에서는 《블레스》를 지니고 있는 이능력자를 그렇게 불렀다. 나와 요시노, 그리고 카야마 선배 역시 《액터》다.

선배의 《블레스》는 『사람의 몸을 조종하는 것』이다. 아무래도 저 사람을 조종해서 움직임을 멈춘 것 같다.

"어디 보자. 최소 폭행죄 현행범으로 빨리 경찰에게 넘길……."

"뒈져라———————————!!"

남자에게 다가가는 카야마 선배를 제치고, 뒤쫓던 사람
이 달려들어 발차기를 날렸다.

발차기를 날린 사람은 그대로 우리에게는 눈길도 주지
않고 차인 사람의 몸을 세게 졸랐다.

"잡았다, 이 망할 자식……!! 도둑질한 물건을 돌려주면
반죽음 정도로 용서해 주마……!!"

"도, 돌려드릴게요!! 돌려드릴 테니까요!!"

"저기, 너무 난폭한 짓은 그만두는 편이……."

"그쪽 사정은 잘 모르지만 실제로 폭행하면 상해죄가 적
용돼서 죄가 많이 무거워져요. 그리고 그 녀석은 이제 도
망칠 마음이 없는 것 같고요."

"아앙? 누구야, 너희들은?"

나와 요시노는 남자를 붙잡고 있는 사람을 달랬다. 느낌
을 보아하니 『양아치』라 불리는 부류 같았다.

뚫어지게 이쪽을 바라보는 양아치. 눈빛으로 제압하는
건가?

"우리는 그쪽으로부터 도망치던 사람의 도주를 막은 선
량한 시민이야."

"만지지 마."

카야마 선배가 양아치 씨의 어깨를 만지려 하자 양아치
씨는 곧바로 손을 피했다. 양아치라기보다는 거의 짐승 같
은 움직임이다. 마치 로우 군 같은.

"선량한 시민이라…… 과연."

"저희가 무슨 잘못이라도 했나요?"

"아니, 평범한 사람들은 자신과 관계없는 일이라면 이런 날치기범 따위와 엮이고 싶지 않아 하지. 무슨 일을 당할 지 알 수 없으니까. 그럼에도 이 멍청이의 발목을 붙잡은 너희는 선량하다기보다는 용감한 시민 3인방에 가깝다고 생각했을 뿐이다. 그리고——."

"크억!!"

우리에게 정신을 빼앗긴 양아치의 틈을 노려, 도망치려 던 사람이 또 탈출을 도모했으나…… 양아치는 곧바로 발 을 걸어 남자를 넘어뜨렸다.

"——이건 자력구제다. 상해와는 무관해."

"자, 자력……?"

"정당방위랑 비슷한 거야. 왜, 도둑맞은 것을 되찾기 위 해 싸우는 일이 있잖아?"

요시노의 설명 덕분에 어쩐지 그 말의 의미를 이해할 수 있었다. 다들 똑똑한 것 같다.

"아까 확률 변동에 돌입해서 긴장을 풀기 위해 화장실에 갔더니, 이 바보가 내 기계에서 선불카드를 빼서 도망치더 라고. 붙잡는 게 당연하지 않겠어?"

"자리를 비울 때는 카드를 뽑아야지. 그러니 너한테도 책임이 있지 않을까?"

"시끄러워, 롱헤어. 아무리 생각해도 사람의 물건을 도둑질하는 바보가 제일 나빠. 야, 이리 와, 임마!"

"히이이이익……."

"아, 맞다. 감사 인사를 안 했군. 덕분에 살았다. 고마워, 선량한 세 시민!"

양아치 씨는 우리에게 손을 흔들며 파친코 가게로 날치기범을 끌고 갔다. 외모도 언행도 거칠어서 그야말로 전형적인 양아치라는 느낌이 드는 사람이었다.

"……뭐랄까, 좀 흑화한 사이가와 씨 같아."

"그러게! 로우 군이 불량해지면 저런 느낌이 들지도."

"내 사이가와를 불량하게 만들지 마."

"로우 군은 내 거거든! 멋대로 훔치지 말아 줄래?"

"멍청아!! 버린 내 가방부터 주워!!"

"옙!! 죄송함다!! 그리고 아까 선배를 만져서 두드러기가 심함다!!"

"알 바냐!! 주워!!"

카야마 선배는 폴짝폴짝 뛰며 땅에 방치된 요시노의 가방을 주우러 갔다. 그 오른손에는 분명 붉은 반점이 여러 개 돋아나 있었다. 그러고 보니 카야마 선배는 여자 공포증 때문에 여자를 만지지 못하고, 만약 여자를 만지면 저렇게 반응이 올라온다고 했지. 요시노 덕분에 평소에는 조금 억제할 수 있는 모양이다. 역시 두 사람은 잘 어울린다니까.

약간의 트러블은 있었으나 그 후 우리는 예약한 가게로 향했다.

"——그래서 요즘 나기라는 어때? 사이가와랑."

가게에 도착해 주문하고 나니 카야마 선배가 곧바로 그런 질문을 했다.

"응? 로우 군과 러브러브인데?"

"하핫. 그야 그렇겠지. 내가 말하고 싶은 건 더 생생한 이야기…… 즉, 밤의 부부 생활에 진전이 있냐는 거야."

"이 자식, 카야마! 술도 안 들어갔는데 갑자기 그런 거 묻지 마, 바보야!!"

"하지만 선배. 얼마 전에 드디어 두 사람이 한 침대에서 잠을 자게 되었다잖아요. 물론 나는 여자에 대해 알고 싶지 않긴 해도 너희 부부에 관해서는 별개야. 역시 만사가 잘 되고 있는지 친구로서 신경이 쓰이니까."

"설교……?"

"너무 직설적이잖아……. 릿카도 딱히 대답하지 않아도 돼!"

보통 그런 이야기는 부부 이외의 사람에게는 해선 안 될 것이다. 그러나 카야마 선배 나름대로 걱정해 주는(?) 것 같기도 하고 무엇보다 나 자신이 더 많은 조언을 원했다. 차가운 물을 조금 마시고 입술을 적신 나는 두 사람에게 말하기로 결심했다.

"——사이가와 군의 그게."

"커서 무섭다고?"

"응……."

결과, 두 사람은 이런 일을 상상도 하지 못했는지 조금 놀라고 있었다.

"설마 릿카에게서 그런 음담패설이 튀어나올 줄이야. 사람은 단기간에 변하는구나……."

미간을 손으로 누르면서 요시노가 그런 말을 했다. 음담패설이라니, 너무해.

"하핫. 대단한 진전이네. 물어보길 잘했어."

"지, 진지한 고민이거든요? 오늘 계속 이 생각밖에 안 했다고요."

"아니, 일하란 말이야. 머릿속이 너무 핑크빛이잖아."

"먼저 물어봐 놓고 미안하지만, 좀처럼 대답하기 어려운 테마네. 무엇보다 다른 사람이 개입할 수 없는 문제야. 사이가와는 확실히 훌륭했어, 응. 함께 목욕탕에 갈 때면 다른 남자들조차 사이가와와 스쳐 지나갈 때 그의 사타구니를 되돌아보곤 했으니까. 너무나도 심한 『흔들림』에."

"무슨 거유냐……."

"나 혼자서는 어떻게 해야 할지 몰라서……. 로우 군한테 이런 이야기를 하면 그건 그것대로 슬퍼할 거야…….”

“여전히 평범함과는 거리가 먼 부부구나.”

올해 안에 로우 군과 끝까지 하고 싶다. 그렇게 둘이 결정한 이상, 어떻게든 앞으로 나아가지 않으면 안 된다. 나는 내 공포심을 이겨내야 한다.

“참고로 둘은 그런 경험…… 있어?”

“나기라가 이런 얘기를 한다는 것 자체에 일종의 희비가 느껴지는걸. 맑은 호수에 거대한 니어(泥魚)가 살기 시작한 것 같은, 그런 희비가 말이야.”

“없어.”

““……뭐……?””

나와 카야마 선배의 목소리가 겹쳤다. 요시노는 생맥주를 꿀꺽 한 모금 마시고──.

“없어.”

──쿵. 맥주잔을 강하게 내려놓으며 다시 한번 단언했다.

“앗, 요시노──.”

“없어.”

“사실 숨기고──.”

“없어.”

“사랑은 없는 느낌으로──.”

"없어."

"미안──."

"없어."

"미안해──."

"하──."

"죽어."

"너무 마음에 두지──."

"죽어."

"의외인지, 아니면 납득이──."

"없어."

"뭐, 요즘은──."

"죽어."

"──하핫."

"비웃지 마, 죽어."

요시노가 단숨에 맥주를 들이켰다. 쾅!! 하고 이번에는 테이블에 내리쳤다.

"애초에 녀석들에게 몸을 허락하는 게 그렇게 대단한 거야?! 벌린 가랑이에 봉이 꽂히는 것뿐이잖아, 그런 거!! 그런 얼빠진 모습을 남자에게 드러낸 바보가 좀 성공한 여자인 척하는 거, 불쌍함을 넘어서 애처롭기까지 하거든, 반대로?! 애초에 노골적으로 동정을 바보 취급하면서 웃는 주제에 오랜 세월 처녀인 채로 지내는 여자는 조금이라도 비웃으면 아웃인 분위기가 있는 이 사회 is 뭔데?! 그렇게 사회 전체에서 우롱도 못 하게 처녀를 취급하니까 이놈이고 저놈이고 썩은 음식물 쓰레기를 처분하는 기세로 처녀를 버리려는 거잖아!! 그렇게 해서 조급하게 처녀를 벗은 바보 여자가 망할 남자에게 속아 넘어가는 비극이 태어나는 거라고!! 그러면 처음부터 평등하게 비웃으란 말이야!! 네, 저 쓰레기인데요?! 이걸로 만족하나요?!”

“요, 요시노…….”

“인간이 동물과 다른 건 본능을 이성으로 억누르고, 벌거벗은 모습이 부끄러워서 옷을 입고, 부스스하면 보기 흉하니 머리를 다듬기 때문 아니야?! 동물이 그런 짓을 해?! 안 하지지?! 그야 우리 인간은 이성과 지성을 얻은, 이 지구상에서 유일한 생물이라서 그런 거야!! 그런데 본능적인 행위를 과도하게 예찬하고 성교를 경험하지 못한 녀석은 인간으로서 미숙하거나 결함이 있다고 생각하는 거, 진심으로 원숭이 무리에서부터 다시 시작해야 한다고 생각하지 않아?! 성교하지 않아도 되도록 진화한 게 우리라는 걸 이제 슬슬 깨달으란 말이다, 인류!!”

“그렇게 진화하면 인류는 멸종될걸.”

“닥쳐, 걸레남!! 할 말이 있으면 업무 시간 내에 해!!”

“더욱 이길 것 같은 시간대를 선택하고 있어…….”

“하핫. 선배의 안 좋은 부분을 자극하는 화두인 모양이야.”

뭐, 확실히…… 요시노는 남자 친구가 없는 것 같았고, 그런 경험이 없다는 걸 모르는 것도 아니었다. 그러나 요시노는 여러 가지를 알고 있기 때문에 왠지 나에게 말하지 않았을 뿐, 몰래 누군가와 사귀고 있던 것은 아닐까, 하는 생각은 대학생 때부터 했다. 실제로는 본인이 말하는 대로 겠지만…….

"늦어서 미안! 오늘 좀 정신이 없어서……."

조금 불편한 분위기가 형성됐을 무렵, 로우 군이 찾아왔다. 구세주!

"왔구나, 음란물!!"

"응? 뭔 소리야……?"

요시노가 눈을 번뜩이며 노려보자, 로우 군은 시선을 내렸다. 로우 군, 사회의 창문은 열려있지 않아.

"안녕, 사이가와. 꽤 죄가 많은 나날을 보내고 있구나."

"카야마. 나는 왜 오자마자 음란물이라느니, 죄가 많다느니, 그런 말을 들어야 하는 거야?"

"나 때문이야……."

나는 로우 군에게 지금까지 있었던 일을 대략적으로 설명했다.

로우 군은 술을 주문하며 굉장히 난감한 얼굴을 하고 있었다.

"리츠카, 우리 얘기를 그렇게 쉽게 하면 어떡해……."

"그, 그렇지만. 어떻게든 하고 싶은걸……."

"장하잖아. 나기라는 사이가와가 가진 하이퍼 페네트레이트 디토네이션 오메가 버스트 풀 스로틀 매그넘 2식을 어떻게든 받아들이려 하고 있으니까."

"한 번 더 말해봐."

"장하잖아. 나기라는 사이가와가 가진 거시기 거시기 거시기 거시기 거시기 거시기 거시기 거시기 2식을 어떻게든 받아들이려 하고 있으니까."

"완전히 달라졌거든……."

새삼스레 든 생각인데 카야마 선배는 아까부터 어쩐지 여유가 넘치는 것 같다.

나나 요시노, 로우 군에게 있는 초조함? 같은 것이 없다. 이 사람은 원래 항상 여유가 있다고나 할까, 헤실헤실 웃으며 속마음을 잘 비치지 않는 사람이긴 하지만.

"……카야마 선배는 역시 그런 경험이 풍부한가요?"

"릿카! 그런 건 SNS에서 남자 친구 있다고 은근슬쩍 티 내는 여자만큼이나 의미 없는 질문이야!"

"좀 신경 쓰이긴 하네. 카야마, 네가 여자 공포증이 생긴 건 언제부터야? 적어도 나랑 처음 만났던 대학교 1학년 때는 이미 여자 공포증이 있었지?"

"아마 고등학교 2학년 때려나. 경험한 사람을 세는 건 30이 넘어간 이후부터는 관뒀어."

““““…….”””””

카야마 선배는 일본주를 마시며 태연하게 대답했다.

잠깐 기다려. 여러 가지로 믿기 어려운 정보가 나왔는데?

쏴아아…… 하고 찬 바람이 분 것 같았다. 가게에는 히터가 틀어져 있는데도.

“이 자식, 30이면 반 하나랑 맞먹는 인원수잖아!! 무슨 학년 주임이냐?!”

“주임이 아니라 담임이겠지.”

“거짓말!! 과장한 거지?!”

“30?! 웃기지 마, 범죄자 놈!!”

“왜 날 범죄자 취급하는 거야? 믿기 어렵다면 믿지 않아도 돼. 난 단지 질문을 받아서 대답했을 뿐이야. 그리고 나에게는 《블레스》도 있고.”

이 사람의 《블레스》는 『사람을 조종하는 것』이니까 그 능력을 사용하면 여러 가지로 나쁜 일을 할 수 있을 것이다. 설마 실제로 나쁜 일을 하고 있었던 건가. 그 부분은 요시노가 잘 알겠지.

“하지만 마음대로 행동한 벌이, 바로 여자 공포증이라고 생각해.”

“……뭐, 우리도 중학생 때는 멀쩡하지 않았으니까.”

“로우 군은 그때 뭘 했어?”

“전투 훈련 및 실전.”

"하핫. 너희에 비하면 내가 훨씬 현실적이야."

글쎄…… 과연 어떠려나. 그러나 내 중학교 시절은 내가 인생에서 가장 강했던 시기인 데다가 《날개 사냥꾼》인 로우 군과 서로 다퉜던 시기이기도 하다.

카야마 선배는 다시 술을 마신 뒤 조금 먼 곳을 바라봤다.

"——고등학교 2학년 때, 나이를 속이고 미팅에 나갔어. 남자들은 대학생이었고 여자 쪽은 신입사원이었지."

"너, 진짜 막살았구나."

"아, 그거지? 옛날에는 인기 많았다는 이야기? 그렇게 말한들, 네 매력 따위는 1mm도 오르지 않거든?!"

그렇게 트집을 잡는 요시노였으나 이야기를 막진 않았다. 로우 군과 나 역시 이러쿵저러쿵 말하면서도 카야마 선배의 다음 이야기가 신경 쓰였다.

우리 주변에는 그런 종류의 이야기를 하는 사람이 없었기 때문이다.

"그 자리에 갑자기 『미팅 트롤』이라 불리는 여성…… 아니, 요괴가 나타났어. 나이는 미상이었는데 아마 나보다 12살 위였을 거야. 그리고 운이 나쁘게도 나는 그 요괴에게 『테이크아웃』되어 버렸지. 『포장』이 아니라 『테이크아웃』 말이야."

"……둘이 뭐가 다른데?"

"의식이 있느냐 없느냐. 어느새 기절한 내가 다시 정신을 차렸을 때는 호텔로 끌려가는 도중이었어. 나는 위기감을 느끼고 거부했지. 그런데 그 요괴가『퓨후후! (휘파람) 오히려 흥분되는데!!』라고 환희하며 나의 옷 전부를 맨손으로 찢어버린 거야. 게다가 도망치려고 하는 나의 급소를 찔러 행동 불능으로 만들기까지 했어. 요괴는『참다랑어!!』라는 구호를 외치며 나를 침대에 쓰러트렸지. 다급해진 나는 《블레스》를 쓰려고 간신히 움직이는 팔로 요괴의 허리를 만졌지만,『만질 거라면 여기♡♡♡』라며 반대로 요괴의 비밀스러운 곳을 강제로 만지게……."

"괴담이잖아!"

"이 나라에 요괴가 아직 있구나……."

"네《블레스》는『사람을 조종하는 것』이라서『요괴』에게는 효과가 없었다는 거야? 무서워라."

"그 후 어떻게 됐는지는 기억나지 않아. 다만 몸무게는 하룻밤 사이에 6kg 정도가 빠졌고, 나는 그 이후 여자만 보면 무조건 공포를 느끼게 되었어."

카야마 선배가 여자 공포증이 생긴 것은 텐구라든가 누라리횬이라든가, 그런 느낌의 인간형 여성 요괴를 만나 버렸기 때문인 것 같다. 농담 같은 이야기였으나 선배의 말투는 진지했고, 진실인지 거짓인지 전혀 알 수 없었다. 하지만 로우 군과 요시노는 비교적 납득하고 있었다.

"일단 너도 전혀 현실적이지 않은 삶을 살고 있어."

"자업자득이네. 넌더리가 난 거라면 더 이상 여자를 괴롭히지 마, 멍청아."

"그래서 벌써 10년 가까이 안 괴롭혔잖아. 앞으로도 그럴 거고. 그러니 이런 메마른 내가 말할 수 있는 건 오직 하나. 서로 사랑하는 마음으로 몸을 겹칠 때 발생하는 공포는 진짜 공포가 아니야. 그건 단순히 낯설어서 그런 거지, 시간이 지나면 반드시 극복할 수 있어. 진정한 공포는—— 모든 저항이 허용되지 않는 가운데 다짜고짜 착취당하는 거야."

……꽤 설득력이 있었다. 의외로 진리를 찌르고 있다는 생각이 들었다.

내 공포는 낯선 것에서 오는 것일 뿐이다. 쫓기고 있는 것도, 억지로 강요당하고 있는 것도 아니다. 사랑하는 로우 군이 최대한 나를 신경 써주는 상황 속에서 발생하고 있다.

그렇게 생각하면 이건 그렇게 심각한 고민이 아닐지도 모른다.

"익숙하고 말 것도 없이, 우리는 처로 처음이잖아."

"조금 안심이 된 것 같아. 익숙하지 않은 것뿐이라면 분명 익숙해지겠지."

"하핫. 옷을 벗은 인간이란 애초에 동물이야. 그리고 모든 동물이 교미의 방식을 배우지 않듯…… 우리 인간도 자연과 본능으로 돌아갈 때가 반드시 와. 뭐, 쿠리 씨는 불복

할지도 모르지──크아아악!! 죄송합니다!!"

요시노가 말없이 카야마 선배의 발을 걸어차고 있었다. 꼭 한마디를 더 한다니까.

인간도 동물이고 본능이 있다. 그러나 이성 역시 있다. 카야마 선배는 『즉, 그렇게 고민하지 않아도 돼』라는 말을 하고 싶었던 걸지도 모른다. 이러니저러니 해도 상냥한 사람이다.

"인간도 동물…… 일리가 있는 것 같아. 나는 아니지만."

"로우 군이 이 중에서 제일 동물 같잖아."

"사이가와 씨만큼 동물적인 인간은 없을걸."

"동물이 인간인 척하고 있는 게 아닐까, 사이가와는?"

"굳이 동시에 공격할 필요가 있어? 몰이사냥이야?"

만약 로우 군을 동물에 비유한다면── 역시 늑대겠지. 이름에도 한자가 들어가니까.

이렇게 우리 네 명은 즐겁게 술을 마시고 밥을 먹었다.

오늘 하루 동안 많은 걸 알게 됐다. 알찬 하루였어.

*

"사내에 상담사가 있다니. 우리와는 딴판이네……."

"로우 군 회사에는 없어?"

"있을 리가. 스트레스받으면 그대로 피 토하고 끝내라,

같은 분위기인걸.”

“아무리 그래도 그건 말이 너무 심하지 않아?”

그날 밤, 둘이 집에 돌아와 목욕하고 자기 전 잡담 타임을 가졌다.

아까 술자리에서 미처 얘기하지 못했던, 오늘 있었던 일을 로우 군에게 보고했다.

“그래서 그 상담사인 하구사 씨라는 사람이랑 친해졌구나.”

“응! 굉장히 얘기하기 편한 사람이야! 게다가 어쩐지 말투가 남자다워! 나는 아키 씨라고 부르고 있고!”

“설명이 기네……. 그래도 사내에서 허물없이 얘기할 수 있는 사람이 늘어나는 건 좋은 일이지.”

“맞아~. 뭐, 나는 출근을 잘 안 하지만.”

“치사해.”

“안 치사해.”

옆에 앉은 로우 군의 어깨에 기댔다. 기대기만 하는 정도라면 로우 군은 꿈쩍도 하지 않는다. 로우 군의 위팔은 단단했으며 몸속에서 묵직한 것이 느껴졌다.

지금까지 왠지 모르게 포착하고 있던 『남자다움』. 나와 로우 군의 신체는 하나부터 열까지 다르다. 뭐든지 다르지만 그래도 함께 있도록 만들어져 있다. 그건 동물적이긴 하나 어딘가 신비롭기도 하다.

"……오늘 여러 사람이랑 이야기해 봤는데, 사람에겐 그 사람만의 인생이 있고, 거기에는 모두 역사가 있어서 어떤 사람이든 내가 모르는 걸 많이 경험하고 있구나…… 하는 생각이 들었어."

"응. 카야마랑 오랫동안 알고 지냈어도 그런 에피소드를 가지고 있는 줄은 나도 몰랐으니까."

"그런 에피소드가 더 있을 거야, 그 사람은."

"아마도……. 우리가 파고들지 않아서 그렇지, 꽤 많이 숨기고 있을걸."

"있잖아. 우리도—— 여러 가지 일들을 경험해 나가자."

내 손을 살며시 로우 군의 배에 가져다 댔다. 복근이 딱딱하다. 로우 군은 마음만 먹으면 분명 나 따위는 쉽게 쓰러뜨려서 마음대로 할 수 있을 것이다. 양 손목을 짓누르고 아무런 저항도 할 수 없는 나를 내려다보는 로우 군의 차가운 눈을 상상하자, 어쩐지 배의 안쪽에서부터 뜨거워져 체온이 단번에 올라가는 것 같았다.

그런 일을 당하고 싶지 않아……. 하지만 로우 군이 상대라면…….

"그래. 일본 일주라든지 해외여행이라든지, 해보지 않은 게 아직 많아."

"……응? 그쪽?"

"엥?"

"아, 아니, 뭐랄까. 좀 더 일상적인 거라고 해야 하나, 그게……."

어리둥절한 로우 군의 얼굴을 보니 서로 생각이 어긋났음을 확실히 알 수 있었다.

나는 역시 어딘가 이상해져 버린 걸지도 모른다. 이 정도로 누군가의 몸이 신경 쓰여서 그곳을 만지고 싶었던 적은 없었다.

"로우 군. 다, 다음에 말이야. 같이…… 목욕할래?"

"……."

푸슉 하고 공기 빠지는 소리가 났다. 로우 군의 온몸이 얼어붙었다.

딱히 내가 능력을 사용한 게 아니라 내 말이랄까, 제안 하나로.

이런 것을 스스로 제안하는 걸 보면 나도 미쳤나 보다.

어떻게 된 게 분명한데 그렇게 하고 싶다는 생각을 멈출 수 없다.

"오, 오늘은 이만 잘게! 잘 자!"

부끄러운 탓에 얼굴에서 불이 뿜어져 나오는 것 같았다. 나는 침대에 쓰러져 베개에 얼굴을 대고 그대로 발버둥 친 뒤, 마지막으로 온몸의 힘을 한꺼번에 다 뺐다.

로우 군이 침대에 언제 왔는지는 모른다. 나도 모르는 사이에 잠들어 버렸으니까.

──그렇지만 분명한 건.
우리는 조만간 함께 목욕할 것이다.

"로우시! 모의전 하자!"

"나중에."

켄고가 한층 큰 목소리로 모의전을 권유해 왔으나 로우시는 그쪽을 바라보지도 않고 그저 손을 움직였다. 시선조차 주지 않자, 켄고는 입술을 약간 내밀면서도 지금 로우시가 무엇에 몰두하고 있는지 확인했다.

"호오. 무기 손질인가! 성실하군, 로우시는."

"귓가에서 큰 소리 내지 마. 무기뿐만이 아니야. 기관복이나 언더아머, 신발에 이르기까지 전부 체크하는 건 기본 중의 기본이다."

따라서 로우시 주위에는 평소 사용하던 무기와 방어구가 전부 늘어져 있었다. 총, 탄약, 나이프, 방어구, 통신기 등 로우시는 그 모든 상태를 확인하고 필요하다면 손질했다.

전투 행위가 끝날 때마다 로우시는 거점에서 반드시 이 작업을 했다. 모종의 루틴이기도 했고, 무엇보다 그 자신의 성격 탓이 컸다.

"그렇게까지 꼼꼼하게 하지 않아도 후방조 녀석들에게 부탁하면 돼!!"

"내가 쓰는 물건인데 남이 만질 필요가 뭐가 있어. 책임 소재는 하나로 좁혀야 한다."

"시간 단축을 위해서다! 빈 시간은 나와 모의전을 하면 되잖아!"

"……그런 이야기가 아니야."

만일 정비 불량이나 오류가 있음에도 이를 놓친 채 전투에 들어가 뭔가 피해가 생겼을 경우, 그게 다른 사람의 유지 보수 때문이라면 로우시는 그 녀석을 탓할 것이다. 실제로 싸우는 것은 자신이니 신경 쓰지 않는 건 말도 안 되는 이야기다. 그렇게 누구인지도 모르는 다른 사람을 탓할 가능성을 내포할 바에야 모든 것을 자기 책임으로 만드는 것이 낫다.

뭐, 그것은 표면적 이유일 뿐, 로우시는 이러한 세세한 작업이 성격에 맞는다── 케어하는 것은 자신의 무기만이 아니다. 멘탈도 그렇다는 것을 깨닫지 못한 것은 아직 그가 어리기 때문이었다.

"응? 로우시! 이 블록 모양은 무슨 물건이지?!"

"휴대용 비상식량."

"그런 것까지 가지고 다니는 거냐?!"

와삭 와삭 와삭……. 켄고는 로우시의 휴대 식량을 전부 입에 넣었다.

"멋대로 먹지 마!!"

"맛없어."

"쏜다, 너……!"

철수할 수 없는 상황에서 전투가 장기전으로 돌입했을 때, 영양 보충 문제는 무시할 수 없다. 인간은 움직일수록 연료를 소비한다. 그런 사태는 웬만해서는 일어나지 않는다고는 해도 로우시는 만약을 위해 비상식량을 휴대하고 있었다.

"그럼 여기 점액 같은 건?!"

"지혈제."

"흠……."

문질 문질 문질……. 켄고는 로우시의 지혈제를 자기 피부에 듬뿍 발랐다.

"낭비하지 마!!"

"냄새 구려!"

"죽인다, 너……!!"

전투 행위 중 부상은 불가피하다. 따라서 응급 처치를 할 수 있는 소형 의료 키트를, 로우시는 항상 휴대하고 있었다. 작은 연고 상자에 들어 있는 지혈제도 그중 하나다.

"그렇게 이것저것 챙겨서 전투에 들어가면 움직임이 둔해져서 위험하지 않아? 좀 더 자유로워져라, 로우시!!"

"오히려 네가 아무런 준비 없이 전투에 임하는 게 이상한 거야. 대다수의 전투원은 이 정도는 상비하고 있어."

켄고는 《블레스》 덕분에 좀처럼 상처를 입지 않는다. 그리고 무기도 사용하지 않는다. 가지고 가는 것은 통신기 정도이며 다른 것은 아무것도 안 챙긴다. 아마 《시지마 기관》에서 가장 장비가 가벼운 대원이라고 불러도 좋을 것이다. 한편, 로우시는 장비의 무게가 《시지마 기관》 중에서도 상위권에 속했다.

"내가 보기엔 전부 쓸데없이 보여!"

"대비해 놓으면 걱정하지 않아도 돼. 무슨 일이 있어도 대처할 수 있도록 준비하는 게 뭐가 소용이 없다는 거지? 《블루즈》 녀석들이 무슨 짓을 해 올지 몰라. 그렇다면 나는 무슨 일이 벌어져도 그 상황에 대처할 수 있도록 지니고 있는 물건은 무엇이든 사용할 거다. 나는 그저 그 『지니고 있는 물건』을 늘리고 있을 뿐이야."

첫 전투에서는 상대가 어떤 《블레스》를 지니고 있는지 일절 알 수 없다. 그렇기에 첫 전투는 적에게 유리하다. 그러나 반드시 선수를 치는 로우시는 어떻게든 수단을 늘려둠으로써 사태의 타개를 도모한다. 유비무환은 무능력자인 로우시에게 있어서 생명선이나 다름없는 신조였다.

"남자라면 주먹 하나로 승부해라! 무슨 일이 일어나도 동요해선 안 돼!"

"딱히 너의 스탠스를 부정하지는 않지만 그렇다고 동의하는 것도 아니야. 좋을 대로 해."

"귀염성 없는 녀석이군! 좋아, 밥이나 먹을까?"

"그러니까 나중에……."

최종적으로 《시지마 기관》은 로우시의 가장 뛰어난 부분은 그 대응력과 발상력에 있다고 판단하고, 전용 무기인 《재화쇄천》을 줬다.

준비가 되어 있으면 근심이 없다. 사람은 보통 근심하는 것을 싫어한다.

그러므로 대비하는 것은 어디까지나 인간이라는 증거일지도 모른다.

《제3화》

"이 가게에 있는 콘돔 전 종류 주세요."

"……스스로 바구니에 넣어서 가져와."

"당연한 대응이군."

근처 편의점의 몸집이 큰 점원—— 지난달부터 아르바이트하고 있는 켄고가 어이없다는 얼굴로 나를 바라봤다. 오늘은 쉬는 날로, 나는 쇼핑하기 위해 이곳에 혼자 찾아왔다.

그 목적은…… 피임 기구의 확충, 즉 콘돔을 여러 가지로 구매하는 것이다.

현재 이 편의점은 한산해서 다른 손님의 모습은 보이지 않았다. 오히려 평일이 더 바쁜 타입의 편의점이라고, 이전에 켄고가 말해줬다. 따라서 지금은 켄고 혼자 일하는 시간대이기도 하다.

"아니. 가지고 있기는 해, 콘돔. 근데 역시 몇 종류는 준비해 둬야 임기응변으로 대응할 수 있다고나 할까, 그 왜, 대비하면 걱정이 없다고들 하잖아?"

"알바냐……. 살 거면 빨리 해."

"혹시 점원이 추천하는 콘돔 있나요?"

"없어. 아무거나 빨리 사."

나는 기분이 들떴다. 솔직히 콘돔의 종류나 사용감 같은 건 전혀 모른다. 왜냐하면 여전히 그 이후로 리츠카와 행위에 도달하지 못하고 있기 때문이다. 한 번도 사용하지 않은 물건의 차이를 사기 전부터 알 수 있을 리가 없다. 두께 차이 같은 것도 모른다.

——그러나 리츠카는 요전 날, 나와 함께 목욕을 하고 싶다고 말했다. 그 리츠카가.

그렇다는 건 콘돔을 여러 가지 구비하는 편이 좋다는 얘기가 된다. 분명 끝까지 갈 게 틀림없기 때문이다. 그때의 선택지를 늘려두는 게 당연하다.

"앗! 점원분은 콘돔 씨와 인연이 없었죠? 죄송합니다ㅋ."

나는 이때다 싶어서 켄고의 동정을 자극했다.

바구니에 담긴 피임 도구를 꺼내 바코드를 찍는 켄고는 크게 한숨을 쉬었다.

"맞아. 있으면 썼지만, 없으면 별수 없는 일도 있었지. 해외에 있을 때는 특히나 더."

"그래, 그래. 없을 때는 별수 없이……."

"——변태냐……?"

나는 경악을 감추지 못했다. 한 걸음, 계산대에서 거리를 뒀다.

아무렇지 않은 듯 윤리적으로 어긋난 말을 하는 켄고는 고개를 갸우뚱하고 있었다.

"무슨 일이야, 로우시?"

"무, 무슨 일이냐고?! 뭐야, 너…… 어느 에로 만화에서 입수한 지식을 나한테 선보이려는 건데?!"

"실제 체험이야."

"아니, 아니, 아니, 이상해, 이상해, 이상해……."

켄고는 동정일 것이다. 왜냐하면 지금까지 한 번도 여자 친구가 있었던 적이 없을 테고, 그것은 나와 떨어져 있던 10년 동안도 그랬을 것임이 틀림없으니까. 그런데 왜 그런, 동정이 아니라는 소리를 태연하게 하는 걸까. 허세인가? 고집인가? 내가 올해 동정 졸업(예정)이라서 그런 걸까……?!

"켄고, 그런 건 좋지 않아. 솔직해져라, 내 앞에서는."

"……? 아니, 무슨 뜻인지 모르겠는데. 이런 걸 거짓말해서 뭐 해. 이제 너랑 나도 대충 나이를 먹기도 했고, 여자란 잔 경험 정도는 평범하게 있잖아? 기혼인 너에게 할 말은 아니지만."

"앗…… 힉!"

과호흡이 올 뻔했다. 없거든? 여자랑 잔 경험. 기혼자인데도.

(예정)이니까. 어쩔 수 없다고. 그리고 애초에——.

"너, 너, 너, 너는!! 여자 친구가 있었던 적이 없잖아?!

근데 저는 동정이 아닙니다♡ 같은 느낌으로 말하는 거 부끄럽지도 않아?!"

"엥……? 확실히 나는 애인을 만들어 본 적은 없지만, 그거랑 동정인지 동정이 아닌지가 무슨 상관이 있지? 사귀지 않아도 여자와 자는 일쯤은 흔히 있어."

"시…… 싫어! 싫어!!"

어쩐지 작고 귀여운 목소리를 낸 나는 무심코 가까운 선반에 있던 편의점 디저트를 집어 눈앞의 괴물에게 던졌다. 괴물은 그 디저트를 태연하게 낚아채고는 삑 하고 계산했다. 장사 잘하네.

"그, 그런 일은 있어선 안 돼!! 사귀지 않은 여자와 자거나 좋아하지도 않는 사람과 야한 짓을 하다니?! 그러면 안 된다고 교과서에서 배우지 않은 거야?!"

"안 배웠어. 하지만 사귀지 않다고 해서 꼭 좋아하지 않는 건 아니야. 서로 하룻밤 동안 달아오른다면 그때 동안만은 좋아하게 될 수도 있어. 거짓말도 하나의 수단이니까."

"똥!!"

"갑자기 뭔데."

믿을 수 없다. 이 녀석, 아마 나와는 비교할 수 없을 정도로 어른을 경험했을 것이다.

기다려……. 나는 켄고가 당연히 동정 동료인 줄 알았단 말이야. 여차하면 내가 먼저 피스☆ 한다고 생각해서 엄청나게 신나 있었는데.

실제로는 지난 10년간 켄고는 나와는 전혀 다른 삶을 살고 있었다. 거기에 사랑이 없었을 뿐, 육욕은 있었을 것이다. 하하핫, 졌네요. 죄송했습다, 켄고 씨.

"그럼, 켄고. 너는 내가 들뜬 마음으로 콘돔 전 종류를 사는 걸 도대체 어떤 마음으로 바라보고 있었던 거야? 참고용으로 알려줘……."

"특별히 아무런 생각도 안 했어. 옛날부터 대비해 두면 근심이 없다고, 로우시 네가 자주 말했으니까. 그때와 많이 성격이 변했다고 생각했는데 지금도 변하지 않은 부분을 보고 전혀 안 변했을지도 모른다고 생각했을 뿐이야. 뭐…… 피임 기구를 이렇게 한꺼번에 사는 손님은 처음이지만."

"………."

나는 얼마나 불쌍한 광대인가. 켄고는 여기서 일하고 나서 단번에 사회성을 몸에 익힌 듯했다. 얼마 전까지만 해도 거친 야생동물 같은 느낌이었는데.

켄고가 묵묵히 상품을 계산해 나갔다. 그러나 마지막 상품을 찍은 순간, 삑 하는 분명한 에러음이 계산대로부터 울려 퍼져서, 켄고가 "으" 하고 목소리를 냈다.

"미안해, 로우시. 최근에 이 계산대 상태가 안 좋거든. 고칠 테니 조금만 기다려 줘."

"아, 응……. 몇 시간이라도 기다릴게……."

"그렇게까지 기다리지 않아도 돼. 몇 분 안에——."

딸랑♪ 딸랑♪ 자동문이 열림과 동시에 가게에 손님이 들어왔음을 알리는 소리가 울렸다.

아무래도 다른 손님도 오겠지, 하고 나는 방문객을 흘끗 확인했다.

"펫펫펫페……."

(실제로 그렇게 웃는 사람 처음 봤어…….)

가게에 들어온 손님은 노파였다. 노인용 카트를 쭉 밀고 있는 그 노파는 늘어진 눈꺼풀 때문에 마치 미소 짓고 있는 부처처럼 보였다. 웃는 방법은 좀 기묘했지만.

"저, 저건?!"

"우왓! 갑자기 소리 지르지 마."

켄고의 분위기가 단번에 바뀌었다. 원수라도 나타난 것처럼 진지한 얼굴이 되었다.

어째서 그런…… 하고 내가 생각하는 것보다 빠르게 켄고는 가게 내의 매뉴얼 북 같은 것을 꺼내서 팔랑팔랑 페이지를 넘기더니 노파와 안의 내용을 비교했다.

"틀 림 없 어……!! 저 노 파 는 우 리 가 게 블 랙 리 스 트 베 스 트 텐, 리 스 트 넘 버 0, 《절 도 마 수》!! 설마 나 혼자 근무할 때 나타나다니……!!"

"무슨 일이야."

절도…… 뭐? 노파? 갑자기 무슨 소리지?

"조심해라, 로우시! 넘버 0은 최상급의 손놀림을 지니고 있어!!"

"손님을 에스파다처럼 강한 순서로 매기는 건가?"

"로우시! 《절도마수》로부터 한순간도 눈을 떼지 말아 줘!! 그리고 뭔가 위화감이 있으면 나에게 보고해!!"

"딱히 상관없긴 한데…… 그동안 넌 뭘 하려고."

"내 OL로는 놈을 당해낼 수 없어……! 미안하지만 여기선 점장에게 연락해서 조언을 구해야겠다!"

"OL이라니."

언제부터 오피스 레이디가 된 거냐, 넌. 뭐, 아마 다른 약칭이겠지만 나는 편의점 업계에서 사용하는 약칭에 대해서는 전혀 모른다.

내 계산도 끝내지 않은 채, 켄고는 분주하게 스마트폰을 만졌다. 나는 부탁받은 대로 상품 진열대 앞을 서성이는 노파──《절도마수》를 주시했다.

"펫펫페……."

(나는 왜 점원도 아니면서 손님을 감시하는 걸까…….)

그냥 평범한 할머니 손님이잖아. 켄고의 생각이 전혀 이해가 안 돼.

──슉!

"앗──."

뭐지, 방금? 선풍? 순간적으로 바람이 불어와서 내 머리를 흔든 것 같다.

(좀 더 유심히 보지 않으면 안 보이겠어.)

『네, 여보세요, 시시쿠라 씨? 나는 오늘 휴일이라 데이트한다고 어제——.』

"점장님!!《절도마수》가 나타났습니다!! 지시를 내려주세요!!"

『아, 로바 씨 말이지. 알겠어, 알겠어. 잠깐 기다려.』

등 뒤에서 점장님과 켄고의 통화 소리가 들렸다. 오늘은 휴일이라 데이트 중인 모양이다.

한편, 나는《절도마수》가 무슨 짓을 했는지 알아내기 위해 집중해서 그 움직임을 관찰했다.

——슉!

"……아니?!"

도, 도둑질……!! 무서운 속도로 상품을 낚아챈 뒤, 저 손수레 안에 던져놓고 있는 건가? 속도가 너무 빨라서 눈으로 완전히 쫓을 수 없었다.

나는 시력만큼은 보통 성인 남성보다 훨씬 좋다는 자신이 있었다. 그런 내가 확신할 수 없는 빠른 손놀림, 아니, 저 정도 수준에 달한 기술은 신기라고 불러야 할지도 모른다. 저 할머니, 정체가 뭐지? 요괴?

"로우시!《절도마수》의 움직임은?!"

"상품을 훔쳐서 저 카트 안에 넣은…… 것 같아. 미안, 확증은 없어."

"역시……! 도둑질 외길 70년, 지금까지 준 피해 총액 약 9,700만 엔. 그럼에도 체포당한 적은 0! 상품을 훔치는 것에『만』에 특화된 그 마수는 고속을 넘어 신속의 영역에 이르렀다고 해……!! 아직 한참 부족한 나나 로우시의 OL로는 도둑질을 인식하는 것조차 거의 불가능이야……!!"

"도대체 어디부터 태클을 걸어야 하는 거냐."

나한테 OL 같은 거 적용하지 말아 줄래? 그게 뭔데. 그리고 왜 이 나라는 이 노파를 방치하고 있는 거야. 범죄자 잖아. 앞으로 장수하면 피해 총액이 억이 넘을 거라고.

《절도마수》는 평범하게 가게를 나서려 하고 있었다. 살 게 없다는 분위기를 풍기며.

"저기, 죄송합니다, 할머니. 잠깐 카트 내용물 좀 확인해도 될까요?"

"그, 그만둬, 로우시!!『사냥』당할 거다!!"

시끄러워. 애초에 왜 내가 확인하는 건데. 네 직장이잖아.

"펫펫페……."

《절도마수》는 손수 카트를 열었다. 그러나 놀랍게도 속은── 텅 비어 있었다.

"응? 비어있네……?

"펫펫페……."

"아, 죄, 죄송합니다! 제가 그만 실례를……."

"펫펫페……."

그 공용어는 그만둬. 무슨 생각을 하고 있는지 모르겠으니까.

《절도마수》는 그대로 느긋하게 가게를 빠져나갔다.

그리고 자동문 너머에서 뭔가를 소매에서 꺼내 나와 켄고에게 보여주었다.

"저건── 빵?! 역시 훔쳤잖아!!"

엄청난 속도로 카트에 집어넣은 것처럼 꾸미고 실제로는 소매 속에 빵을 훔치고 있었던 것 같다. 보기 좋게 한 방 먹었다고나 할까…….

"쫓아가자, 켄고!! 저건 그냥 도둑질이야!!"

"아니…… 됐어. 우리의 패배다, 로우시."

"왜 포기하는 거야?!"

아직 저기에 범인이 있는데. 어슬렁어슬렁 카트를 밀고 있을 거라고.

"훔쳤는지 안 훔쳤는지, 우리는 알 수 없어. 저건 일부러 《절도마수》가 『도둑질했다』고 보여준 거야. 완전히 당했군. 볼썽사나운 짓은 그만둬."

"응? 너를 때리면 되는 거지……?"

어느샌가 체념 못 하는 끈질긴 녀석 취급을 받고 있었다. 웃기지 마.

"그리고 전에 점장이, 『로바 씨의 아들이 나중에 훔친 상품 대금 전부를 보상한다고 했으니 무리해서 말리지 않아도 됨다』라고 했어."

"먼저 말하란 말이야!!"

뭐, 그 이전의 가게 측의 대응이 잘못됐다고 생각하지만…….

"역시 점장님이야. 그 사람 정도의 직장인이라면 블랙리스트 베스트 텐 상대라도 맞설 수 있어."

"그 수수께끼 단어 좀 그만 써……."

성실한 건지 근면한 건지, 켄고는 새삼스레 점장님에게 전화를 걸어 상황을 보고하기 시작했다.

"여보세요, 점장님. 무사히 《절도마수》를 내보냈습니다. 피해는 빵 하나입니다."

『정말임까? 대단하네요, 시시쿠라 씨. 심할 때는 계산대까지 도둑맞은 적도 있는데~.』

(진짜냐…….)

편의점 강도라도 계산대의 내용물만으로 봐주는데 계산대 본체를 빼앗기는 건 이미 인지를 초월한 행위가 아닐까.

역시 점장님의 농담일 거라고 생각하고 싶으나 켄고는 진지하게 고개를 끄덕이고 있었다.

"계속 업무에 매진하겠습니다. 데이트 방해해서 죄송했어요."

『사과하지 않아도 됨다. 별로 그런 거 신경 안 쓰는 녀석
이라서요.』

『야, 이제 순서야.』

『아, 지금 갈게! 그럼 시시쿠라 씨, 앞으로도 잘 부탁드
려요.』

"알겠습니다."

통화가 끝났다. 켄고는 한 건 해냈다는 듯 크게 호흡했다.

"데이트 장소는—— 놀이공원이래."

"아, 그래…….."

다른 남자의 목소리가 전화기 너머로 들린 것 같았는데
뭐, 신경 쓸 필요는 없겠지.

켄고도 이제 겨우 계산대를 고칠 수 있다. 그런 생각이
든 순간이었다.

딸랑♪ 딸랑♪

"앗! 역시 아직 편의점에 있었구나!"

에코백을 한 손에 든 리츠카가 볼을 살짝 부풀리고 있
었다.

"곧 돌아온다고 했으면서! 오늘은 냥키치를 병원에 데려
가는 날이잖아!"

"미안해, 미안해. 켄고와 잡담 좀 하느라——."

"저건……!! 우리 가게 블랙리스트 베스트 텐 번외, 리스
트 넘버 EX《나에게만 엄격한 백마》!!"

"남의 아내를 블랙리스트에 넣지 마."

"블랙리스트…… 응? 나 그런 리스트에 들어 있어?"

"정확히는 나만의 블랙리스트다……!《나에게만 엄격한 백마》는 어찌 된 영문인지 내가 계산대를 담당할 때 세금을 내고 소포를 보내고 포인트 카드를 사용하는 등 귀찮은 것만 신청하니까……! 이제 좀 봐달라고……!!"

지난달, 켄고는 우리 집 창문과 현관문을 파괴했다.

뭐, 그 외에도 여러 가지 일이 있었지만, 아무튼 리츠카는 아직도 화가 풀리지 않아서 켄고 앞에서 꽤 엄격한 손님으로 행동하는 것 같다. 그걸 듣고 내가 생각하는 건 딱하나.

"켄고. 네가 나빠."

"로우시?!"

"아, 오늘은 공격 수단을 안 가져왔네. 목숨을 건졌구나, 덩치 큰 사람."

"야!! 서비스의 이용을 공격 수단이라고 하지 마!!"

"닥쳐!《조직》사람은 전부 그렇게 부른단 말이야!!"

"아니, 아무리 그래도 그 거짓말은 너무 심하지 않을까?"

"리츠카?!"

내가 모처럼 엄호 사격해 줬는데. 켄고는 개인적인 블랙리스트에 들어 있는 리츠카의 등장에 겁을 먹고 있었으나 서서히 평정심을 되찾아 갔다.

“내 OL이 오른 그날에는——더 이상 네 녀석한테 지지 않을 것이다, 《백마》.”

“말 줄이지 마.”

“이 사람, OL이야? 로우 군.”

“몰라. 것보다 켄고, 빨리 계산대나 고쳐. 우리는 다음 일정이 있다고.”

“음…… 알겠어. 조금만 기다려.”

“『조금만 더 기다려 주세요』라고 해야지? 우리는 손님이니까.”

“조, 조금만 기다려 주세요.”

(성질이 죽었구나, 켄고.)

나는 진심으로 그렇게 생각했다. 10년 전의 켄고보다도 성격이 둥글게 변한 것 같다.

“이봐—— 로우시. 나도 이제야 이해했어. 평범하게 사는 건 굉장히 어려운 『싸움』이라는 걸. 전사가 아니라 편의점 점원으로서. 《블레스》가 아니라 자신의 OL만으로. 그렇게 생각하면 밤잠을 설칠 정도로 스트레스가 느껴져. 아마…… 보통 인간이 느끼는 것과 같은 것을 느끼는 거겠지.”

“이제 안 거야? 하지만 켄고——.”

조금 지친 얼굴을 보이는 켄고. 그러나 그 표정은 어딘가 온화했다.

그렇기에 나는 이 녀석에게 분명히 해둘 말이 있었다.

"——이 가게, 평범하지 않아."

블랙리스트 베스트 텐은 일반 편의점에는 존재하지 않으며 민폐 고객의 진상이 너무 심하다. 그리고 OL이 뭔지 결국 켄고는 설명해 주지 않았으나 그런 약칭도 아마 다른 가게에는 존재하지 않을 것이다.

뭔가 여러 가지로 위험한 분위기가 감돈다, 이 가게. 점장님과 부장님이 전부터 알고 지냈다는 걸 보면 아마 평범한 가게가 아닐 거라고 어렴풋이 생각은 했지만.

"훗……. 너와는 업계가 달라서 그렇게 생각하는 거겠지."

"아니, 뭐…… 네가 좋다면 그걸로 됐어."

"서비스업은 정말 힘들다니까~. 나도 이 사람한테 좀 잘해줘야겠는걸."

"그렇게 말해주니 고맙군."

그 후, 켄고는 겨우 계산대를 고치고 내 계산을 끝내줬다.

"오래 기다렸지, 로우시. 그리고 오늘은 여러 가지로 미안했어. 서비스로 나무젓가락 줄게."

"됐어! 젓가락이 필요 없는 물건이잖아!"

피임 기구를 산 손님한테 할 말이냐, 그게. 나는 비닐봉지를 받아 들고 한숨을 푹 쉬었다.

"……로우 군, 그거……."

"앗."

"왜, 왜 그렇게 많이 산 거야? 피임 기구를……."

"대비하고 있으면 걱정하지 않아도 돼, 《백마》."

"야, 닥쳐!! 쓸데없는 소리 하지 마!!"

"대비가 지나치잖아……. 미안, 1년 치를 미리 사는 거라면 좀 깰지도……."

리츠카가 한 발짝 거리를 뒀다. 확실히 나는 옛날부터 걱정이 많아서 금방 대비하는 경향이 있었으나 이날, 조금 배웠다.

지나치게 대비하면 오히려 걱정을 살 때가 있다는 것을…….

“오빠. 고양이 씨는 어째서 말 못 하는 거야?”

어린 여자아이가—— 여동생인 히이나가 의문을 제기했다. 할머니가 키우는 시바견을 쓰다듬으면서.

오빠인 로우시는 개를 만지면서 고양이 이야기를 하는 히이나에게 이상함을 느끼며 나름대로 도감을 읽고 배운 것을 가르쳐 주기 위해 그녀 옆에 섰다.

“동물 대부분은 우리 인간과는 입의 구조가 달라.”

“입?”

“응. 혀가 짧거나 길거나, 목의 모양이 길대.”

“……? 하지만 히이나는 알고 있어. 수다 떠는 새가 있다는걸.”

아직 미취학 아동이긴 하나, 여동생은 총명한 구석이 있었다. 로우시는 맞아, 하고 고개를 끄덕였다.

“구관조나 앵무새 말이지? 말을 잘하는 새는 혀나 목의 모양이 인간과 살짝 비슷해서 말할 수 있는 거야.”

“그럼, 고양이 씨도——.”

“새 씨는 인간의 말을 열심히 흉내 내고 있을 뿐, 정말로 말하는 건 아니야. 그건 새 씨의 울음소리야.”

일부 조류에서 볼 수 있는 그것은 이른바 성대모사나 우는 흉내에 불과하다.

그러나 로우시의 이 설명에 히이나는 조금 불만스러워했다. 꿈이 하나 날아가 버렸기 때문일 것이다.

“……동물과 수다 못 떠는 거야? 히이나는 얘기하고 싶어.”

"으음, 글쎄. 어쩌면 수다 떨 수 있는 동물이 이 세상에 있을지도 몰라. 아직 그 누구도 발견하지 못했을 뿐이니까, 히이나가 좀 더 커서 그런 동물을 찾으면 돼. 오빠가 그걸 도와줄게."

"정말? 응, 히이나가 찾을게! 수다쟁이 너구리 씨!"

"응? 고양이가 아니라……?"

만약 실제로 동물의 발성기관이 인간과 비슷했다고 해도 뇌의 구조가 인간과 다른 이상, 언어를 학습할 수 없다. 그러므로 동물과 대화하는 건 일절 불가능하다.

그러나 어린아이의 몽상에 그러한 현실은 필요 없다.

그럼에도 오빠는 안다. 말하는 동물은 이 세상에는 존재하지 않다는걸.

한편, 여동생은——그 사실을 알기도 전에 세상을 떠났다.

부질없는 현실을 살며 꿈과 희망이 깨지는 경험을 하지 않은 것은 불행 중 다행일 것이다.

《제4화》

『오오오오오오오오오오오오오오오오오오오오오오오오오!!!
병원 따위 가고 싶지 않다냐아아아아아아아아아아아앙!!!』

소파에 발톱을 세우고 매달리며, 냥키치가 데스 보이스로 의사를 표현했다.

느낌표를 포함한 대사 전부에서 탁음이 들리는 것 같은 착각이 드는 목소리였다.

"포기하라니까! 이번에는 그냥 건강검진이라서 딱히 아프지 않을 거야! 돌아오면 최고급 습식캔 먹게 해줄 테니까 적당히 케이지에 들어가!"

『앙? 그럼 가줄까…….』

"그래, 그래! 몸무게 좀 잰 후에 예방접종만 받으면 돼~."

『바늘이 꽂히는 거잖냐아아아아아아아아아앙!!』

"앗, 리츠카! 조금만 더 하면 속일 수 있을 것 같았는데."

"미안, 미안."

우리는 편의점에서 돌아온 뒤, 그대로 냥키치를 동물병원에 데려가려고 했으나 보다시피 처참히 실패하고 있었다. 냥키치는 동물병원 자체는 그렇게 싫어하지 않지만, 예방접종 등『바늘을 쓰는 행위』를 매우 싫어해서, 조금이라도 그런 기미가 보이면 마구 저항하곤 했다.

뭐, 병원이나 바늘을 좋아하는 동물이 있다는 얘기는 들어본 적이 없기도 하고, 고양이를 기르는 어느 가정에서나 흔히 볼 수 있는 장면이긴 했으나 이렇게 작은 고양이라도 난동을 부르면 역시 고전을 피할 수 없다.

『벼, 병원에서 주사를 맞을 바에야……! 바늘을 천 개 삼키고 죽는 게 낫다냥!!』

"그쪽이 바늘 999개가 더 많잖아……."

"로우 군, 냥키치가 뭐라고 했어?"

"병원에 갈 바에야 바늘 천 개를 삼키고 죽는 편이 낫다고…… 어라?"

"아하. 그래서 999개가 더 많다고 한 거구나~."

리츠카가 너무나도 자연스럽게 질문했기에 나도 순순히 대답하고 말았다.

나는 아직 리츠카에게 냥키치와 대화할 수 있다는 사실을 밝히지 않았다. 그렇지만 방금 그 대화는 마치 당연히 내가 이 녀석과 대화할 수 있다는 전제 하의 질문이었던 것 같은데……?

"리츠카, 방금……."

"아, 얼마 전에 아키 씨가 말해줬어. 남편의 이상한 행동에는 되도록 맞춰주는 게 좋다고. 그러니까 로우 군은 신경 쓰지 말고 냥키치와 많은 대화를 나누도록 해."

"이상한 행위……?"

지금까지는 나와 냥키치를 흐뭇하게 바라보고 있던 리츠카였으나, 드디어 진짜로 이야기하고 있다고 생각한 건지(사실이긴 함), 그것을 부정하지 않고 진지하게 받아들인 듯했다.

『나 영감 강한 편이거든. 지금 네 뒤에도……』라고 말하는 반 친구가 한두 명 정도 있었던 것 같은데, 그 녀석 말에 맞춰주는 감각에 가까울지도 모른다.

"실제로 냥키치는 다른 아이들에 비하면 꽝장히 야옹, 야옹 우는 편이니, 아마 하고 싶은 말이 많은 게 아닐까? 로우 군은 그걸 알아들을 수 있는 거지?"

"응…… 뭐……."

"대단한걸~. 후훗."

쓰담 쓰담……. 리츠카가 내 머리를 쓰다듬었다. 이건 모성일까 연민일까.

그러나 냥키치와 대화할 수 있다고 진심으로 말해봤자 켄고 이외의 사람은 믿어주지 않을 것이다. 나와 켄고만이 냥키치의 말을 알아들을 수 있고, 다른 사람은 전부『야옹』이라는 울음소리로만 들리는 것 같다.

그렇기에 리츠카는『남편은 고양이와 대화할 수 있다』는 의심스러운 진실이 아니라,『고양이와 대화하는 남편』이라는 현실 자체를 사랑하는 것으로 문제를 해결했다.

"대단한가……?"

“대단해~.”

“그렇구나~.”

“장하다, 장해♡”

『지금 이 몸이 태클 걸어야 하는 턴 맞지이이이이이이?!』

없어, 그런 턴. 비교적 여유가 있으면 케이지에 들어가.

이대로라면 병원 예약 시간에 늦는다. 별로 난폭하게 굴고 싶지는 않지만 나는 어쩔 수 없이 냥키치의 목덜미를 붙잡기 위해 손을 뻗었다.

『만지지 말라냐아아아아아아아아아아앙!!!』

발톱을 세운 냥키치가 나의 손을 전력으로 할퀴려 했다.

“소용없어.”

그러나 나는 공격이 올 것을 알고 있었으며 그 공격에 당할 만큼 허술하지 않다. 여유롭게 전부 피한 나는 냥키치를 붙잡아 케이지 안에 툭 던져 넣었다.

『Oh! 강한데?』

“좋아. 갈까, 리츠카.”

“냥키치가 뭐래?”

“병원으로 출발 진행! 이래.”

『말한 적 없다냐아아아아아아아아아아아아아아앙!!!』

목 아프니까 그만해, 그거. 냥츄 성대모사 같기도 하니까.

이렇게 다소 시간이 걸리긴 했으나 우리 두 사람과 한 마리는 동물병원을 향해 출발했다.

                                  *

　동물병원의 대기실은 독특한 맛이 있다. 개도 고양이도 이곳의 분위기와 앞으로 있을 행위에 미리 겁을 먹는 모양인지, 주인에게 달라붙어 케이지 안에서 떠는 건 어느 가정이나 비슷하다. 반려동물 간의 싸움이 전혀 일어나지 않는다는 의미에서는 수수께끼의 기적이 일어나고 있는 것이 아닐까, 하는 생각마저 든다.

　"사이가와 냥키치군요. 순서대로 부를 테니까 기다려 주세요."

　"네! 부탁드려요!"

　"사이가와 냥키치……."

　접수원이 진지하게 성과 이름을 붙여서 말하는 바람에 나는 웃음이 터질 뻔했다.

　동물병원에 몇 번인가 와본 적이 있으므로 이제 익숙해지긴 했지만, 리츠카에 말에 의하면 『동물이 뒤바뀌는 일을 방지하기 위해서』이며, 딱히 장난치려는 의도는 아닌 모양이다.

　참고로 약을 받았을 경우, 약봉지에도 『사이가와 냥키치 님』이라고 쓰여 있다.

　"냥키치의 상태는 어때?"

“얌전해. 저항해 봤자 소용없다는 걸 깨달은 거지.”

『……….』

“미안해~. 돌아가면 간식 줄게.”

『고양이 이마에 매달아 놓은 참치캔, 고민이 교차하지만 달콤하구나 (해석: 고양이인 내 이마에 매달린 참치캔의 크기는 말 그대로 고양이 이마만 하지만, 그래도 고통을 참고 맛보고 싶다고 생각하기에 분명히 달콤한 권유에 넘어가지 않을 수 없습니다).』

“앗, 야옹 야옹 말하고 있어. 뭐래?”

“……시를 읊고 있어.”

“호오~. 사랑 노래라든가?”

“뭐, 비슷해…….”

시가를 읊고 있다……. 의미 해석까지 곁들여서…….

자신이 고양이임을 이해한 상태에서 시를 읊고 있기 때문에 냥키치의 교양 수준이 묘하게 높은 것에 약간 놀라면서도, 나는 그것이 좋은 시가인지 어떤지 판별할 수 없었다.

어쨌든 이 상태 그대로 진찰받을 때도 얌전하게 있어 주면 좋겠는데——.

『아츠! 아츠! 아츠!』

“야! 얌전히 있어!”

“아츠는 아직 부족하다고 알려줬잖아.”

병원의 자동문이 열리면서 높은 울음소리가 대기실에

울려 퍼졌다.

큰 새장에 들어간 검은 새가 아무래도 오기 전부터 환성을 지르고 있는 것 같다.

동물병원은 개와 고양이만의 병원이 아니다. 토끼라든가 새라든가 페럿이라든가 햄스터 따위도 오기 때문에 경우에 따라서는 대기실이 미니 동물원이 되기도 한다.

"아앗~! 아키 씨!"

리츠카가 갑자기 소리를 질렀다. 대기실은 조용했기 때문에 검은 새의 주인은 곧바로 "죄송합니다"라고 사과했다. 밤색의 긴 머리를 한 지적인 미인이었다.

"응? 아, 그러니까……."

"(……같은 회사의)."

"앗! 리츠카! 여기엔 어쩐 일이야?!"

(뭐였지……?)

어떤 이유에서인지 아키 씨는 옆에 있던 양아치에게서 귓속말을 듣고 난 뒤에야 리츠카의 이름을 생각해 낸 듯했다. 두 사람은 스마트폰으로 대화를 주고받고 있으나, 실제로 얼굴을 보고 이야기한 건 회사에서 상담했을 때 한 번뿐이었으므로, 리츠카의 얼굴을 제대로 기억하지 못했던 것 같다.

"냥키치 건강검진 때문에! 그런데 아키 씨도 이 병원에 다니다니!"

『너는 아키! 너는 아키! 나는 카쿠카쿠!』

"대단해! 카쿠카쿠라고 하는구나! 말을 잘하네~."

저 검은 새는 구관조였던가. 이름만 알고 있었지 실제로 보는 건 처음이었다. 깃털은 검고 부리는 주황색이었으며, 목 주에 노란 줄무늬가 있었다. 무엇보다 말이 엄청 많다.

"저기…… 그쪽이 남편분?"

"맞아. 이름이 로우시라서 로우 군이라고 부르고 있어!"

"처음 뵙겠습니다. 사이가와 로우시입니다. 리츠카에게 말씀 많이 들었습니다. 아무래도 아내가 평소에 신세를 지고 있는 것 같네요……."

"아니에요. 하구사 아키입니다. 저야말로 리츠카에게 신세 지고 있어요."

"아키 씨, 그럼 옆에 계신 분이——."

"맞아. 자, 인사해야지."

아키 씨…… 하구사 씨가 팔꿈치로 옆의 남자를 찔렀다.

"뭐냐…… 《이바 요타로》야, 입니다. 너희 얘기는 아키한테 들었으니, 자기소개는 생략해도 괜찮슴다. 사이가와랑 사이가와 와이프라고 부를 테니 잘 부탁드림다."

"잠깐…… 정말! 요타로! 그런 말투 쓰지 말래도! 죄송해요, 이 녀석은 나중에 제가 잘 타이를게요……."

하구사 씨는 굉장히 예의 바르고, 복장을 포함해서 품위 있는 느낌이 들었으나, 양아치 같은 이바 씨는 정반대였다.

리츠카의 말에 의하면 이 두 사람은 동거하고 있지만 결혼은 하지 않았다고 한다. 상대 남자가 어떤 사람일지, 리츠카는 여러 예상을 하고 있긴 했는데.

(안 어울린다고나 할까……. 아니, 실례잖아, 그런 생각을 하는 건. 게다가──.)

사람의 취향은 제각각이다. 자기와 비슷한 타입을 좋아하는 사람이 있는가 하면, 완전히 반대 타입을 좋아하는 사람도 있다. 우리 부부는 전자이고 하구사 씨 커플은 후자일 것이다.

"어라? '이바의 요타로' 씨. 어디선가 본 기억이……."

입술에 손가락을 대고 무언가를 떠올리려는 리츠카. 일면식이 있는 건가?

"뭐야, 이바'의' 요타로라니……. 전에 파친코에서 한 번 봤잖아. 그 왜, 롱헤어남과 안경녀와 함께. 설마 네가 그 사이가와 와이프일 줄이야."

"맞아! 도둑 같은 사람을 잡으려 했던 그 양아치 씨구나!"

그 술자리 날일 것이다. 나는 그 자리에 없었으나 카야마와 쿠리 씨, 그리고 리츠카가 약간의 트러블에 휘말렸다는 이야기는 들었다. 파친코에서 절도한 남자를 양아치가 걷어차서 붙잡으려 했을 때 카야마가 어시스트했다고 했던가?

그 양아치가 설마 이바 씨라니. 세상은 의외로 좁구나.

"당사자 앞에서 양아치라고 부르지 마!"

"실제로 양아치잖아. 항상 단정치 못한 차림만 하고."

"시끄러워. 파친코에 갈 때 정장을 차려입고 가는 사람은 장례식에 다녀온 녀석뿐이야. 오히려 파친코의 정장은 저지라고. 사전에도 그렇게 쓰여 있어."

"하하하. 이바 씨는 파친코가 취미군요?"

"……사이가와, 라고 했나? 이바라고 불러도 돼. 앞으로 반말로 해. 어차피 나이도 비슷하니까."

"아, 그래? 그럼 그렇게 할게. 잘 부탁해, 이바."

내가 악수를 청하자, 이바는 조금 고민했으나 이내 응해 주었다.

——묵직하다. 중심과 몸통이 일절 흔들리지 않는다. 무술이든 뭐든, **단련된 몸**이다.

"어이. **알려 하지 마.**"

"요타로! 그렇게 무서운 얼굴 하면 어떡해! 죄송해요, 나중에 제가 잘 타이를게요."

"네가 내 보호자냐!! 그런 표현 그만둬!!"

"아뇨, 저야말로 실례했습니다. 손에 땀이 났나 봐요."

나는 손수건을 꺼내 손에 묻은 땀을 닦는 시늉을 했다. 역시 들킨 건가.

그러나 나와 리츠카를 보는 이 남자의 눈은 처음부터 **적의**로 가득 차 있었다. 하구사 씨 앞에서 덮치지는 않겠지만 차마 경계를 풀 수 없었다. 이 녀석은 과연 일반인이 맞나?

『……게키아츠!! 게키아츠!!』

"오옷, 말 잘했는데. 그래, 카쿠카쿠. 그냥 아츠보다는 게키아츠가 재수가 좋아."

"또 이상한 말 알려주고 있네……. 그만둬, 카쿠카쿠로 장난치는 거."

『게키아츠…… 레바브루…… 스카시타!』(파친코 용어)

"앗! 어디서 그런 말을 배운 거야?!"

반려동물은 주인을 닮는다고들 하는데, 말을 할 수 있는 조류는 어쩌면 그 가장 좋은 예일지도 모른다. 카쿠카쿠는 이바를 닮아서 쓸데없는 말을 많이 알고 있었다.

"새를 기르는 것도 좋네~. 수다 떨 수 있으니까."

리츠카는 그 모습을 부러운 듯이 보고 있긴 했지만.

"수다가 되는 건 아니야. 이 아이는 그저 인간을 흉내 내고 있을 뿐이거든. 그래도 우리 일상을 보고 기억한다고 생각하면 사랑스럽지만."

"좋겠다. 냥키치도 말할 수 있으면 좋을 텐데."

"듣자니 사이가와는 고양이랑 이야기할 수 있다던데? 아키가 그랬어."

"하하하……. 뭐, 기분 정도는 알 수 있어."

리츠카를 통해서 이야기가 서서히 확산하고 있다. 하구사 씨에게 말했다면 그 동거 상대인 이바에게도 당연히 전달될 것이다. 조만간 방송국에서 취재가 오는 건 아니겠지?

"냥키치, 새로운 친구야~."

리츠카가 손가락으로 케이지를 작게 두드렸다.

냥키치는 케이지 안쪽에서 웅크리고 있었으나 이윽고 이쪽으로 다가왔다.

"우와아, 귀여워! 봄베이라고 했나?"

"맞아. 자, 냥키치. 여기 친구!"

『닭날개, 닭날개, 닭똥집, 염통, 닭가슴살, 안심살, 연골, 다리, 닭 꼬리……』

(새를 보면서 닭고기 부위를 중얼거리지 마……!!)

"아하하. 야옹, 야옹 말하고 있네."

"그렇지? 우리 냥키치도 수다쟁이야. 뭐라고 하는지는 모르겠지만……."

"뭐야, 이 놈……?"

힐끔, 이바 쪽을 바라봤다. 한 사람만 반응이 달랐던 것을 나는 놓치지 않았다.

"……너도 알아들었나 보군."

"우왓! 아, 젠장, 그런 건가……. 어쩐지, 평소에 고양이와 수다 떠는 대가리 꽃밭으로 보이진 않더라니. **진짜**라면 얘기가 다르지."

"그래. 참고로 우리가 하는 말도 전부 알아들어,"

"허, 만화 같은 고양이네. 카쿠카쿠를 보고 닭고기 부위를 말했다고, 이 녀석⋯⋯.”

“다른 사람에게는 비밀로 해줘.”

“이런 거, 아무리 말해봤자 아무도 안 믿는다고⋯⋯. 아키나 사이가와 와이프도 안 들리는 것 같고.”

“아무래도 목소리가 들리는 조건이 있는 것 같아. 그게 뭔지는 나도 자세히는 모르지만.”

냥키치가 말하길, 짐승 같은 녀석—— 즉, 본능적, 이른바 투쟁 본능이 강한 사람하고만 의사소통을 할 수 있다고 한다. 나나 켄고가 그렇듯, 이바 역시 우리와 비슷한 무언가를 지니고 있을 것이다. 일반인이 아닐 가능성이 갈수록 높아지고 있다.

“기묘한 가족이군. 우리도 기묘한 편인데, 역시 그 위가 있는 법이군.”

“호오, 너희도 뭔가 비밀이 있나 보지?”

“은근슬쩍 캐묻지 마. 말 안 할 거니까.”

“그래? 아쉽네.”

“뭐, 친구가 되면 가르쳐줄 수도 있어.”

“노력할게. 다음에 파친코 갈래?”

“오옷⋯⋯ 뭘 좀 아는데. 친구 인정이다.”

조금 착각하고 있었을지도 모른다. 이바는 확실히 우리에게 적의를 드러내고 있었으나, 결코 나쁜 녀석은 아니었다. 오히려 양아치 특유의 대쪽 같은 성품을 지니고 있다.

이 세상은 적이나 아군뿐이다, 같은.

"사이가와 냥키치랑 그 주인분! 진찰실로 오세요!"

"앗, 우리 차례네. 그럼, 아키 씨랑 이바의 요타로 씨, 먼저 가볼게요!"

"응, 다음에 보자, 리츠카. 자, 요타로. 저희도 준비해야 해요."

"날 그렇게 부르기로 정한 거야?"

『안 돼♡ 하앙, 안 돼♡ 아앗♡ 가버려♡』

"선 넘지 마라, 바보 새……!"

『죽더라도. 아아, 죽더라도. 죽더라도 맛있는 참치를 생각하면 (해석: 아아, 진심으로 진짜로 죽고 싶지 않아요, 그 참치 맛을 생각하면……).』

"죽기 전에 남길 법한 시를 읊지 마……!"

나도 이바도 성질은 다르지만, 이상한 반려동물을 기르고 있다는 것은 매한가지인 것 같았다.

왠지 모르게 앞으로도 이 둘과는 계속 인연이 있을 것 같은…… 그런 생각이 들었다.

그 이후, 예방접종 전에 크게 날뛴 냥키치는 수의사 선생님이나 간호사의 손을 온통 할퀸 걸로도 모자라 진찰대에서 또 분뇨를 대량으로 뿌렸는데 상세한 것은 생략하기로 하자.

＊

『오오오오오오오오오오오오오오오오오오오오오오오오오!!! 목욕하고 싶지 않다냐아아아아아아아아아아아아앙!!!』

"또냐……."

반짝반짝한 갈색빛으로 변한 짐승이 울부짖었다. 과거, 냥키치라고 불렸던 그 녀석은 진찰대에서 자신의 오물로 전신을 코팅하고는 당당히 귀가를 완수했다.

악취를 풍기는 고양이 냥키치는, 케이지 안쪽에서 나오려 하지 않았다.

"역시 고양이는 씻는 걸 싫어하지? 병원 가는 거 다음으로 싫어하려나?"

『비슷한 정도로 싫어하는데요?!』

원래 집고양이는 씻을 필요가 없다. 고양이는 원래 깨끗한 걸 좋아하고, 자기 몸을 핥음으로써 항상 청결함을 유지하기 때문이다. 물론 냥키치도 그렇다.

따라서 주인은 적당히 빗질을 해주기만 해도 충분하며, 일부러 욕실에 데려가서 물로 씻기는 것은 고양이에게 엄청난 스트레스를 줄 뿐인, 인간의 자기만족에 지나지 않는다.

그러나 그럼에도 씻어야 할 때가 있다. 그중 하나가 고양이가 토사물이나 오물로 전신이 더러워져서, 닦아내는 것만으로는 해결되지 않을 때이다. 이럴 경우, 깨끗이 씻기지 않으면 비위생적이고 불결하기 때문에, 고양이와 주인의 격투가 시작된다.

"포기해. 너, 지금 네가 어떤 상태인지 모르는 거야?"

『지로톨카스 플레이 중인데요?!』

"뭐래?"

"……못 알아들었어."

통역하고 싶지 않은 발언이었다. "로우 군도 소재가 떨어진 거야!"라며 리츠카는 냥키치에게 말했으나, 소재는 전혀 떨어지지 않았다. 냥키치는 무한정으로 이상한 말을 하는 고양이니까.

"하지만 냥키치. 그런 지저분한 모습으로 집 안을 걸어 다니는 건 용납 못 해! 씻지 않으면 거기서 한 발짝도 나올 수 없어."

『그건 반대로 똥투성이라면 더 이상 여기서 나오지 않아도 된다는 말?! 건수 잡았다!!』

"후훗. 이건 알겠다! 그건 안 된다고 말한 거지?"

"아마 아닐걸……."

물로 씻을 바에는 현상 유지를 바라는 것 같다. 아이 같은 정신 구조라고 할 수 있으나, 원래 고양이나 개의 지능 레벨은 어린아이 수준이라고 하니까.

뭐, 냥키치가 그걸 원해봤자 집주인이자 주인인 우리가 받아들이지 않을 거지만.

"강제로 씻기자. 리츠카, 젖어도 되는 옷으로 갈아입고 욕실로 와줄래?"

"알겠어!"

『하찮고 쓸모없는 경서를(經書) 하찮게 만드는 것은 품위 없는 말들이로다 (해석: 라이트노벨의 재미를 해치는 것은 독자에게 아첨하는 듯한 조잡한 섹드립일 것입니다).』

"너, 울 때까지 씻긴다?"

나도 아는 시를 적당히 바꾸지 마.

나는 케이지를 욕실로 옮긴 뒤, 냥키치를 씻길 준비를 했다.

"야. 말해도 소용없을 것 같긴 한데, 날뛰거나 저항하지 마. 온몸이 더러워진 이상, 너를 확실히 다 씻기기 전까지 는 계속할 거니까."

『사랑하기 때문에 똥투성이를 용서할 수 없는 거겠지.』

"로우 군, 기다렸지~. 고양이용 샴푸랑 수건 가져왔어!"

준비를 마친 리츠카가 왔다. 상의는 얇은 셔츠, 하의는 맨살에 쇼트 팬츠 차림으로, 겨울에는 좀처럼 볼 수 없는 모습이었다. 나도 모르게 군침을 삼켰다.

"왜 그래? 빨리 냥키치를 씻기자."

"아, 응. 그래."

안 돼, 안 돼……. 내 아내는 어떤 차림을 해도 귀엽지만 나는 이런 자연스러운 러프함을 가장 좋아할지도 몰라. 아니, 역시 전부 좋아해. 리츠카가 언젠가 코스프레해줬으면 좋겠어.

그런 사념을 대폭발시키면서 나는 케이지의 안쪽에 오른팔을 밀어 넣었다.

어떻게든 냥키치를 욕실로 끌어내야 하기 때문이다.

——콰악!

"하하. 뭐, 당연히 물겠지. 하지만 냥키치, 전력으로 주먹을 쥐고 있는 지금의 나에게 어설픈 송곳니 같은 건 통하지 않아. 특히나 집고양이가 된 너 정도의 치악력으로는 말이지……!!"

"어째서 그런 배틀 만화 같은 대사를 하는 거야……?"

물릴 거라 예상했기 때문에 그 대책을 마련했을 뿐이다.

여기에는 냥키치도 한 방 먹었는지 곧 입을 뗐다. 뭐, 다소 아프긴 하다.

"자, 나와라 냥키치! 거부해도 끌어내겠어!"

주룩…….

냥키치를 붙잡는 속도보다 빠르게, 손에 따스한 감촉이 느껴졌다.

무슨 일인지 확인하기 위해 손을 빼자, 손이 냥키치의 똥투성이로 변해 있었다.

『똥ㅋ.』

"우와아……. 먼저 로우 군의 손을 씻어야겠어."

“이 자식! 나와, 임마!!”

『냐아아아아아아아아아아아아아아아아아앙!!!』

케이지를 뒤집어서 강제적으로 냥키치를 꺼냈다.

목욕탕 바닥에 말 그대로 똥 고양이가 착지했다. 새삼스럽지만 냄새 구리네…….

“정말! 냥키치에게 난폭하게 굴면 안 되지!”

“리츠카!! 이 녀석은 바보 똥이라고!!”

『이 몸은 위기♪ 너는 똥♪ 냄새 심해 딥♪ 엉망진창 딥♪』

“야, 노래 부르지 마……!!”

이번에는 시가가 아닌 거냐. 뭔데, 그 미묘한 랩은.

나와 냥키치를 번갈아 보며 리츠카는 조금 어이없다는 표정을 지었다.

마치 손이 많이 가는 아이가 둘 있다고 말하는 듯한 표정이었다. 어째서 나를 포함하는 건데.

나는 우선 손을 씻으며 뜨거운 물을 받았다.

“이제 도망갈 곳은 없어! 얌전히 있도록 해!”

“미지근한 물로 몸을 씻으면 기분이 좋을 거야~. 이리 와, 냥키치♪”

『야옹~.』

단념했는지 고양이다운 갸륵한 울음소리를 내는 냥키치. 참고로 내가 냥키치의 움직임을 멈추고 물을 뿌리면 리츠카가 그사이에 더러움을 제거하고 샴푸질을 하기로 역할을 분담했다.

『흥!』

겨우 일이 진행된다고 생각했는데, 냥키치는 곧바로 욕실의 천장 구석으로 크게 점프해서 양다리를 거미처럼 쭉 뻗고는 이쪽을 내려다봤다. 저항이 엄청나다.

"키루아냐, 네가!!"

『나한테…… 무슨 짓을 했지?』

"아직 아무 짓도 안 했어!!"

"로우 군, 냥키치가 뭐래?"

"헌터 바이 헌터…….."

『강력한 샤워인가…… 태어날 때부터 하고 있었다냥. 가정의 사정으로 말이지..』

"닥쳐!!"

이 녀석, 뭐야 진짜로!! 태어날 때부터 샤워하고 있는 건 삶은 달걀 정도잖아!!

못 말려……. 천장 구석에 달라붙은 이상, 손을 대는 건 불가능하다. 설마 이 욕실이라는 밀실에서 안전지대를 강제로 만들 줄이야, 역시 우리 집 고양이는 만만찮다.

"하아……. 로우 군과 냥키치는 어쩌면 똑같을지도."

"귀엽다는 말이야……?!"

『귀엽다는 말이야……?!』

"왜 동시에 말하는 건데?! 뭐, 그런 거지! 주인이 아니라 친구처럼 보이니까 냥키치는 로우 군의 말을 안 듣는 거야! 냥키치, 이제 그만 아래로 내려가!"

결국 리츠카가 화가 났다. 근데 나한테까지 화내는 건 너무하지 않아? 상처야…….

리츠카가 꾸짖어도 냥키치는 듣는 체도 안 했다. 이대로 근육이 한계에 다다랄 때까지 천장 구석에 붙어 있을 각오를 한 것 같다. 그러나 리츠카는 한 번 딱 하고 손가락을 울렸다.

욕실에 핑거 스냅 소리가 울려 퍼졌다. 뭘 하는 거지── 라며 내가 생각한 순간.

『차, 차갑다냥?! 냐아아아앙?!』

"영차. 자, 잡았어. 이젠 못 도망갈 줄 알아!"

천장에서 냥키치가 갑자기 떨어졌다. 리츠카는 냥키치를 팔로 부드럽게 껴안았다. 지금 냥키치는 오물투성이였으므로 그런 짓을 하면 셔츠가 더러워질 것이다.

게다가 이 욕실에 감도는 약간의 서늘함은──.

"냉기…… 어?《블레스》를 쓴 거야?"

"응. **사랑을 위해서**라면 쓰기로 했어. 그편이 로우 군도 기쁘지?"

"……그렇구나. 응, 기뻐. 그것도 리츠카의 일부니까."

여러 가지 사정으로 인해 리츠카는 자신의 《블레스》를 봉인하고 있었다. 하지만 지난달에 있었던 사건을 겪은 뒤로 경우에 따라서는 사용하기로 한 것 같다. 물론 내가 그 걸 바랐기 때문이겠지만…… 정말로 상냥한 사람이다.

리츠카는 아무래도 냥키치의 엉덩이를 차갑게 만든 모양인지, 냥키치는『오오오』라고 더러운 목소리를 내며 움직임을 멈췄다. 그렇다면 지금이 냥키치를 씻길 절호의 기회다. 나는 곧바로 샤워기를 냥키치에게 돌렸다.

『단숨에 죽여라아아아아아아아아아아아아아아아!!』

"엉뚱한 소리 하지 마."

쏴아아아아……. 우선 냥키치의 전신에 묻은 오물을 씻어냈다. 털에 달라붙어 있는 부분은 리츠카가 소량의 샴푸를 손에 묻혀서 정성스럽게 지워 나갔다.

"냥키치 씨, 가려운 곳은 없으세요?"

『불알.』

(넌 암컷이잖아.)

"로우 군, 어디라고 한 거야?"

"……허리."

"그럼 허리를 세심하게 씻겨드릴게요~."

『Ah~♡ 이게 소문으로 듣던 성감 마사지입니까냥……♡ 남편 썩을 수컷♪ 아내 썩을 암컷♪ 밤에 멘즈 에스테틱♪ 불법 영업♪ 맨션의 어느 방, 그곳은 멘즈 에스테틱♪』

이러니저러니 해도 따뜻한 물이 기분 좋은 것 같다. 냥키치는 또 신나게 노래를 불렀다.

하지만 가사가 아슬아슬하기는커녕 완전히 아웃이었다. 너무 가시 돋쳐 있잖아.

"냥키치, 또 노래 부르는 것 같아! 욕실에서 자주 부르는 노래인가?"

"그, 그러게……."

"도도도 뛰어와♪ 토리토리 회전♪ 도토리 도토리 어떤 판단~♪"

"의외로 마음에 들었나 보네, 그 곡."

형님이 만든 『도토리』의 오프닝 노래다. 리츠카가 부르면 귀엽다고 생각할 수 있으나, 원곡자는 형님이기 때문에 나는 딱히 이 노래를 좋아하지 않는다.

『귀 안쪽이 더러워지는 곡을 부르라냥!』

그리고 냥키치도 나와 비슷한 감성의 소유자였다. 굳이 입 밖으로 그 말을 꺼내진 않을 거지만.

뭐, 리츠카와 냥키치의 합동 공연으로 발전되진 않았으나 어떻게든 대충 다 씻겼다. 냥키치는 단모종이라서 씻기는 것도 빨리 끝나서 좋다. 그렇게 되었으니──.

"나머지는 수건으로 잘 닦아서……."

"리츠카, 리츠카."

"왜? 로우 군은 드라이어를── 푸학!"

샤워기를 리츠카에게 돌린 나는 그대로 리츠카의 상반신에 물을 뿌렸다.

순식간에 흠뻑 젖은 리츠카. 뚝뚝, 머리카락 끝에서 물방울이 떨어졌다. 무엇보다 젖은 셔츠 아래로 속옷의 실루엣이 비쳤다. 후후…… 굳이 말하자면 이게 보고 싶었다!!

"……무슨 짓이야?"

"젖어도 되는 옷이라서 나도 모르게……."

"그렇다고 딱히 적셔도 된다는 뜻은 아니잖아."

앗…… 화났다. 그야 그런가. 나도 갑자기 물벼락을 맞으면 그게 설사 젖어도 되는 옷이라고 해도 화가 날 것이다. 응. 미안해, 리츠카. 하지만 보고 싶었어…….

찌릿찌릿한 긴장감 속, 나는 샤워기를 리츠카에게 내밀고는 엄지손가락으로 내 얼굴을 가리켰다. 푸슈우우우우우우우욱!!

"에잇! 에잇! 흠뻑 젖어라!"

"이요이 머무 헤히 아아? (위력이 너무 세지 않아?!)"

샤워기의 수압을 최대한으로 올린 리츠카가 날 물고문했다. 나는 딱 적당히 젖은 섹시한 리츠카를 봤을 뿐인데 리츠카는 나를 물에 담가버릴 생각인가 보다.

"가끔 로우 군이 장난치는 모습을 보면 냥키치랑 똑같다니까!"

"그건 아니지, 리츠카. 그 녀석은 우리를 괴롭힐 뿐이지만 나는——."

리츠카의 손에서 샤워기를 빼앗은 나는 정면에서 그녀

에게 부딪쳤다.

리츠카의 상반신과 하반신이 모두 흠뻑 젖었다. 이걸로 나랑 똑같아졌다.

"──사랑하기 때문이야. 이런 짓을 하는 건."

"그것참…… 고맙네!"

다시 샤워기를 빼앗겼다. 동시에 리츠카는 수온을 낮춰서 찬물로 만들었다.

"우왓, 차가워, 차가워, 차가워!! 겨울에 찬물은 규칙 위반이잖아!"

"그런 규칙 없거든? 반성해!"

"싫어! 앞으로도 흠뻑 젖은 리츠카를 보고 싶으니까!"

"잠깐……! 역시 그런 생각을 하고 있었던 거야?! 로우 군, 변태!!"

"그래, 나 변태다!"

"정색하고 말하지 마!"

마치 어린애처럼 우리들은 꺄르르 웃으며 서로에게 물을 끼얹었다.

처음에는 화를 냈던 리츠카였으나 이윽고 웃는 얼굴이 되었다. 나 역시 엉큼한 속셈이라든가 그런 걸 차치하더라도 그저 리츠카와 이렇게 장난치는 것은 참을 수 없이 즐겁다. 이 일련의 나의 행동에는 거짓말이라곤 없다. 사랑하기 때문에, 변태이기 때문에, 전부 리츠카니까…….

"저기…… 리츠카. 이대로 같이——."

정면에서 리츠카를 끌어안고 귓가에 속삭이듯 말했다.

이렇게까지 젖었다면 이제 할 일은 하나밖에 없을 것이다.

"앗, 자, 잠깐. 그건 설마……."

『빨리 이 몸을 닦으라냥!! 감기 걸리라는 거냥!! 죽인다!!』

""앗.""

격노한 냥키치의 목소리가 목욕탕에 울렸다. 저런……
완전히 까먹고 있었다.

『고양이를 목욕시킨 뒤 방치한 것도 모자라 불장난할 생
각을 한다니, 근성 한번 좋은데?! 바보냐, 임마!! 죽인다!!』

"미안해. 그렇게 화내지 마."

"미안해, 냥키치~. 전부 로우 군 때문이야."

『내 눈에는 둘 다 공범처럼 보이는데 말이지……?』

캐릭터성이 위태롭다거나 그런 레벨이 아니었다. 그 정
도로 화가 난 듯했다.

나와 리츠카는 흠뻑 젖은 상태였음에도 우선 세심하게
냥키치를 수건으로 닦아 나갔다. 이건 정말 내 잘못이다.
오히려 잠시 조용히 바라봐 준 이 녀석이 굉장히 상냥하다
고 할 수 있다.

그렇게 해서 나의 권유는 흐지부지되었으나 리츠카에게

아무런 영향을 주지 않았던 것은 아니다.

"그건 다음에"라며 귀띔을 돌려주었기 때문이다.

아아—— 정말. 아무리 시간이 지나도 리츠카와의 생활은 즐겁고 사랑스럽다.

앞으로도 계속 많이, 다양한 경험을 해나가자. 둘이 웃으면서.

"아니, 아니, 아니…… 이상하잖아."

이건 이번 일의 여담이다.

냥키치를 확실히 말린 나는 무심코 그런 말을 중얼거렸다.

"아하하핫! 귀여워~♡"

찰칵찰칵, 하고 리츠카가 스마트폰 카메라를 연사했다.

피사체인 냥키치는…… 검은 복슬복슬 털 뭉치로 변해 있었다.

"너, 단모인 주제에 왜 말리면 그렇게 복슬복슬해지는 거야?"

『미안…….』

"딱히 사과할 일은 아닌데……."

장모종을 말리면 털의 볼륨이 살아나 복슬복슬해진다는 것은 상상할 수 있다.

그러나 단모종인 냥키치의 털이 복슬복슬해지는 현상은 도대체가 이해하기 어려웠다.

"아키 씨에게 이 사진 보내야지."

"토토로에 이렇게 생긴 녀석 나오지 않던가?"

『칸타?』

"그럴 리가 있냐……."

냥키치는 말할 수 있고, 모질도 영문을 모르겠고, 말하는 내용의 소재는 엉망진창이며, 건방지고, 어디까지나 장난스러운 고양이라고는 생각하지만——.

"냥키치. 습식캔 시간이다. 오늘 수고했어."

"제일 좋은 거 먹어도 돼~."

『우호~!! 잘 먹었습니다람쥐~!!』

"그건 다 먹고 나서 하는 말이거든?"

——나와 리츠카, 즉 사이가와 가의 소중한 가족의 일원인 것은 틀림없다.

"리츠. 오빠랑 모의전 한 판 뜰래? 목검으로."

"엇…… 왜?"

리츠카의 오빠인 나기라 토라지는 《조직》에서도 특수한 조직원에 속한다. 각자가 담당하는 지역 밖으로는 나가지 않는 일반 전투원과는 달리, 토라지는 전국의 《조직》 지부를 어슬렁어슬렁 옮겨 다닌다.

어느새 훌쩍 리츠카에게 돌아와서는 잠시 같이 살다가, 또 훌쩍 어디론가 떠나간다. 다른 사람이 하는 말을 듣지 않는——예술 스승을 제외하고——토라지였으나 그 전력은 리츠카와 필적할 뿐만 아니라 그 이상인지라, 《조직》의 그 누구도 트집을 잡지도, 참견하지도 않았다. 그야말로 자유로운 남자라 할 수 있었다.

"요새 들어 오빠도 그런 생각이 들더라. 역시 무기 쓰는 게 폼난다고."

"멋진 건 아무래도 상관없어."

"아이다, 대부분 주인공들은 무기 쓰잖아? 맨손으로 싸우는 자속은 켄시로 아니면 오공, 근육맨, 조나단…… 어라, 꽤 많네?! 안 되겠는데!!"

(시끄러워.)

토라지는 점토를 조종하는 《블레스》를 지녔으며 그로 인해 항상 점토를 가지고 다닌다. 무기는 방해가 되기 때문에 사용하지 않는다. 따라서 맨손 공권으로 싸우고 있다.

빙설을 조종해 도검으로 전투를 벌이는 리츠카와는 스타일이 전혀 다르다. 굳이 무기를 들지 않아도 충분히 강하니, 이상한 짓을 하지 않아도 될 텐데…… 라고 리츠카는 속으로 생각했지만, 가만히 있기로 했다.

"모의전을 해도 상관없긴 한데 다쳐도 난 몰라."

"자신만만한데~. 이래봬도 오빠는 배틀 천재거든? 한 번 본 기술은 두 번은 안 통한다 안카나. 오빠는 한 번 본 기술을 바로 기억하는 그런 류의 캐릭터다, 아마도."

"또 적당한 말만 하고……."

본인의 성격상 적어도 한 번은 하지 않으면 토라지는 평생 납득하지 않는다.

평소 검술을 접해 온 리츠카와 지금까지 무기술의 종류를 한 번도 배운 적이 없는 토라지. 아무리 성별이나 나이가 다르더라도 두 사람의 실력이 크게 차이 날 거라는 건 해보지 않아도 알 수 있는 사실이었다──그러나.

"그럼 핸디캡으로 리츠카는 평소랑 길이 다른 목검으로 싸워라."

"앗. 어째서?"

"이런 건 그냥 장난이잖아."

리츠카는 최근 자신만을 위해 만들어진 일본도, 《종달새》를 받았다. 《종달새》는 제법 큼직한 검으로, 그다지 키가 크지 않은 리츠카에겐 버거워 보일 수도 있지만 예상외로 잘 맞았다.

그래서 리츠카는 모의전을 할 때도 《종달새》와 같은 길이의 긴 목검을 사용했는데 토라지의 『책략』에 따른다면 이번에는 그 목검을 사용할 수 없다.

하는 수 없이 리츠카는 짧은 목검을 집어 들었다. 반대로 토라지는 리츠카가 사용하는 목검을 쥐었다.

(애초에 작은 칼 같은 건 별로 써본 적이 없어.)

"좋았어! 그럼 가볼까~."

(뭐, 그래도 오빠 상대라면 이걸로도——.)

조금 힘을 푼 순간이었다. 리츠카의 눈앞에 목검의 칼끝이 다가왔다.

상체를 젖혀 그 찌르기 공격을 피했다. 조금이라도 늦었으면 제대로 맞았을 것이다.

재차 목검을 고쳐 쥔 리츠카는 오빠가 서 있는 모습을 직시했다.

"거짓말……. 오빠, 왠지…… 그럴듯해졌어."

토라지의 자세는 미경험자라고는 생각되지 않았다. 적당한 힘 빠짐과 긴장이 융합된, 제대로 된 검도 자세였다.

"설마 몰래 연습한 거야?!"

"뭐어? 안 했다. 말했잖나, 나는 한 번 보면 다 기억한다고."

"그럴 리가——."

"뭐, 한 번만 보고 기억한다는 건 거짓말이지만, 사랑하는 여동생의 모의전 비디오는 닳아빠질 만큼 맨날 봤다."

즉, 토라지는 리츠카의 검술을 보고 흉내 내고 있다. 원래부터 전투 센스 하나는 발군이었기 때문에 미경험자라도 그럴듯하게 따라 하는 건 가능할 것이다. 예전부터 어깨너머로 연습하고 있었던 것과 마찬가지다.

"오빠, 왠지 그거…… 기분 나빠!!"

"칭찬 고맙다~♡"

반면 리츠카는 낯선 칼로 싸워야만 한다. 오히려 체격 차이나 힘 차이로 인해 토라지 쪽이 유리하다. 이대로라면 언젠가 아슬아슬하게 지는 것도 시간문제다.

(지, 지고 싶지 않아……! 좀 더, 사용하는 무기를 이해해야만 해! 평소와 감각이 전혀 다르다면 거기에 맞추는 거야! 파악해! 심신을 익숙하게 만들어……!!)

"좋았어!!"

"윽!"

비스듬히 내리쳐진 토라지의 목검을 도신으로 받아넘겼다. 리츠카는 그대로 평소보다 성큼성큼 발을 내딛고 턱을 치켜들며 칼을 뽑아 들었다.

"오오오!!"

"좋아…… 익숙해졌어."

남매끼리 모의전을 벌일 때의 이점은 서로가 방어할 때 《블레스》를 쓰기 때문에 봐줄 필요가 없다는 것이다. 원래대로라면 토라지의 턱뼈에 금이 가 있어도 이상하지 않지만, 순식간에 점토가 목검의 직격을 막아낸 모양인지, 멀리 날아가는 것으로 그쳤다.

“장난치나……? 그케 빨리 적응했다고?”

“검은 검이니까. 전혀 다른 무기를 쓰는 게 아닌걸.”

“역시 칼로 리츠를 이기는 건 무리였나~. 그만둘란다! 나는 맨손이 낫다!”

이 빠른 적응력은 분명 특출난 재능일 것이다. 토라지는 그런 생각을 하며 목검을 내던졌다. 이후, 토라지가 검을 드는 일도, 리츠카가 작은 칼을 사용하는 일도 없었으나 그 적응력은 머지않아 그녀의 목숨을 살리게 된다——.

《제5화》

“비엔나, 오이, 애호박, 여주, 무, 그리고 바나나…….”

“오옷. 오늘은…… 대체 뭘 만들 거야?”

마트에서 산 재료들을 책상 위에 늘어놓자, 로우 군이 흥미롭다는 듯이 물어왔다.

확실히, 이것들만 보면 레시피 같은 건 떠오르지 않을 것이다.

그도 그럴 것이, 나도 이 재료들로 무엇을 만들지 생각하고 있지 않기 때문이다.

“요리가 아니야.”

“뭐? 요리가 아니라니…… 아아, 절임으로 만든다거나? 아니, 근데 절임도 요리 아닌가……?”

“지금 생각하고 있어.”

“생각하고 있다고? 뭘?”

“뭐가 제일 로우 군의 거시기를 닮았는지.”

“히에에에에에에에에에에에에엑!!!”

리액션이 좋은 개그맨처럼 로우 군이 그 자리에서 엉덩방아를 찧었다. 그 정도로 놀랄 필요는 없다고 생각하지만,

놀라는 게 당연할지도 모른다.

내가 로우 군에게 이런 말을 한다니, 내가 생각해도 이상하다.

"으, 음식으로 장난치면 안 돼요!!"

"딱히 장난치지 않았어."

"앞으로 그걸로 장난…… 아니, 아무것도 아니야."

물론 나중에 전부 먹을 생각이므로 식재료를 낭비할 생각은 없다. 그렇기에 로우 군의『장난친다』는 의미가 이해되지 않았다. 나는 지금 누구보다 진지한데!

"일단 물어보겠는데…… 어째서 그런 짓을……?"

"카야마 선배도 그랬잖아. 나는 익숙하지 않을 뿐이라고."

"그런 말을 하긴 했지만 말이야……. 이런 짓을 할 필요가 있을까?"

"그래서 지난번에 아키 씨에게 어떻게 해야 할지 물어봤더니, 음…… 뭐였더라? 뭐, 수, 수화? 를 일으키라고 했던가?"

스마트폰으로 메시지를 주고받을 때 아키 씨가 설명한 단어가 기억나지 않았다.

그런 단어도 있구나, 하는 생각이 드는 단어였기 때문이다. 난 국어를 잘 못한다…….

한편으로 로우 군은『수화』라는 단어를 듣고 "아아"하고 중얼거렸다.

“『순화』를 말하는 건가?”

“그거야! 로우 군, 대단해!”

“심리학의 개념이야. 반복되는 자극에 대한 반응이 감퇴하는 현상.”

“뭔가 그런 느낌!”

솔직히, 자세한 설명은 전혀 기억나지 않았다. 아키 씨도 그런 나를 이해해 주고 나서, 어떻게 하면 그『순화』를 일으킬 수 있을지를 생각해 주었다.

“로우 군의 거시기가 무서우면 로우 군의 거시기와 비슷한 것을 평소에 만짐으로써 조금씩 로우 군의 거시기도 아무렇지 않게 만들 수 있대!”

요컨대,『익숙함』을 의도적으로 만들자는 이야기다.

“우리 집에서 내 거시기라는 단어가 연호되는 날이 오다니, 경사스럽네.”

“기념일로 할까?”

“그러자. 달력에 동그라미 쳐두는 게 좋겠어.”

농담했더니 로우 군은 벽걸이 달력의 오늘 날짜에 동그라미를 치고,『거시기 연호 기념일』이라고 적어 버렸다. 음…… 상스러워. 냉정하게 생각하지 않아도.

“남자 고등학생 같은 짓 하지 마. 농담이었단 말이야.”

“데헷☆”

『하아아아아악!!』

"괜찮잖아, 이 정도는!!"

혀를 내밀며 귀여운 척하는 로우 군. 이를 본 냥키치가 털을 곤두세우며 화를 냈다. 『안 어울린다냥!』이라고 말하는 걸까? 어쩐지 그런 느낌이 들었다.

"그래서 지금 로우 군을 쏙 빼닮은 채소님을 찾고 있어."

"표현이 굉장하네……."

"비엔나는—— 절대 아니지. 이런 수준이 아니잖아."

차라리 비엔나 정도였으면 귀여웠을 텐데. 어렸을 때 오빠랑 같이 목욕했을 때, 오빠의 거시기가 비엔나 정도였던 게 기억난다.

뭐, 잘 기억나진 않지만 적어도 로우 군의 그것과는 달랐다.

"오이는—— 너무 얇고 길어. 좀 더 직경? 그런 게 넓으니까."

"크윽…… 설마 하나씩 전부 품평하는 흐름인가……?"

그때, 방은 꽤 어두웠기 때문에 완전한 모습까지는 보지 못했다.

그러나 어두운 방 안에서도 크게 눈에 띄는 그 실루엣은 절대 잊을 수 없을 것이다.

"……무……."

절단무가 아닌, 굵고 훌륭한 무 하나. 제철 채소. 오뎅탕에 넣고 싶다.

나는 묵직한 그것을 들고 볼에 비벼봤다.

"아니야, 아니야, 아니야!! 너무 크잖아!!"

"어쩐지 머릿속의 이미지로는 이 정도라고……."

"내가 코끼리야?!"

"역시 내가 제멋대로 상상하는 걸까?"

"그럼 여기서 진짜를 확인해 볼래……?"

"해볼 리가 없잖아."

아직 익숙하지 않은 지금, 진짜를 보면 또 공포심이 생길지도 모른다. 아무리 농담이었다고 해도 로우 군은 좀 아쉬워했다. 응? 남자들은 다 보여주고 싶어 하는 거야?

"여주는…… 비슷하지만 다른 느낌. 이렇게 울퉁불퉁했던가?"

"전혀 아니야."

"역시 그렇지? 제철도 아니고."

"제철인 게 중요해?"

그렇다면 남은 것은 두 가지. 직감적으로 가깝다고 생각했던 것.

"애호박도 철이 아니지만 이거 꽤…… 스럽지 않아?"

"스럽다니?"

"로우 군을 쏙 빼닮은 채소님스러워."

"내 얼굴이 꼭 애호박이 된 것 같은 뉘앙스잖네."

애호박 얼굴은 도대체 어떤 얼굴일까. 전혀 떠오르지 않았다.

　나는 애호박을 두 손으로 잡거나 냄새를 맡아보았다. 아주 조금 탄력이 있고 약간 풋내가 났다. 애호박은 오이 같은 외형이지만, 엄연히 호박의 친척이다. 채소는 겉모습만으로는 친척을 분별할 수 없단 말이지.

　"그래도 오늘부터는 로우 군의 친척이야……."

　"멋대로 가족을 늘리지 마."

　"응. 애호박은 합격! 꽤 비슷한 느낌이야. 로우 군도 그렇게 생각하지?"

　"아니, 글쎄……. 내 입으로 그걸 말하는 건 좀……."

　"하지만 아닐 때는 아니라고 말했는걸. 그러지 않았다는 건 내심 동의하는 거 아니야?"

　"………."

　로우 군은 아무 대답도 하지 않았다. 그럼 역시 맞네.

　자, 마지막으로—— 바나나. 이것도 제철은 아니지만 일년 내내 파는 인기 과일.

　서민적인 과일이기 때문에 그렇게까지 가격과 맛에 차이가 없다고 생각할 수 있으나, 비싼 바나나는 감촉이 굉장히 매끄럽고 깊은 단맛이 나기도 한다. 어쩐지 딱 하나씩만 팔 것 같은 녀석.

　"그래서 사 왔어. 비싼 바나나."

　"도대체 뭐가 『그래서』인지 모르겠는데. 바나나 한 개만

사는 건 가성비 나쁘지 않아? 한 송이 있으면 여러 번 적당히 먹을 수 있다는 게 바나나의 장점인데."

"지금은 가성비는 상관없어!"

"그건 그렇긴 해도……."

비싼 바나나는 길고 굵으며 껍질에 윤기가 돈다. 그렇기에 일부러 멜론 같은 과일에 씌우는 그물 모양의 망에 한 개씩 포장되어 있었다. 그야말로 왕이다.

로우 군은 그 왕 바나나를 손에 들고 찬찬히 관찰했다.

"이게 나를 꼭 닮은 채소님인지 아닌지는 둘째치더라도…… 빨리 먹지 않으면 상할 거야."

"응. 그래서 내일 아침에 반으로 잘라서 먹을까 생각 중이야."

"——아니, 지금 먹자."

"뭐어? 너무 이르지 않아? 배고파?"

바나나는 칼륨이 풍부하고 고혈압 예방에 효과가 있다. 식이섬유도 풍부해서 몸에 좋은 것이 틀림없기 때문에 우리 집은 아침에 자주 먹기 위해 상비하고 있다. 로우 군도 바나나를 좋아하는 편이긴 한데 아무리 그래도 지금 먹겠다니…… 왕 바나나를 보고 배가 고파진 걸지도 모른다.

"아니야. 먼저 먹는 건 리츠카야."

"나? 어째서?"

"잔말 말고 빨리 입을 벌려."

“정말! 다 안 먹을 거니까 그렇게 걱정하지 않아도 돼.”

노랗고 선명한 껍질을 벗기자, 대조적으로 하얀 바나나 과육이 드러났다. 보통 바나나보다도 역시 과육이 두툼하다고나 할까, 굵다. 포만감이 있다는 표현이 정확하려나?

로우 군은 바나나를 내 입가에 천천히 가져다 댔다. 이거, 제법 제대로 입을 벌리지 않으면 먹기 힘들겠는걸. 나는 가능한 한 입을 크게 만들어 앙, 물었다.

“으음…….”

꽤 볼륨감이 있어서 한 입만 먹어도 꽤 만족스러웠다.

어떻게든 삼키자, 로우 군도 내가 한입 베어 문 바나나를 먹었다.

한 개의 바나나를 굳이 두 사람이 나눠 먹었다. 굳이 그런 일을 할 필요는 없는데도.

“비싼 만큼 맛있네. 자, 리츠카.”

“왜, 왜 간접 키스를 반복하는 거야……?”

“글쎄. 어째서일까?”

그렇게 말한 로우 군의 눈은—— 짐승의 눈을 닮아 있었다. 마치 사냥감을 붙잡기 전, 육식동물처럼. 날카롭고 차갑고 조용하지만, 그 눈동자 속에 끓어오르는 본능을 감출 수 없다는 듯.

왜일까. 그게 어쩐지 두근두근했다.

나는 다시 한번 로우 군이 내민 바나나를 살짝 입으로

물었다.

그러자 그 역시 바나나를 조금 먹었다.

"리츠카."

"……왜?"

입에 바나나를 넣은 채, 로우 군이 내게 손짓했다.

의아해하며 다가가자, 내 턱을 쑥 들어 올려 입가에 키스했다.

크고 미끈미끈한 것이 입안으로 파고들었다. 아, 이건.

"나눠 먹자."

"정말…… 바보."

로우 군의 가슴팍을 쳤다. 큰 나무를 두드린 것처럼 꿈쩍도 하지 않았다.

……물론 밀칠 생각은 원래부터 없었지만.

"이거, 매일 할까?『순화』를 위해."

제안처럼 보이지만 그렇지 않다. 이건 분명 확인일 뿐이다.

나는『응』이라고도『아니』라고도 하지 않았다. 그걸 보고 로우 군은 미소 지었다.

"자, 밥은 내가 만들게. 리츠카는 쉬고 있어."

아무렇지도 않다는 듯, 언제나처럼 상냥한 표정. 그것도 로우 군의 본모습이다.

그러나 인간의 모습은 하나가 아니다.

나는 소파에 쓰러졌다. 몸에 힘이 들어가지 않았다. 찬물을 머리부터 뒤집어쓰고 싶다.

확실한 것은 하나. 로우 군은 강하고 상냥하고 재미있고 어린애 같은 구석이 있다. 그리고.

──아마 무조건 사디스트일 것이다.

＊

"그래서…… 지금도 매일 바나나를 먹고 있구나."

"응. 정확하게는 한 개를 둘이 나눠 먹는 느낌이지만."

"과연."

그로부터 며칠 후. 나는 쉬는 날에 아키 씨의 집으로 불려 갔다.

우리 집에서 한 정거장 떨어져 있는, 의외로 가까운 곳에 살고 있다는 사실에 깜짝 놀랐다. 뭐, 도시 쪽은 집세가 엄청나니까 이쪽에 사는 사람이 많은 게 당연하긴 하다.

나는 요즘 나와 로우 군의 사정을 이야기했으나, 아키 씨는 별로 놀라지 않았다.

"놀랍지 않은 거야? 내 친구에게 이 이야기를 했더니, 『너희들, 매일 무슨 플레이를 하는 건데……』라며 살짝 깼다는 듯한 반응이 돌아왔어."

"과연 '살짝'일까……? 으음, 뭐, 『순화』의 수단으로서는 꽤 타당하다고 생각해. 그 바나나는 흔히 남자의 그것에 비유되기도 하니까."

"고추?"

"왜 말하는 거야? 모처럼 얼버무렸는데."

"말해야 할 때는 확실히 내뱉어야 하는 법!"

"심야의 텐션으로 우리 집에 온 느낌……?"

아직 점심이긴 했지만 여기는 나와 아키 씨밖에 없기 때문에 딱히 상관없다고 생각했다. 참고로 이바의 요타로 씨는 어디론가 외출한 모양이었다.

『뿅뿅뾰옹!! 축하해! 축하해!』

"앗, 카쿠카쿠, 말하고 있어."

"조금 전에 밥 줬는데 말이지. 요타로가 이상한 말만 가르쳐 주니까, 심심할 때도 이런 말만 해."

"그렇구나~. 새도 역시 놀아달라고 떼쓸 때가 있어?"

"응. 의외로 외로움을 많이 타서 매일 말을 안 걸어주면 컨디션이 나빠지기도 해."

그렇게 말하며 아키 씨는 새장을 열고 살며시 손을 내밀었다. 그러자 카쿠카쿠가 퍼드득…… 하고 팔을 벌리듯 뛰어올라 아키 씨의 어깨에 자리 잡았다. 날아서 밖으로 도망가지는 않는 것 같다.

"발톱이 아픈 게 옥에 티지만 말이야."

『너는 아키! 너는 아키! 나는 카쿠카쿠!』

"그래, 그래. 좀 더 조용히 해줄 수 없을까?"

아키 씨가 손가락으로 카쿠카쿠의 목 아랫부분을 조심스레 쓰다듬었다. 냥키치도 나에게 가끔 응석 부릴 때가 있는데, 그럴 때는 골골 목을 울리며 다가오기도 하고, 발밑에서 배를 보이며 데굴데굴 구르기도 한다. 사람도 동물도, 누군가에게 응석 부리는 것을 좋아한다.

"좋겠다~. 저기, 내 이름도 기억해 주려나?"

"글쎄……. 말을 가르쳐 주는 사람은 요타로고, 나는 가르친 적이 없어서."

"그럼, 시험해 보자! 카쿠카쿠! 나는 리 · 츠 · 카!"

『누군데, 너…….』

"?!"

엇……. 뭔가 굉장히 유창하게 말한 기분이 드는데…….

아키 씨에게 시선을 돌리자 깔깔거리며 웃고 있었다.

"카쿠카쿠는 단어가 이해되지 않을 때 이런 식으로 반응해. 재밌지?"

"깜짝 놀랐어……."

『금색 문자! 금색 타이틀! 떴다! 떴다!』

"파친코 용어 이외에 좀 멀쩡한 말을 기억했으면 좋겠는데 말이지……."

카쿠카쿠에게는 기억하기 쉬운 말과 기억하기 어려운 말, 그리고 마음에 드는 말과 그렇지 않은 말이 있는 모양이라서 그중에서 무엇을 말할지 정하는 것 같았다. 그래서 아키 씨는 대화가 아니라고 말했으나, 나는 그렇게 생각하지 않았다.

"사실은 하고 싶은 말이 있는 게 아닐까? 단지 그것을 전할 단어를 모를 뿐, 분명 카쿠카쿠는 아키 씨를 잘 보고 있을 거야."

"그런 거였으면 좋겠다. 일단 말하는 게 울음소리인 동시에 커뮤니케이션의 일환이니까. 하지만 말이 충분하지 않더라도 무슨 생각을 하는지는 알 수 있어."

『아앗! 즙이 나온다!! 즙이…… 나온다!!』

"이건 무슨 뜻이야?"

"……땀이라도 흘린 게 아닐까…….”

아마…… 라고 아키 씨는 자신 없이 그렇게 말했다.

"안녕. 나왔어, 아키. ……아앙?"

"앗. 요타로? 빨리 왔네?"

"아, 이바의 요타로 씨. 실례합니다!"

"사이가와 와이프가 온 건가. 뭐야, 손님이 오면 미리 말하라고.”

"요타로가 이렇게 빨리 돌아올 줄은 몰랐지.”

외출했던 이바의 요타로 씨가 말없이 돌아왔다. 여전히 선글라스와 저지 차림이었으므로 어딜 가든 이 모습일지도 모른다.

그렇다고는 해도 이 사람이 귀가하는 것은 예상 밖이었는지, 아키 씨는 고민에 빠져 있었다.

"어떡하지, 리츠카. 근처 커피숍이라도 갈래? 아무래도 방해되겠지? 이거."

"이거라고 부르지 마……."

"괜찮아~. 셋이 수다 떨자!"

"딱히 날 포함하지 않아도 돼. 이봐, 아키. 약 받아왔어. 나중에 먹어라."

"아, 응. 먹을게."

이바의 요타로 씨가 손에 들고 있던 약봉지를 아키 씨에게 보여줬다.

혹시 저 약을 대신 가지러 간 걸까? 그렇다는 건 컨디션 불량?

"저기, 아키 씨. 몸이 안 좋은 거라면 오늘은 이만——."

"걱정할 필요 없어. 사이가와 와이프. 지병인 천식약이니까."

"그래, 맞아. 특별히 아픈 건 아니니 신경 쓰지 마."

"그런 거라면, 뭐……."

지금은 겨울이고 건조해서 기침을 자주 하게 된다. 지병이 있으면 괴롭겠지…….

"이봐, 사이가와 와이프. 남편은 오늘 뭐 해?"

"로우 군? 오늘은 냥키치랑 집 보고 있어."

"무슨 꼬맹이냐? 그래도 마침 딱 좋군. 그 녀석 번호 좀 알려줘."

로우 군에게 무슨 볼일이라도 있나?

거절할 이유도 없기 때문에 나는 이바의 요타로 씨에게 로우 군의 번호를 알려주었다.

그러자 곧바로 스마트폰으로 전화를 걸었다. 뭐랄까, 행동에 망설임이 없는 사람이구나.

『……여보세요. 누구시죠?』

"오, 사이가와. 나야, 나. 지금 시간 괜찮아?"

『보이스피싱 사기는 형법 246조 1항 사기죄에 해당하며 유죄가 확정될 경우 징역——.』

"보이스피싱이 아니야!!"

『그래? 너는 겉모습이 반쯤 회색지대의 연락책처럼 생겼으니 틀림없다고 생각했는데.』

"겉모습으로 사람을 판단하지 마!! 그런 일은 해본 적도 없어!!"

『회색지대에서 일한다는 걸 먼저 부정해라. 그래서 용건이 뭐야, 이바. 리츠카가 놀러간다고 했는데, 같이 있는 거 아니야?』

"재미있네, 사이가와 씨. 요타로를 다루는 법을 벌써 알고 있어."

"그렇지~?"

이바의 요타로 씨는 태클을 잘 거는 것 같으니 로우 군도 이를 알고 일부러 그런 식으로 말하는 걸지도 모른다. 만약 누군가 이를 진심으로 받아들이면 어떡하지, 하는 생각이 조금 들기도 했지만.

"여자들 대화에 남자가 껴서 뭐 해. 지금부터 치러 가자."

『사람을?』

"뭔 헛소리야. 파친코, 말이야, 파친코!! 너 어차피 한가하잖아?!"

『한가하긴 한데…… 이 대화, 리츠카는 안 들었지?』

스피커폰으로 통화하고 있기 때문에 물론 전부 들었다. 결혼할 때, 우리들은『도박은 원칙적으로 금지』라는 약속했기 때문이다. 로우 군도 그것을 떠올리고 있는 것 같다.

이바의 요타로 씨는 나를 흘끗 쳐다봤다.

"………안 들었어."

『흐음. 거짓말이군. 리츠카!! 어떻게 할까?!』

"이 자식!"

"과소비만 아니면 가도 돼!"

『알겠어!! ……그렇다는데, 갈까?』

"글러먹은 놈이네, 이거……. 집합 장소는 네 와이프한테 메신저 아이디 물어봐서 그리로 보내 놓을게. 그리고 플레이 금액이랑 딴 돈은 전부 똑같이 나눌 거니까, 그렇게 알라고! 부탁해, 대장!"

『알겠어. 그리고 하구사 씨에게 잘 부탁한다고 전해줘. 그럼, 이따 봐.』

뚝. 통화가 끝나자, 이바 씨는 스마트폰을 주머니에 집 어넣었다.

"왠지 미안……. 남편을 억지로 불러낸 것 같네."

"괜찮아! 로우 군은 저렇게 보여도 대학 시절에는 은근 히 도박을 즐겼으니까."

"그렇구나. 두 사람은 대학생 때부터 사귀었어?"

"응! 그게, 운명적인 만남이랄까── 운명적인 미팅 자 리에서 만났어♡"

"아……. 미팅에서 만났구나……."

"보통, 미팅 앞에 운명이라는 단어를 붙이냐?"

얘기하면 길어지므로 굳이 얘기하진 않겠지만 우리가 미팅에서 재회한 건 사실이다.

이바의 요타로 씨는 곧바로 로우 군의 아이디를 받아서 메 시지를 보냈다. 아무래도 지금 바로 출발하려는 모양이다.

"좋았어. 그럼, 다녀올게── 그 전에. 아키!"

"응?"

"돈 줘!!"

우와. 만화에서나 보던 거다. 성실한 아내에게 돈을 뜯 어내는, 가정폭력을 일삼는 남편. 실재하는구나, 이런 대 화가 오가다니…….

뻔뻔하게 손을 내미는 이바의 요타로 씨. 아키 씨는……
질린 표정을 지었다.

"잠깐. 이번 달은 더 이상 돈 안 준다고 말했잖아. 지금 있는 돈으로만 하고 와."

"지금 있는 돈은 진작 전부 써 버렸다고. 누구 놀리냐?"

(그럼 파친코를 안 가는 게 옳지 않을까…….)

"누구 놀리냐는 대사는 내가 할 말이거든……."

"어쩔 수 없지. 빌려야겠네~ 사이가와한테."

"우리 남편한테 돈 빌리지 마!!"

"쓰레기 짓도 정도가 있지!! 아아 정말, 이거면 돼?!"

아키 씨는 지갑에서 몇 장의 지폐를 빼낸 뒤, 이바의 요타로 씨에게 넘겼다. 그는 "감사합니다"하고 점원 같은 인사를 하며 지폐를 지갑에 넣었다.

"혹시 로우 군을 도박에 꼬신 건……."

"앗! 어떻게든 돈을 손에 넣으려고?!"

"무슨 소리인지 모르겠는데~. 뭐, 즐기고 올게. 너도 편히 쉬다 가라, 사이가와 와이프!"

안녕! 이라는 말을 마지막으로 이바의 요타로 씨는 껑충 껑충 뛰며 밖으로 나갔다.

"정말 미안해, 리츠카……. 엄청 깼지……."

"뭐…… 조금. 하지만 우리 오빠도 비슷한 짓을 종종 해서 저런 사람이 있다는 건 알고 있었어. 어이가 없지~."

얼마 전까지만 해도 오빠는 이바의 요타로 씨와는 다른 부류의 양아치라 할 수 있었다. 다양한 여자들의 밥벌레가 되어서 매일 이곳저곳을 전전했다. 아키 씨 한 사람의 밥벌레인 이바의 요타로 씨와 오빠 중에서 누가 더 최악일까. 도긴개긴이려나…….

"요타로는 절대로 나쁜 사람이 아니야. 하지만 슬프게도 나는 그의 매력을 어떻게 전해야 할지 전혀 모르겠어……. 악인은 아니야, 악인은……."

"나, 나도 알아. 가끔 설명하기 어려운 사람이 있지. 우리 오빠도 애니메이션이 팔리기 전에는 다른 사람에게 차마 소개할 수 없었는걸."

"애니메이션? 리츠카의 오빠는 애니메이션 회사에 다녀?"

"으음……. 회사라기보다는……『도토리』라는 작품을 만드는 사람이니까 작가라고 해야 하려나?"

"뭐?!『도토리』라니, 설마 쿠레이 토라지 씨?!"

"맞아, 맞아. 본명은 나기라 토라지지만. 그 사람이 우리 오빠야."

"……!!"

아키 씨의 눈이 반짝반짝 빛나고 있다. 오빠는 요즘 툭하면 미디어에 출연해서『도토리』를 홍보하는 김에 자기 자신도 돋보이게 하려고 안간힘이다. 원래 튀고 싶어 하는 사람이라 TV, 라디오, 인터넷, 잡지 등 취재라면 뭐든 받는다. 그 덕분에 지금 약간 유명인이 되었다. 아키 씨도 알 정도로.

『나, 나, 『도토리』 엄청 좋아해! 1기는 100번 정도 정주행했을 정도로 본 데다가, 이번에 음반이 나온다길래 한정 굿즈가 붙어 있는 것도 예약했고, 내년에 나오는 공식 굿즈도 예약을 해놔서──.』

"아, 굿즈는 지금 로우 군이 열심히 만들고 있어. 오빠가 로우 군의 회사에 굿즈를 만들라고 명령해서, 그 프로젝트 때문에 계속 바쁜 것 같아."

"뭐?! 아, 안 돼!"

"왜 그래……?"

로우 군도 나도, 『도토리』에 관심이 없었기 때문에 대충 "유행이구나" 정도의 감각이었는데, 이렇게 실제로 팬인 사람을 보자 정말로 인기가 많은 컨텐츠라는 걸 실감할 수 있었다. 오빠, 의외로 대단할지도…….

"아, 어떡하지. 내가 쿠레이 씨의 사인을 조르거나 하면 마치 『도토리』를 목적으로 리츠카에게 다가간 것처럼 될 거야. 그건 너무 실례인데……."

"괜찮아. 어차피 오빠도 사인하는 고 좋아해. 지금 연락해 둘게."

"자, 잠깐! 기다려! 저기, 하구사(蛇艸)라는 성은 한자로 쓰기 어려우니까 가타카나로 아키 씨라고 적어줬으면 좋겠어. 그리고 일러스트 같은 것도 그려주면 더 좋고. 하지만 잠깐! 잠깐만!”

“이미 전부 말했잖아……. 아, 읽었다. 다음에 그렇게 해서 사인 가져다준대!”

“대답이 너무 빠르지 않아?!”

“오빠는 내 메시지만은 즉각 보거든.”

일 관련 연락은 늦으면서——라고 전에 로우 군이 푸념했던 적이 있다.

아키 씨는 너무나도 당황한 나머지 자신이 기쁜 건지 어떤지 헷갈리는 듯했다.

“으으으, 미안해……. 리츠카, 면목이 없어…….”

“신경 쓰지 말래도~. 내가 특별한 걸 해주는 것도 아닌 걸. 게다가 아키 씨가 기쁘다면 나도 기뻐!”

“리, 리츠카—— 너무 착해!!”

그렇게 말하며 아키 씨가 나를 껴안았다. 으윽. 부드러워. 달콤한 냄새가 나. 그리고 어쩐지 전부터 짐작하긴 했는데, 스타일이 굉장히 좋아. 아키 씨. 부러워.

“내가 할 수 있는 일이 있다면 뭐든지 말해!”

“……뭐든지?”

“응, 뭐든지!”

“그럼, 평소에 두 사람은 어떤 식으로 야한 짓을 하는지 알려줘♡”

"어째서?!"

"어째서라니, 이게 어째서……?"

뭐든지라고 해서 물어본 건데. 이렇게라도 하지 않으면 이런 건 사람들한테 못 물어본단 말이야. 게다가…… 엄청나게 궁금하기도 하고.

"이제 막 성에 흥미가 생긴 중학생 같아…….”

"실례야! 흥미가 아니라 공부니까! 수, 수……화를 위해!”

"『순화』 말이지? 하지만 이런 건 딱히 도움이 안 될걸?”

"그걸 판단하는 건 접니다.”

"하아……. 어떤 식이냐고 물어도 아마 평범할 거야. 뭐랄까, 나는 별로 그런 걸 잘 못하는 데다가, 우리 사이에서는 대체로 요타로가 밀어붙이거든…….”

"어떤 식으로?”

"몸은 만지는 횟수가 는다거나, 얼굴을 가만히 본다거나……. 어쩐지 평소의 요타로와 분위기가 다르다고나 할까, 금방 알 수 있어. 그래서 그런 게 『사인』이라고 생각합니다. 네.”

"어떤 식인데?”

"그만둬, 그 편리한 단어! 수치심을 꼬치꼬치 캐묻는 악마의 단어야!!”

이렇게 말하면 나머지는 술술 뱉을 줄 알았는데 되려 혼났다.

그렇구나. 『사인』이라. 확실히 로우 군도 어떤 날에는 시선에 굉장히 힘이 실려 있을 때가 있다. 그때, 몸을 만지는 게 아니라 포옹하거나 무릎베개해달라고 조르거나 한다.

그것을 아키 씨에게 말하자, "아아"라며 짐작이 된다는 식의 반응을 보였다.

"성욕 욕구에도 파도가 있거든. 피곤하거나 기분이 우울하다면 그런 기분이 안 솟아오를 거 아니야? 반대로, 지극히 편안하거나 기분이 고양되어 있다면 그런 기분이 상승하고. 그때 남편은 리츠카를 만지고 싶어 하고, 만져줬으면 하고 바라기도 해."

"냥키치나 카쿠카쿠처럼?"

"그건 조금 『터치』의 방향이 다른 것 같은데……."

"그럼, 그건 로우 군 나름의 『사인』이었다는 거야?"

"그렇지 않을까? 스킨십의 마지막까지 기대했을 수도 있어."

"과연……."

즉, 나는 로우 군의 『사인』을 쭉 무시해 왔다는 얘기가 된다.

그것을 눈치채지 못한 것도 있지만, 본능적으로 피해 왔을지도 모른다. 그러나 로우 군은 상냥하기 때문에 절대로 그 뒤의 행위를 하려 하지 않았다. 아키 씨가 고개를 끄덕였다.

“로우시 씨는 매우 상냥한 사람이구나. 요타로는 반강제로 다가오는데, 하하…….”

“하지만—— 그런 건 두근거리지 않아?”

불쑥 물어봤다. 아키 씨는 시선을 돌려 얼굴을 붉히면서.

“………그렇지……….”

“역시?! 그건 뭘까?!”

“모, 몰라! 알고 있더라도 도저히 말할 만한 얘기가 아니라고 해야 할까…… 아마 우리는 『벽(癖)』이 닮았을 거야! 그런 거라고!”

“벽!”

내가 아키 씨와 곧바로 친해질 수 있었던 것은 어쩌면 그 『벽』이 닮았기 때문인지도 모른다. 두근두근한 포인트가 일치해서 공감하기 쉬운 게 아닐까?

“그래서 지금 로우시 씨가 바나나를 먹이는 것도 『사인』의 일환으로—— 리츠카가 응답하길 매일 기다리고 있는 거라 할 수 있어. 여러 가지 의미로 이미 한계에 다다른 거지.”

“로우 군은 이미 한계…….”

“오히려 바나나만으로 만족하고 있다는 점에서 로우시 씨의 강철 같은 정신력을 칭찬해야 해. 그건 정말로 너를 생각해 주고 있다는 거니까. 요타로는 전혀 참질 않는데…….”

요시노와 카야마 선배도 전에 그런 말을 했다. 로우 군은 엄청난 정신력의 소유자라고.

보통의 남자라면 당연하게 취하는 행동을, 하물며 결혼한 아내 상대로, 싫어하니까, 무서워하니까 라며 절대로 하지 않는다. 사실은 하고 싶을 텐데.

"저기, 나는 어떻게 해야 해? 로우 군을 위해서 뭘 하면 되는 거야?"

"그건…… 손이나 입으로 해준다든가……."

"뭐? 미안, 못 들었어."

"손이나 입으로…… 해줘. 실전이 무리라면 적어도……."

"……?"

"뭐야, 왜 어리둥절한 반응인데……? 내가 이상한 소리 한다고 생각해?"

고개를 가로저었다. 손이나 입으로 한다. 그건 그러니까, 요컨대.

"키스를? 바나나를 먹을 때는 하고 있어."

"그게 아니라니까. 그, 소위 말하는 전희라는 걸…… 설마 모르는 건 아니지?"

"잠깐?! 그건 야한 비디오에서만 나오는 게 아니야?!"

"아니야……. 사람에 따라 다르지만 비교적 다들 할 거라고 생각해……."

"……아키 씨도?"

"………가끔은."

그, 그럴 수가. 그건 『※그들은 특수한 훈련을 받고 있습

니다』 같은 게 아니었어? 픽션처럼 꾸며낸 장면이고, 실제
로는 하면 안 되는 게 아니라고? 회에 올라간 풀떼기 같은
게 아니야? 정말로 다들, 그런 걸 한다고? 진짜로?

"야한 짓을, 야한 짓을 하기 전에, 한다고……?! 벼, 변
태 같아!!"

"벼, 변태라니! 리츠카도 알잖아! 서로를 기쁘게 하거나
기분 좋게 만드는 게 중요하다는 것 정도는! 그 연장선이
라고!"

"그, 그렇구나…… 전혀 몰랐어."

"대체 얼마나 고귀한 집안에서 자란 거야? 무서울 정도
로 순수하네……."

전혀 고귀하지 않거든요? 애초에 아무도 알려주지 않았
는걸.

적어도 학교에서는 절대 가르쳐주지 않는 데다가, 지상
파 방송에서 흘러나오지도 않아.

그럼 다들 도대체 어디서 그런 지식을 습득하는 거지?
수수께끼야…….

"가뜩이나 익숙하지 않은 내가 과연 할 수 있을까?"

"무조건 그렇게 하라는 얘기가 아니야. 그런 것도 있다
고 알려주는 것뿐. 처음은 무리하지 말고, 뭐…… 그래. 로
우시에게 반격해 본다든가? 꽤 당하고 있는 것 같으니까."

"반격……!"

비교적 좋아하는 말일지도 모른다. 로우 군에게 계속 당하고만 있는 것도 좀 싫기도 하고. 그 말을 한 뒤, 아키 씨는 조금 망설이는 모습을 보였지만 "사인에 대한 답례……"라고 중얼거리며 무언가를 가지러 갔다.

"앗. 바나나다."

"……한 번만 보여줄게. 이런 식으로 하는 거야."

"~~~~~~~~~~?!!"

『변태!! 변태!!』

어, 엄청나다! 그것만은 확실히 알 수 있었다…….

*

"그럼, 리츠카. 『순화』 특훈을 시작하자."

"으, 응."

그날 밤. 로우 군이 바나나를 든 채로 씩 웃었다. 어째서 바나나를 들고 저렇게 웃는 걸까? 진심으로 즐거운 걸까?

"오늘은 먼저 리츠카부터 먹어줘."

"……이런 식으로?"

껍질을 반쯤 벗긴 바나나를, 로우 군이 내 입가에 가져다 댔다. 나는 그 손을 두 손으로 감싸 쥐고 입에 무는 것이 아니라, 소프트아이스크림을 먹는 것처럼 혀로 먼저 핥았다.

(아니지, 아키 씨는 좀 더 이렇게⋯⋯.)

"엇?! 리, 리츠카?"

혀끝이 마치 다른 생물처럼 어딘가 정열적으로 움직였던 것을 떠올렸다. 과장되어 보일 정도로 할짝할짝 핥던 아키 씨. 그 뒤, 베어 물었더니 물소리 같은 소리가 울리거나, 눈을 치켜뜨며 얼굴을 보거나, 어쨌든 아키 씨의 그 일거수일투족 전부가⋯⋯ 야했다. 머릿속에서 지워지지 않을 만큼.

그걸 흉내 냈다. 몇 번이나 바나나를 먹어 왔기에 알 수 있다. 익숙해졌다.

"잠깐, 리, 리츠카 씨, 그런 건 어디서⋯⋯?"

"⋯⋯히히♡"

입에 뭔가를 문 채로 말하면 안 된다는 것은 알지만 어기기로 했다. 눈을 가늘게 뜬 나는 로우 군의 눈을 보며 웃었다. 되도록 수상하게. 그게 좋다고 하니까.

"으, 으아아아아아아아아아아아아아악!!

그러자, 로우 군은 소리를 지르며 자기 방으로 뛰어가 버렸다. 싫었던 건 아닌 것 같다. 얼굴이 새빨개진 데다가 좋아한다는 느낌을 받았으니까. 깜짝 놀랐을 뿐이려나.

그러나 오늘 이날, 로우 군은 나와 같은 침대에서 자지 않고 자신의 방에 틀어박혀서 나오지 않았다. 다음 날 아침 이유를 물으니, "리츠카가 큰일 났을 거야"라는 말만 했다.

내가 왜?

　나는 남자에 대해 아무것도 모르긴 하지만 그게 신기하고 재밌다. 가끔 무섭긴 해도.
　그래도 역시…… 귀엽다. 사랑하는 사람이라면 정말로.

"처음 뵙겠습니다! 오늘부로 기획개발과에서 일하게 된 이코마 토코입니다! 모르는 것투성이라 폐를 끼치게 되겠지만 지도편달 부탁드립니다!"

"마찬가지로 오늘부터 일하게 된 오오타카 하이타입니다. 잘 부탁드립니다."

4월은 여러모로 사내가 분주하게 돌아가는 시기이다. 신입사원들이 입사하는 달이기도 하고, 부서 간 이동이나 승진 등의 발령도 이뤄진다. 로우시가 소속된 기획개발과 역시 인원 변동이 있었다.

"둘 다 신입 연수는 마쳤지만, 아직 새하얀 도화지 같은 상태다. 거기에 어떤 그림을 그려 나갈지는 여러분의 지도에 달려 있으니, 오오타카는 야기야마, 이코마는―― 사이가와가 지도하도록."

그렇게 지시한 부장님. 야키야마는 사전에 관련 내용을 전해 들었기 때문에 곧바로 대답했으나, 반면 로우시 쪽은 당황스러움을 감추지 못했다. 조례가 끝남과 동시에 로우시는 부장님에게 달려갔다.

"부, 부장님! 저는 아무런 얘기도 못 들었다고 해야 하나, 올해 신입사원은 한 명 아니었나요?!"

"그래. 원래는 오오타카만 입사할 예정이었다. 빈말로도 여기는 인기 부서라 할 수 없으니까. 이코마도 원래는 총무과에 입사할 예정이었는데 본인이 워낙 강하게 희망하는 바람에 급하게 기획개발 소속으로 옮기게 됐다. 사내 시스템 등록 변경이라든가 여러 사정 때문에 너에게 전달하는 게 늦어지게 된 건데…… 뭐, 아무튼 사정은 그렇다.”

“늦어진 수준이 아니라, 벌써 시작한 거 아닌가요…….”

야기야마는 로우시보다 두 살 위의 선배로, 로우시 역시 신입사원 시절, 그에게 지도받은 적이 있다. 그가 올해 오오타카를 담당한다는 것 역시 로우시는 알고 있었다. 그러나 설마 자신이 신입사원의 교육 담당을 맡게 될 줄이야. 금시초문이었다.

“저기, 제가 폐를 끼쳤나요……?”

“아, 아뇨, 폐 같은 게 아니라. 저는 아직 아무런 준비가 안 되어 있거든요.”

이코마 토코가 눈썹을 축 내리며 로우시의 안색을 살폈다. 만약 신입사원이 입사한 첫날 『널 받아들일 준비가 되어 있지 않아』라는 이야기를 듣는다면 누구라도 불안에 휩싸일 것이다.

내가 신입이었다면 분명 위장이 아팠을 것이 틀림없다. 로우시는 자세를 바로잡았다.

“울렸대요~! 사이가와가 곧바로 신입사원을 울렸대요~! 상사한테 일러야지~!”

그러나 그것보다 빠르게 부장님이 로우시를 부추겼다. 힐끔힐끔 바라보는 주위의 시선이 느껴졌다.

“아, 안 울렸어!! 그리고 상사는 당신이잖아!!”

“『당신』? 이봐. 상사를 향해 그 말투는 뭐지?”

"죄, 죄송합니다……."

옛날 버릇이 나와 버렸다. 그러나 이건 일종의 직장 내 괴롭힘이 아닐까, 하고 로우시는 생각했다.

이렇게 만담을 주고받고 있을 때가 아니다. 로우시는 이코마 토코의 모습을 살폈지만——.

"훌쩍…… 흐윽……."

——울고 있었다. 두 손으로 얼굴을 가리고 있다. 움찔!! 하고 로우시의 심장이 뛰었다.

"으아아아아, 잠깐, 이코마 씨, 미안해! 울지 말아줘! 내가 잘못했어!"

"아, 우는 척 한 거예요."

양손을 떼어내자, 어안이 벙벙한 이코마 토코의 얼굴이 보였다.

"에엥?! 뭐야?! 뭔데?!"

만난 지 아직 5분도 채 지나지 않았는데 벌써 믿는 도끼에 발등이 찍혔다.

이 신입은 아마 일을 잘할 것이다. 경험상이라는 표현을 쓸 수 있을 정도로 로우시의 근속연수는 길지 않지만, 사회성이나 사교성은 입사 시점에서 어느 정도 재능 여부를 알 수 있다. 이코마 토코라는 사원은 아마 거기에 '우(優)'가 붙는다. 로우시라도 알 정도니, 부장님도 당연히 알 것이다.

"커뮤니케이션은 괜찮은 것 같군. 사이가와, 딱히 어려운 일을 할 필요는 없다. 계속 일하게 되면 누구라도 후배를 가르쳐서 이끄는 역할을 부여받기 마련이야. 평소 네가 어떻게 근무하고, 그때 어떤 마음가짐으로 임하는지, 주의할 점은 무엇인지, 실수하면 그 처리는 어떻게 하는지 등을 하나씩 가르쳐 줘라. 그리고 이코마. 사이가와는 이래 봬도 성실하니까 믿고 따라가도록 해.”

“네! 사이가와 선배를 믿고 따라가겠습니다!”

(성실하다고만 하지 『우수』하다고는 안 하는구나, 이 아저씨…….)

개별적으로 지도 요강을 만들어 줄 필요가 있다고 생각했던 로우시였으나, 딱히 그렇게까지 할 필요는 없는 모양이다. 배워야 할 것을 가르쳐 주면, 그것을 하나하나 메모해서 기억하는 것은 신입사원의 역할이다. 복잡한 절차가 필요한 업무는 애초에 사내 시스템 내에 매뉴얼이 존재하고 있다.

“어, 다시 소개하자면 나는 사이가와 로우시야. 올해 3년 차이고 나이는 24살…… 뭐, 이런 건 따로 설명하지 않아도 되려나. 모르는 게 있으면 뭐든지 물어봐도 좋아. 오늘부터 잘 부탁해.”

“네! 이코마 토코입니다! 저야말로 잘 부탁드립니다!”

로우시는 꾸벅 고개를 숙이는 이코마 토코에게서 우수한 사원의 냄새를 맡았다.

“그건 그렇고, 이코마 씨. 원래 총무과 배속이었지? 일부러 이런 비인기 부서를 희망할 줄이야. 의외로 도전적인 기질이 있구나. 그렇게 장난감 기획을 하고 싶었어?”

"──네, 맞아요. 장난감 회사니까요."

"아, 그렇구나. 하긴, 신입사원은 모두 착각하는 법이지. 삼류 메이커는 신규 개발 업무를 진행하기보다는, 대기업 하청의 심부름꾼 취급을 받는다는 걸 언젠가는 알게 될 거야……."

"그럼, 저희 둘이 어떻게든 이류로 끌어올리죠!"

"……응. 그래. 다짜고짜 맥 빠지는 소리만 해서 미안해. 앞으로 힘내자."

"네!"

이코마 토코가 손을 내밀며 악수를 청했다. 여직원과 가볍게 악수해도 되는 걸까, 하고 잠깐 고민했으나 뭐, 오늘은 상관없을 거라며 로우시 역시 이에 응했다. 작고 부드럽지만 조금 땀이 밴 촉촉한 손이었다. 생각보다 긴장하고 있었나 보다.

그녀의 말에 거짓은 없다. 정말 새로운 장난감을 만들고 싶었다.

그러나── 거짓말을 하지 않았다고 해서 본심을 전부 드러냈다고 말할 수는 없다.

그 사실을 로우시가 언제 알게 될지, 이코마 토코를 제외한 사람은 알 도리가 없다──.

《제6화》

“다들 주목. 이게 내가 개발한 새로운 완구—— 이름하여『모이모이 애벌레 군』이다!!”

위잉 위잉 위잉 위잉 위잉 위잉 위잉 위잉…….

전후좌우로 모터 소리를 내는, 핑크빛의 장대한 애벌레를 닮은 물체가 책상 위에서 진동하며 꿈틀거렸다. 얼핏 보면 이리저리 몸부림치는 것처럼 보이기도 했다.

대미지를 입어서 도무지 어찌할 도리가 없어진, 막다른 길에 몰린 애벌레 같다…….

“흠. 이건 대상 연령 18세 이상 한정인, 성인 지정 구역이 설정된 코너에서만 판매할 수 있는, 세간 일반에서는 조크 굿즈라 불리는, 단적으로 말해서『성인용품』일까요?”

“즉, 바이브레이터네요…….”

“장난치지 마!! 왜 그런 걸 내가 개발해야 하는데?!”

“저도 모르겠습니다.”

나와 부장님은 제조과의 주임실, 히토미 주임의 아지트라 부르는 곳으로 또다시 호출되었다.

그리고 우리는 호출되자마자 곧바로 영문을 모르는 기묘한 물체를 마주했다.

“부장님. 저희가 언제부터 이런 에로 굿즈를 만들었나요?”

"일절 만들지 않았고, 향후 만들어 갈 예정도 없다. 그러나 주임은 생각이 다를지도 몰라."

"그러니까 그런 게 아니라니까!! 봐!! 귀엽지?!"

"『뭐야뭐야 애벌레 군』이요? 아뇨, 저는 전혀."

"틀렸어요, 부장님.『뭔데뭔데 애벌레 군』이에요."

"『모이모이 애벌레 군』이다, 바보 녀석들아!!"

비슷하구먼, 뭘……. 오히려 우리가 지은 이름이 더 좋은 것 같은데.

우리가 이 애벌레를 닮은 음란물을 인정할 기미를 전혀 보이지 않자, 히토미 주임은 화가 난 듯했다.

"이건 아이들을 위한 완구다! 아이들은 애벌레를 좋아하지만, 사실적으로 만들면 부모들이 기분 나빠할 게 뻔하니, 일부러 자연계에선 발생 불가능한 복숭앗빛으로 도색! 과도하게 굵게 만들어서 장난감 매력을 어필! 이건 아이들이 실수로 삼키는 걸 방지하기 위해서야! 또 애벌레라는 점에서 착안하여 진동 운동을 재현함으로써 자력 운동 가능! 또한 전체를 부드러운 실리콘 소재로 덮어, 장난감을 휘두르다 부딪쳤을 때의 부상도 방지! 이 소재 덕분에 어느 정도 불안정한 지형에서도 주파 가능! 게다가, 봐! 이왕 움직이는 장난감이면 아이가 불렀을 때 올 필요가 있다고 생각해서 특정 음파에 반응해 다가오도록 프로그래밍했다! 초기 설정에서는 박수, 즉, 손을 두드리는 소리에 반응해서 온다! 이것으로 인해 『날 따른다』라는 인식을 부여해, 애착 관계가 형성된다는 것은 따 놓은 당상! 게다가 반응하는 음파탐지기는 나중에 설정해서 늘릴 수도 있어! 구호나 이름을 붙이면 그에 반응해서 다가오는 것도 가능한 이 반려동물 느낌! 어때?!"

"부르면 오는 바이브레이터잖아……."

"너, 쳐 죽인다!!"

콘셉트나 안전성이나 기능면에 대해 재차 설명을 들은 결과, 내가 낸 결론은 그것이었다.

애초에 성인용품 세계에서 『부르면 오는 바이브레이터』 등은 존재하지 않는다……고 생각한다. 자세하게는 잘 모르지만 부르면 올 필요가 전혀 없으므로, 아마 없을 것이다.

그런 의미에서는 획기적일지도 모른다. 뭐, 바이브레이터는 아니라고 했지만…….

"이런 고성능임에도 버튼 전지 하나로 움직이는 친환경성, 어때?!"

"이거, 각종 건전지 중에서도 가장 구하기 성가신 규격 아닌가요?"

"평범한 AAA 건전지를 쓰는 게 나았을 것 같은데요."

"으윽!! 이 멍멍멍멍청이들아!!"

(전에는 얼간이들이었지…….)

여러모로 히토미 주임을 부정하게 되었으나, 악의가 있

었던 것은 아니다. 오히려 나는 처음부터 하고 싶었던 말을 그제야 내뱉기로 했다.

"애초에 말이죠, 기획개발과는 그런 성인용품을 제안하지 않았어요."

업무 절차로서 우리 기획개발과가 신규 완구 기획을 발안하고, 여러 기획서 등을 작성한 후에 OK가 떨어지면 그것이 실제로 우리 회사의 기술력으로 실현 가능한지 어떤지, 가능하다면 비용은 얼마나 드는지, 양산에 적합한지 어떤지 등을, 히토미 주임이 이끄는 제조과 사람들이 정밀히 조사한다. 거기서 인가가 떨어지고, 높은 분들끼리의 회의에서도 허가가 나야만 신제품이 나올 가능성이 생긴다. 가능성이라고 표현한 것은 여기에 영업부나 홍보부와의 조정 과정 등이 필요하기 때문이다. 즉, 새로운 장난감을 유통하기 위해서는 사내만 하더라도 큰 노력과 시간이 필요하다.

그렇기에 우리는 이 변태 애벌레 군과 같은 기획안을 아무도 제출하지 않았다.

"알고 있어. 너희 부장한테 못 들은 건가? 나에겐 완구의 독자 개발 권한이 있다. 이번에는 그 일환으로 너희들의 의견을 수렴하려고 했을 뿐이야."

"처음 듣는데요……. 진짜예요, 부장님?"

"그래. 너도 눈치챘겠지만, 지금까지 그것들이 유통된

적은 없다. 히토미 주임이 만든 장난감은 모두 우리 회사 창고 구석에서 조용히 죽어가고 있지.”

“죽게 두지 마!! 살려내!!” “아뇨, 죽어야 합니다.” “싫어!! 살고 싶어!!”

“이런 게 세상 밖으로 나오면 회사 이미지가 박살 날 거예요…….”

즉, 히토미 주임은 우리 기획개발부의 업무와 제조과의 업무 양쪽 모두를 독자적으로 실시할 수 있다. 게다가 업무 절차를 무시하면서.

여러 가지로 특별대우를 받는 사람이긴 하나, 역시 능력이 뛰어나기 때문에 용서받고 있는 것임이 틀림없다.

뭐, 일절 채택되지 않은 걸 보면 우리 회사는 비교적 정상적인 감성을 가지고 있는 것 같지만.

“이제 됐어. 다른 아이디어는 얼마든지 있으니까. 다시 만드는 대로 너희들을 부르지.”

“저희도 바쁘니 이제 그만 불러주세요.”

“멍멍멍멍청이들의 멍멍멍멍청이와 마찬가지로, 저도 나름대로 바빠요.”

“흥! 얼간이들의 얼간이랑 부장은 세트거든!”

“당신들 도대체 무슨 대화를 하는 거야.”

뭔가 장난스러운 암호 같았다. 멍청이 부장이자 얼간이 부장은 “훗”하고 웃으며 자기도 모르는 사이에 힘이 다한,

책상 위의 에로 애벌레를 집어 들었다.

"이쪽 해충은 어떻게 죽게 할까요?"

"제가 무릎으로 부러뜨릴게요. 나뭇가지처럼."

"부모 앞에서 자식을 죽이는 짓은 그만둬!!"

라며 해충의 우두머리가 말했으므로 부장님은 어깨를 움츠리고 내 손에 성인용품을 쥐여줬다.

"그럼, 이렇게 하는 건 어떤가요? 사이가와가 이걸 가지고 돌아가는 거예요."

"네에?! 어째서요?! 지금 여기서 끝장내는 게 아니라요?!"

"오오, 그거 맘에 드는군. 확실히, 사이가와 군은 젊은 아내가 있다고 했지? 회사 직원이 아닌 여성의 의견을 꼭 듣고 싶어―― 아마 너희와는 다른, 호의적인 의견이 나올 테니 말이야."

"그렇다고 한다. 나머지는 네 마음대로 해. 사내에서 이걸 처분하든, 냉장고에 넣든, 처리하는 게 귀찮아서 너에게 맡기는 건 절대 아니야. 유의하도록."

"정직하시네요……."

이 애벌레로 때릴까, 하고 고민했으나 그런 짓을 해도 부장님에게 얻어맞을 게 뻔했으므로 그만두기로 했다. 이 사람은 옛날부터 귀신처럼 강했다. 아마 나는 지금도 이기지 못할 것이다.

"감상문은 메일로 보내줘. 3일 이내에 오지 않으면 너의 감봉 처분을 탄원할 거다.”

(더럽게 귀찮게 구네……!)

그래서 따를 수밖에 없었던 나는—— 잠시 후, 부서로 돌아가 부리나케 이 외설스러운 애벌레를 가방 속에 감추게 되었다.

“그럼, 이코마 씨. 슬슬 출발할까?”

“네!”

그날, 오후가 지났을 무렵, 나와 이코마 씨는 외출 준비를 마치고 지하 주차장으로 향했다. 둘 다 조퇴하는 것이 아닌, 각 거래처에 인사하러 돌아다니고 시장 조사를 하기 위해서다. 이른바『외근』이다.

기획개발과는 사내에 틀어박혀 오로지 아이디어만 내면 되는 부서가 아니다.

방침으로서 기획과 전원은 판매 현장—— 즉, 소매점에서 상품이 어떻게 진열되어 있는지, 무엇이 지금 잘 팔리고 있는지, 점원들이 무엇을 생각하고 있는지 등을 피부로 느끼기 위해 정기적으로 이렇게 밖으로 나가야 한다. 물론 제대로 소매점 쪽에 인사를 하고, 조금이라도 당사의 상품을 많이 배치하게 하려는 목적도 있다.

“확인차 말하는데, 오늘은 목표 점포를 다 돌면 그대로 집으로 돌아가도 좋아. 보고서는 내일 중으로 부탁할게.

그리고 회사 차는 내가 맡아 두다가 반납할 거야.”

“OK입니다! 이야, 바로 퇴근할 수 있는 외근이라니, 최고네요~.”

“요즘에는 야근하면 위에서 시끄럽게 구니까 빨리 돌아가라고 암암리에 말하고 싶은 건지도 몰라.”

“그럼 업무량을 줄이면 될 텐데요.”

“내 말이. 우리는『도토리』업무도 있다고.”

본래 외근은 혼자서 실시하지만, 오늘은 이코마 씨가 한 번도 방문한 적이 없는 점포 여러 곳을 방문할 예정이었기에 그 소개를 위해 내가 함께 따라가게 되었다. 나는 이제 그녀의 교육 담당자가 아니긴 하나, 인원이 적은 부서이기 때문에 직속 부하로서 함께 행동하는 경우가 많다.

뭐, 업무량 등의 푸념은 그만두고, 빨리 외근을 끝내고 집으로 돌아가야지.

“그건 그렇고, 제가 운전해도 되나요? 그렇게 잘할 자신은 없는데…….”

“그래서 시키려는 거야. 조금이라도 운전에 익숙해져야 하니까. 집에 갈 때는 내가 할게.”

“그렇군요. 그럼, 열심히 할게요!”

“안전 운전 부탁해.”

“알겠습니다!”

조금씩 연말이 가까워짐을 느끼는, 평범한 겨울 평일.

우리는 그저 필요한 업무를 마치고 집에 돌아가기만 하
면…… 됐으나.

＊

“다녀왔어, 리츠카.”
“어서 와, 로우 군.”
평소보다 담담하게 인사를 나눴다. 나도 리츠카도 어딘
가 긴장하고 있다.
그 가장 큰 이유는.

“저기, 여기가 선배의 집인가요…….”

――어째서인지 이코마 씨가 나를 따라 우리 집 문지방
을 넘게 되었기 때문이다.
(왜 이렇게 된 거지…….)
확실히 우리는 조용히 점포를 돌며 업무를 수행했다. 그
런 와중, 차로 이동하면서 잡담으로 냥키치의 이야기하거
나, 리츠카의 요리가 맛있다는 이야기를 나눴다. 마지막으
로 돌았던 점포가 우연히 우리 집 근처였는데, 그 후 이런
저런 대화가 오간 끝에 이코마 씨가 우리 집에 와서 함께
저녁을 먹게 되었다. 냥키치를 보고 싶었다는 식의 이유로.

(리츠카도 거절할 줄 알았는데…….)

솔직히 나는 이 아이를 환영하지 않는다. 이왕 부를 거면 미리 준비하고 싶기도 하고, 이야기가 너무 갑작스러웠기 때문이다. 오지 말라고는 하지 않겠지만, 다른 날이 더 좋지 않을까, 하는 생각이 들기도 했다.

그래서 『아내가 안 된다고 하면 안 돼』라고 이코마 씨에게 미리 말한 후, 리츠카에게 연락을 취해 손님을 데려가도 OK인지 물어봤는데, 『딱히 상관없어』라는 대답이 돌아왔다.

이전에 리츠카는 이코마 씨와 나와의 사이를 의심해서 ──물론 완전히 오해였으며, 우리는 평범한 회사 선후배 사이다──나와 싸웠던 적이 있다. 그때, 이코마 씨를 약간 싫어한다고 생각했으나, 애초에 직접 만난 적이 없기 때문에 싫어할 것도 뭣도 없는 건지도 모른다. 아무튼 사랑스러운 아내다.

"이코마 씨. 이쪽이 아내, 리츠카야. 이름은 이미 알고 있겠지만."

"처음 뵙겠습니다. 남편이 늘 신세 지고 있습니다. 아내인 리츠카라고 합니다."

(어…… 리츠카, 이런 식의 인사도 할 수 있구나…….)

"처음 뵙겠습니다. 선배의 부하인 이코마입니다. 배우자분의 이야기는 선배에게서 종종 들었습니다. 소문대로 굉장한 미인이셔서 깜짝 놀랐어요."

(어……. 미묘하게 표현이 이상하지 않아? 기분 탓인가……?)

"우후훗. 말씀이 유창하시네요. 자, 안으로 들어오세요. 꽤 어질러져 있습니다만."

"감사합니다."

"아뇨."

"".........""

뭔가 무섭지 않아??

나만 그래? 묘한 긴장감을 감지한 건 나뿐이야? 냉전의 분위기가 감도는데…….

혹시 이 두 사람은 상성이 나쁘다……든가?

아니, 잠깐. 그런 걸 일방적으로 결정하는 건 성급해. 리츠카는 딱히 공격적인 성격도 아니고, 비즈니스 매너는 좀 서툴러도 근본적으로 사람들에게 인기가 좋잖아. 이코마 씨도 예의 바르고, 비즈니스적인 행동은 거의 완벽해. 외근도 내가 뭐라고 말할 필요도 없이 전부 해내고 있어. 안면이 거의 없는 상대를 처음에 갑자기 견제하는 일 따위는 하지 않는다고.

그게 바로 리츠카와 이코마 씨야. 분명 내가 너무 신경 쓰는 거겠지.

"그럼, 이코마 씨. 여기서 편하게 기다려. 나 잠깐 가방 좀

두고 올게.”

“네! 다녀오세요!”

이코마 씨를 소파에 앉힌 뒤, 나는 방으로 돌아갔다. 옷을 갈아입을지 말지 고민했으나, 어쩐지 실내복으로 갈아입는 것보다는 정장 차림 그대로가 좋을 것 같았다. 코트랑 재킷만 벗자.

“응? 옷 안 갈아입어?”

“리츠카. 응. 뭐, 일단 직장 동료 앞이니까.”

“그렇구나~.”

리츠카가 방으로 들어왔다. 빤히 쳐다보는 눈. 하고 싶은 말이 있는 게 분명하다.

“역시 민폐였지? 미안해, 갑자기.”

“괜찮아. 딱히 그런 건 아니야. 어차피 언젠가는 마주할 일이었고.”

“응? 무슨 의미야?”

“그냥 혼잣말. 로우 군은 평범하게 있어. 너무 부끄러운 짓을 하진 말고.”

“안 해.”

리츠카는 내심 화가 나 있다거나 불쾌해하는 건 아닌 것 같았다. 어느 쪽인가 하면 전투를 앞둔 전사의 모습에 가까웠다. 그건 그것대로 의문이긴 한데…….

리츠카는 저녁 식사 준비를 해야 한다며 주방 쪽으로 향했다. 한편, 나는 거실로 돌아갔다.

"이코마 씨. 따뜻한 커피랑 홍차 중에 어느 쪽이 좋아?"

"선배 추천으로 부탁드려요!"

"내 추천은 물인데?"

"너무해요."

우선 따뜻한 홍차면 되겠지? 보통 이코마 씨는 커피를 마시니까 가끔은 홍차도 좋을 거야.

나는 주방에서 홍차를 우려냈다. 그러자, 조리 중인 리츠카가 등 뒤에서 중얼거렸다,

"……사이 좋네."

"나쁘지는 않다고 생각하는데……. 저기, 리츠카. 정말로 나랑 이코마 씨는——."

"알고 있어. 그런 게 아니래도~."

"그럼 어떤 건가요……."

진의를 읽을 수 없다. 어쩌면 읽지 말아야 할지도 모른다.

지금 리츠카의 생각에, 어설프게 내가 발을 들여놓으면 안 된다고나 할까…….

그런 생각을 하며, 일단 홍차를 가지고 이코마 씨에게 돌아갔다.

"자, 여기. 우유랑 설탕은 이쪽이야."

"감사합니다! 사실 저는 홍차파거든요!"

"회사에서는 항상 커피를 마시잖아."

“그건 선배 커피까지 같이 내려서 그래요.”

“아, 나 때문이었구나…….”

당연하다는 듯이 매일 아침 이코마 씨가 커피를 가져다 줬기에 감각이 마비되어 있었다. 내가 커피파라서 거기에 맞춰줬다는 건가.

“하지만 부장님이나 오오타카에게 커피를 자주 내려주지는 않지?”

“두 손으로 들 수 있는 컵은 두 개까지니까요. 제 몫과 선배 몫만으로도 손이 모자라기도 하고요. 기본적으로 제가 마실 커피를 내리는 김에 선배 커피도 내리고 있어요.”

“그렇구나.”

요즘 같은 시대에는 어느 회사에도 커피 심부름꾼은 존재하지 않는다. 커피를 타오라는 등의 명령은 무조건 NG다. 그래서 이코마 씨처럼 『제 거 내리는 김에』가 고작일 것이다.

(어라? 그렇다면 홍차를 우려도 되지 않을까……?)

“맛있어~.”

『………..』

한숨 돌리고 있는 이코마 씨의 발밑에 딸랑딸랑 방울 소리를 울리며 검은 그림자가 나타났다. 지금까지 어디에 숨어 있었던 건지, 냥키치가 조용히 접근했다. “아”하고 이코마 씨가 반응했다.

“이 아이가 소문의 그 냥키치인가요? 우와, 귀여워라~!”

“겉보기에는 말이지……. 내용물은 뭐랄까, 집에 사는 길고양이 같은 느낌이야.”

“그래요? 근데 이 아이, 전에 한 번 회사까지 찾아왔었죠? 그런 건 선배를 상당히 좋아하지 않으면 안 하는 행동 아닌가요?”

“그건 뭐…….”

긴급 상황이었으니까. 냥키치는 지난달, 리츠카의 위기를 나에게 전하기 위해 일부러 회사까지 찾아온 적이 있다. 그렇기에 이코마 씨도 냥키치를 멀찍이 봤던 적은 있으나, 이렇게 가까이에서 제대로 본 건 지금이 처음일 것이다.

“자, 이리 오렴~.”

『……이 암컷 인간…….』

“응?”

손을 내미는 이코마 씨에게 냥키치는 경계하는 기색을 보이며 다가가지 않았다. 그러고 보니 우리 집은 별로 손님이 찾아오지 않으니, 냥키치가 가족 이외의 사람에게 어떤 반응을 보일지 전혀 알 수 없었다.

“이코마 씨? 무슨 일이야? 이상한 목소리를 내고……?”

“아, 아뇨. 아무 일도 아니에요.”

안 좋은 예감이 들었다. 이코마 씨는 고개를 움직이거나 눈을 감고 미간을 눌렀다.

어째서 지금 갑자기 그런 행동을 하는가에 대한 대답은 하나밖에 없다. **들렸을 가능성**이 있다.

(냥키치! 말하지 마! 고양이 흉내 내!! 고양이이지만!!)

켄고나 이바에게는 냥키치가 말하는 걸 들켜도 상관없다.

왜냐하면 켄고는 말할 것도 없고, 이바도 분명 겉모습대로 무뢰한일 게 분명하기 때문이다. 그런 인간에게 냥키치의 비밀이 알려진다 해도 큰 문제는 일어나지 않을 것이다.

그러나 만약 이코마 씨가 냥키치의 목소리를 들리는 체질(?)이라면, 이야기는 달라진다.

일반인인 그녀는 뒷세계의 일을 아무것도 모른다. 원인 불명으로 말하는 고양이가 존재한다는 걸 알게 되면 혼란에 빠질 게 확실하고, 최악의 경우, 자신의 정신이 이상하다고 생각할지도 모른다.

그렇기에 나는 분위기를 읽어달라는 뜻으로, 냥키치의 동그란 눈망울에 아이컨택했다.

『글쎄~. 과연 이 몸이 가능하려냥~, 고양이 흉내! 자신 없다냥ㅋ.』

(이 자식!!)

"……저기, 선배. 저, 생각보다 더 지쳤나 봐요. 병원에 가야 하는 수준으로……."

"그, 그래? 무리하지 않는 편이 좋아."

『어디 보자, 그럼 해볼까냥? 야~옹ㅋㅋ.』

"선배……. 저 지금부터 엄청 이상한 말 할 건데요, 웃지 말아 주실래요?"

"힘내볼게……."

냥키치의 목소리가 들리는 조건에, 이코마 씨는 해당하지 않는다. 나, 켄고, 이바의 공통점을 이 아이가 가지고 있을 리가 없기 때문이다. 그렇다면 아직 나나 냥키치가 모를 뿐, 다른 조건이 있을지도 모른다. 이제 와서 생각해도 어쩔 수 없는 일이긴 하지만.

"저, 냥키치의 목소리가……."

"기분 탓 아니야?"

"부정하는 게 너무 빠르지 않아요?"

"이 녀석, 엄청나게 말 많은 고양이거든~. 야옹— 야옹— 하고 더럽게 시끄러워. 그게 때때로 인간의 언어처럼 들리는 거 아닐까~? 나도 가끔 그래~."

"선배도 그럴 때가 있나요?"

"응, 있어, 있어! 야옹, 야옹, 하는 게 '밥 줘~'처럼 들릴 때가."

"그럼 역시 그것도 착각이 아니었구나."

"어?!"

착각을 유도를 했는데, 반대로 이코마 씨는 확신했다.

내가 어떻게든 둘러댈 궁리를 하는 사이, 이코마 씨가

말하기 시작했다.

"전에 냥키치가 회사에 왔을 때, 저는 들었어요. 이 아이가 마치 선배랑 실제로 말하는 것처럼 우는 거. 『리츠카』라고 분명히 말했어요. 그때는 제 착각이라고 생각했는데, 착각이 아니었어요."

"오우……."

"선배. 솔직히 말해주세요. 이 아이, 말할 수 있죠?"

그런가. 냥키치가 회사에 왔을 때, 나는 이 녀석과 대화했다. 만약 이코마 씨에게 목소리가 들린다면, 그때 역시 듣고 있었다고 해도 이상하지 않다. 전에는 착각인 줄 알았던 현상이 오늘 또 발생한다면…… 그건 우연이 아니라 필연이다.

더 이상 숨길 수 없다. 그녀는 총명하다. 서툴게 숨기려 들면 자기 나름의 방법으로 그것을 파헤치려고 한다. 그쪽이 더욱 위험하다는 것은 분명할 것이다. 나는 냥키치를 안아 올렸다.

"응. 말해……. 이런 식으로."

『야~옹ㅋㅋ.』

"말 안 하는데요?"

"이 자식, 진짜……!!"

"근데 제가 생각하기로, 아이의 목소리가 안 들리는 사람이 더 많은 것 같긴 한데요."

“······왜?”

“야옹~이 아니라 인간의 말을 한다면, 이 아이가 회사에 왔을 때는 더 많은 사람이 반응했어야 해요. 그런데 아니었죠. 저뿐이었어요. 그리고 편의상 말한다고 하고 있지만, 실제로는『울음소리를 인간의 언어로서 이해할 수 있다』가 정확하지 않나요? 듣지 못하는 사람에게는 아마 평범한 고양이 울음소리로 들리는 거죠.”

······소름 끼치는군. 만약 적대관계였다면, 나는 그녀를 가장 먼저 배제하려 했을 거다.

적은 단서와 실제 체험으로부터의 가설을 세워, 능력의 상세한 내용을 도출해 내는 것. 내가 이능력자 상대로 자주 하던 일이다. 이 아이는 그것에 타고났으며, 제대로 된 훈련만 받으면 그 나름의 전투원이 될 수 있을 것이다. 《시지마 기관》이 아직 존재했다면 당장 스카우트해야 할 인재다.

“정확한 분석이야. 원리는 불분명해서 나도 거기에 대한 설명은 불가능하지만.”

“과연. 판타지네요······.”

“어때? 나랑 같이 병원에 갈래?”

“그것도 선택지 중 하나가 될 순 있겠죠. 근데 새 중에서도 말하는 아이가 있잖아요? 그거랑 같다고 생각하면, 말하는 고양이도 받아들일 수 있어요. 뭐, 선배도 평소에 냥

키치의 목소리가 들리고 있다는 공통 인식하에서의 전제
지만요.”

(받아들이는 것도 상당히 빨라, 이 아이.)

정상성 편향이 아니라, 나라는 주인의 반응을 근거로 자
신을 납득시키고 있다.

이코마 씨는 잠시 생각에 잠기더니 이윽고 조용히 중얼
거렸다.

“이 일…… 배우자분도 알고 계시나요?”

“리츠카에겐 들리지 않아. 내가 냥키치와 이야기하고 있
는 장면을 몇 번이나 봤는데,『미소가 지어지는 광경』이라
고 평가했거든. 냥키치가 말하는 걸 내가 통역해 줘도, 내
가 마음대로 머릿속에서 지어냈다고 생각하는 것 같아. 너
무 사랑스럽지 않아? 좋아해.”

“왜 마지막에……. 뭐, 반려동물과 말하는 주인은 많긴
하죠. 그렇다면 이건——.”

이코마 씨가 장난스럽게 웃었다. 그리고 내 귓가에 살며
시 속삭였다.

“저랑 선배만의 비밀이네요?”

“……딱히 말해도 상관없는데?”

“후훗. 말 안 해요. 사랑하는 아내조차 믿지 않는 걸, 사

랑하지도 않는 다른 사람이 믿을 리가 없으니까요. 저는 아니지만. 그렇죠?”

“……그러게.”

『야~옹ㅋㅋ.』

미묘한 공기가 흘렀다. 어째서인지 이코마 씨가 주도권을 잡아버린 것 같다.

“저녁 준비 거의 다 됐어~. 로우 군, 준비 부탁해!”

라며 리츠카가 말을 걸어왔다. 아무래도 저녁 식사 시간이 가까워진 것 같다.

이코마 씨의 시선에서 벗어나듯, 나는 거리를 뒀다. 이 이상 냥키치 이야기를 하면 되돌릴 수 없을 거라는 생각이 들었다. 나도 이코마 씨도.

＊

“잘 먹었습니다! 굉장히 맛있었어요! 배우자분, 굉장히 요리를 잘하시네요! 선배가 종종 말했는데 먹어보고 이해했어요!”

“후후, 감사합니다. 로우 군…… 아니, 남편 이외의 사람한테 칭찬받는 일은 별로 없어서 정말 기뻐요. 힘이 나네요.”

“커, 커피랑 홍차를 끓일까?”

"매일 배우자분이 직접 만든 요리를 먹을 수 있다니, 선배가 부러워요! 저는 돈을 내서라도 먹고 싶은데. 아아, 부럽다~."

"과찬이세요. 게다가 매일 만드는 건 아니랍니다. 로우, 남편이 가끔 만들어줄 때가 있어서 그때는 편하게 쉬고 있어요. 결혼할 때 집안일은 분담하기로 했거든요."

"나는 커피인데, 두 사람은 홍차지? 좋아! 아주 좋아!!"

"역시 결혼할 때 배우자분과 집안일을 분담하기로 정하는군요~. 하지만 그래도 결국 남편이 배우자분에게 집안일을 떠넘기게 되지 않나요?"

"저희 남편은 안 그래요."

"호오~. 역시 선배. 배우자분을 소중히 여기시네요."

"과자도 가져올게!!!"

이 상황은 위험해!!!

나는 마치 아지트에 뛰어들 듯, 부엌으로 뛰어들었다. 뭔가 위험하다. 뭐가 어떻게 위험한지 아무것도 설명할 수 없지만, 그래서 더 위험하다. 리츠카도 웃는 얼굴을 하고 있고, 이코마 씨 역시 웃고 있다. "싸우는 중이야?"라고 물어도 아마 둘이 동시에 "어딜 봐서?"라고 대답할 것이다. 하지만 뭔가 다르다. 분명 다르다.

우선 이코마 씨에 대해 이야기하자면, 처음부터 리츠카를 절대로 이름으로 부르지 않았다. 사모님이라든가 그런 호칭을 쓰는 것도 아니다. 『배우자분』이라는 표현밖에 사용하지 않는다. 보통 그런 식으로 부르나?

리츠카도 평소와는 캐릭터가 전혀 달랐는데, 그게 계속 유지되고 있다. 덤벙대는 구석이 있다는 점이 리츠카의 깜찍한 부분임에도 수수께끼의 가면을 쓰고 있다. 어째서?

마치 보이지 않는 칼날로 서로를 견제하고, 틈만 나면 찌르려 드는 듯한 분위기였다. 그러나 실체를 파악할 수 없었다. 있는데, 없다. 없는데, 있다. 이 문제의 답은? 통장 잔고냐!!

그런 장난스러운 현실도피를 하고 있자니, 냥키치가 다가왔다.

『여기서 이 몸이 수수께끼 하나를 내도록 하지……. 집으로 데려온 회사의 암컷 인간과 집에 원래 데리고 있던 암컷 인간의 마음을 해석하시오.』

"……마음이 잘 맞다?"

『정답은 '둘 다 똥'이다냥…….』

"수수께끼를 낼 생각이 없다면 다물고 있어."

수수께끼 캐논볼이잖아, 그건. 사출하면 그걸로 끝이잖아.

나는 쭈그리고 앉아서 냥키치에게 손짓했다. 『흥』하고 냥키치가 잘난 듯 코를 울렸다.

"아무래도 이코마 씨한테 너의 목소리가 들리는 것 같아. 이유를 알겠어?"

『모른다냥. 하지만 저 암컷 인간은 평범하지 않다냥.』

"평범하지 않다고? 무슨 말이야?"

『젖이 크다냥……. 부비부비하고 싶다냥.』

"너한테 물어본 내가 바보지."

그런 말을 하는 것치고 냥키치는 이코마 씨 근처에 다가가지 않았다. 원래 나나 리츠카에게 다가올 때도 변덕을 부리듯 접근했던 고양이이긴 했으나, 낯선 사람에게는 특히 경계심을 높이는 걸지도 모른다.

나는 커피와 홍차를 쟁반에 올리고 돌아가고 싶지 않은 그 장소로 돌아갔다. 전쟁터라고 쓰지 않았는데 전쟁터 한복판에 있는 것 같은 느낌이 드는 그 장소에…….

"자, 홍차를 내려왔어. 여기 과자도."

"고마워, 로우 군."

"감사합니다! 지금 배우자분께 그 머리색에 대해 여쭤봤어요! 엄청 자연스러운 은색이라서 어디 미용실에서 염색하는 걸까 궁금했거든요."

"몇 번이고 말했지만, 자연 모발이에요."

"……정말인가요?"

"진짜야."

"헐. 하프나 쿼터 같은 혼혈인가요?"

리츠카의 은발은 《블레스》의 영향으로 인한 것이라고 한다. 내가 아는 한, 그런 현상이 일어나는 것은 리츠카 뿐이기 때문에 정말로 원인이 《블레스》인지는 확실하진 않지만.

이코마 씨는 반신반의하는 듯했다. 뭐, 일본인의 자연 모발이라고 생각하기 어려운 색이긴 하지.

"그러고 보니, 두 분은 대학생 때부터 사귀셨다면서요? 어떻게 만나신 거예요? 선배한테 물어봐도 대답을 안 하시던데."

(미팅에서 만났다고 하긴 싫단 말이야⋯⋯.)

"네. 남편이랑은 대학생 때 만났어요. 미⋯⋯⋯⋯ 아니, 합동 설명회에서요."

"'취준?!'"

왜 그럴싸하게 둘러대는 거야? 아니, 전혀 그럴싸하지 않아. 오히려 더 별로일지도 몰라.

나와 리츠카는 2년 차이가 나니까, 취준 합동 설명회에서 만난 설정을 위해서는 내가 2년 정도 유급한 걸로 해둬야 한다. 역시 별로야. 내 경력에 이상한 상처가 났어.

"하지만 배우자분이 취준을 시작할 무렵은, 선배가 이미 직장에서 일하던 시기 아닌가요? 두 살 정도 연하라고 선배한테 들은 적이 있는데요."

"기억나지 않습니다."

"그런 수상한 정치인 말투 쓰지 마⋯⋯. 조금 멋이 없어서 말 안 하려 했는데, 사실 나랑 리츠카는 미팅에서 만났어. 내가 3학년, 리츠카가 1학년 때."

“아하, 미팅이군요. 선배는 의외로 꽤 열심히 사시네요.”

“하다못해 과거형으로 해주면 안 될까…….”

약간 입가를 씰룩거리는 이코마 씨. 옆에 앉은 리츠카가 내 옆구리를 팔꿈치로 퍽 소리 나게 찔렀다. 그렇게 말할 수 있을 정도의 위력이었다. 어째서?! 평소에는 아무렇지 않게 우리는 미팅에서 만났다고 말하잖아. 리츠카의 사고 회로를 모르겠다…….

일단 정확성을 가미하자면, 나와 리츠카는 소개팅에서 만났다기보다는『재회했다』. 그러나 그 정보는 이코마 씨에게 말해선 안 된다. 그 점에 한해서는 리츠카의 생각 역시 크게 다르지 않은 모양인지, 아주 작게 헛기침한 뒤, 대화 방향을 돌리려고 했다.

“남편과 저는 운명의 붉은 실로 묶여 있거든요. 만남의 자리야 어찌 됐든, 제가 사랑해야 할 단 한 사람의 신사분이에요.”

“신사분…….”

“……사랑해야 할 단 한 사람의 남성이에요. 제가 여태껏 사귄 남자는 남편뿐이고, 그래서 다행이라고 생각하고 있습니다. 운명이란 이런 것이겠죠.”

“호오, 꽤 특이하네요, 배우자분. 요즘 그런 생각을 가진 여자는 별로 없는데.”

“무슨 문제라도?”

“아뇨, 아뇨. 고풍스러워서 좋아요! 고상하기도 하고요! 멋져요~.”

“고마워, 이코마 씨. 나도 만나 본 여자는 리츠카 뿐이야. 서로 첫사랑인 셈이지.”

“앗, 선배도요? 의외예요……. 좀 더 노는 사람일 줄 알았어요.”

“너무해…… 논 적 없어. 딱히 인기 있는 편도 아니었고.”

대학생 때는 머리도 염색하고, 겉모습만이라도 그럴싸하게 보이려고 노력했지만 나는 오로지 카야마나 고리 씨라는 선배하고만 놀았다. 여자 냄새를 전혀 풍기지 않았으며, 그렇기 때문에 리츠카와 만난 이후 오로지 리츠카 외길 인생이었다. 애초에 그렇게 노는 걸 좋아하는 기질이 아니기도 하고.

“후배분은, 치…… 사랑하는 분은 안 계시나요?”

(『친하게 지내는 분』이라고 말하고 싶었던 것 같은데 여기는 굳이 지적하지 말자.)

“지금은 없네요. 그동안 남자 친구는 몇 명 있었는데, 전혀 오래 가지 못했어요. 요즘의 연애는 트라이 앤 에러가 전제라고나 할까요. 에러의 끝에 매칭이라는 느낌이려나요?”

“그런 사고방식도 있는 법이지. 딱히 괜찮지 않아?”

“그럼, 후배분은 운명 같은 걸 믿지 않는 타입이군요.”

훗, 하고 리츠카가 조용히 미소 지었다. 나도 리츠카도 운명을 믿는 타입이다. 왜냐하면 우리는 운명이니까, 라는 지극히 노골적인 이유 때문이다. 누구도 이를 부정하게 놔두진 않을 것이고, 실제로 부정할 수도 없을 것이다.

그러나 이코마 씨는 홍차를 조금 마시고는 어리둥절해하며 받아쳤다.

"아뇨? 믿는데요?"

"예? 하지만 트라인 앤 에러라고 하셨잖아요."

"아, 그건 그거고 이건 이거죠. 저도 아직 소녀라고요? 첫사랑이 결실을 보면 그야말로 최고의 운명이라고 생각해요. 저도 첫사랑 경험이 있으니까요. 오히려 서로가 첫사랑인 선배와 배우자분이 레어 케이스죠."

"그건 그래. 이런 건 웬만하면 잘 안 물어보긴 하지."

"──그렇기에 더더욱 운명은 있어요. **이해하시죠?**"

"……네, 뭐."

"응? 무슨 말이야?"

내가 모르는 사이, 리츠카와 이코마 씨가 공감대를 형성하고 있었다. 혹시 누가 방금 시간이라도 멈췄어?

두 사람 모두 납득하는 것 같았기에, 나는 더 자세한 것은 묻지 못했다. 몇 초간, 리츠카와 이코마 씨가 서로 바라보더니 이코마 씨가 문득 먼저 시선을 피했다. 서로 째려보면 안 되지 않을까?

"계속 궁금했는데요~. 그거, 물어봐도 될까요?"

“그거라니?”

“상식의 범위 내에서라면요.”

“벽걸이 달력에 손 글씨로 표시된 부분이요. 『땡땡땡 연호 기념일』이 도대체 뭔가요?”

“『………』”

나와 리츠카는 달력으로 시선을 돌렸다. 거기에 기재된 하나의 문구.

──『거시기 연호 기념일』……!!

“으아아아아아아아아아아아아악────!!”

“아, 저건 로우 군이 장난삼아 쓴 거예요!! 하여간 틈만 나면 저런 장난을 치는 사람이라니까!! 딱히 이상한 의미는 아니에요! 나중에 지울 거라고요!!”

“뭐, 잠깐 장난으로……. 그리고 우리는 부부잖아……?”

“위험한 날이나 안전한 날은 아는데 연호 기념일이라니…… 푸흡. 굉장한 부부네요.”

“비, 비웃지 마!! 비웃을 거라면 로우 군만 비웃어!!”

“응? 날 파는 거야?”

확실히 장난삼아 쓴 건 나고, 리츠카는 영 못마땅해하긴 했다. 물건을 정리할 순 있어도, 달력의 문구까지 일부러 지우진 않는다. 저런 부끄러운 것을 이코마 씨에게 들키면…… 내일부터 나에게 반말을 쓸 것 같다. 딱히 상관없긴 해도.

"배우자분도 이쪽이 **진짜**군요. 좋지 않나요, 그 느낌? 제 앞에서는 편하게 계셔도 돼요. 나이도 훨씬 어리기도 하고요."

"크으윽……. 로우 군 때문에……!"

"아니, 평소처럼 대하면 된다는 건 나도 동의하는 부분 이긴 한데……."

"여러 가지 있단 말이야! 로우 군은 모르는 게!!"

"헤, 헤흥함다."

어째서인지 리츠카가 볼을 꼬집었다. 파워 밸런스를 무너뜨려서일까?

아니, 도대체 무슨 파워 밸런스인데. 수면 아래라고 해야 할까, 심해 아래에서 싸우고 있는 것만 같다. 이 두 사람은 무슨 생각을 하는 거지? 사실 전부터 아는 사이였던 게 아닐까……?

『야~~옹크.』

"아, 냥키치다! 이리 오렴. 한 번 정도 쓰다듬게 해줘~♡"

『ㅋㅋ』.

(무슨 반응이야, 그건.)

역시 냥키치는 이코마 씨에게 다가가지 않았다. 의외로 낯을 가리는 고양이다.

기다리다 지친 이코마 씨는 쭈그리고 앉아 냥키치를 향해 짝짝 손뼉을 쳤다.

"자, 이쪽이야, 이쪽! 나랑 놀자!"

"냥키치는 기분파야. 안 올 때는 무슨 짓을 해도 안 와."

"조금은 손님 생각 좀 해서——."

이잉 이잉 이잉 이잉 이잉 이잉…………

이상한 소리가 집안에 울려 퍼졌다. 모터 소리를 닮은, 아니, 모터 소리다. 그 소리가 서서히 이쪽으로 접근하고 있는 건지, 점점 커져갔다. 그건 복도의 안쪽에서 들려오고 있었다.

위잉 위잉 위잉 위잉 위잉 위잉 위잉 위잉…….

——부르면 오는 바이브레이터잖아!! (※이름은 이미 까먹었다.)

『징그러워.』

"히야아아아아아아아악! 뭐, 뭐야?! 커다란 애벌레?!"

복숭앗빛 몸을 자벌레처럼 진동하는 바이브레이터 벌레는 이코마 씨 쪽으로 위잉위잉거리며 접근했다. 더럽게 기분 나쁘다. 이코마 씨가 무의식적으로 뒷걸음질 쳤다.

——초기 설정에서는 박수, 즉, 손을 두드리는 소리에 반응해서 온다! 이것으로 인해『날 따른다』라는 인식을 부여해, 애착 관계가 형성된다는 것은 따 놓은 당상!

나는 히토미 주임의 설명을 떠올렸다. 이코마 씨가 손뼉을 친 소리에 반응해, 굳이 내 가방 안에서 기어 나와 이쪽으로 온 건가. 아니, 센서가 너무 예민하잖아.

웃기지 마, 로리 할망구가! 이런 거지 같은 기능을 붙이면 어쩌자는 거야.

"저기, 저게 뭔가요, 선배?! 벌레도 키우세요?"

"아니, 저건 벌레가 아니라——."

"시…… 싫어어!! 벌레에에!!!"

콰직!! 메마른 소리를 내며 바이브레이터 벌레가 순식간에 냉동되었다. 꽁꽁 언 얼음으로 뒤덮여, 단번에 기능이 정지되었다. 곤충식으로 말하자면 강제 동면이라고 해야 하나.

"헉?!"

"싫어!! 이젠 싫어…… 싫어, 싫어!! 싫다고!!"

"진정해, 리츠카! 벌레가 아니야!"

리츠카가 정말 싫어하는 것 중 하나. 그건 바로 벌레다. 벌레를 좋아하는 여성은 드물기 때문에 오히려 표준이라고 할 수 있을 것이다. 채집통이나 케이스에 전시된 벌레는 "으에엑~" 같은 느낌이라서 그나마 괜찮으나, 집안에 나타나는 모든 벌레에 대해, 리츠카는 이런 식으로 압도적인 거부 반응을 보였다. 심지어 아무렇지도 않게 《블레스》를 썼다. 생명의 위기를 느낀 건가.

"벌레잖아, 아무리 봐도!! 커다란 지렁이!! 잡아줘!!"

"알겠어, 알겠어."

그렇기에 벌레가 나올 때마다 내가 담담하게 처리하고 있다. 나도 벌레는 좋아하지 않지만, 이렇게까지 NG인 것도 아니다. 일반적으로 처리할 때는 문제 없이 만진다.

그러고 보니 딱 한 번, 일하는 중 리츠카로부터 『바선생이 나타났으니까 도와줘』라고 연락이 온 적이 있던가? 그건 어쩔 수 없었다. 결국 리츠카는 내가 귀가할 때까지 카페에 있었다고 한다.

"앗, 저기 선배. 그 벌레? 같은 거, 얼어버렸는데요……?"

"그러게. 과냉각 현상일 수도 있어. 신경 쓰지 마."

"에에엥……. 과냉각 현상이 이런 거였나요……?"

"이젠 무리야……. 꿈에서 깰래……. 최악이야……."

이 바이브레이터 벌레는 얼음이 녹아내리는 대로 무릎으로 부러뜨려서 불연성 쓰레기 배출일에 내놓자.

나는 이 녀석을 내 방 한쪽 구석에 던져놨다. 다시는 살아나지 마.

"오늘은 정말 감사했습니다! 즐거웠어요! 여러 가지도 알 수 있었고, 냥키치와도 친해졌어요!"

『야~옹ㅋㅋ.』

그로부터 얼마 후, 밤도 늦어졌기에 이코마 씨는 귀가 준비를 했다.

현관 앞에서 꾸벅 고개를 숙이는 그녀에게, 나는 일단 확인해 두었다.

"역까지 바래다줄게. 너만 괜찮다면 차로 집까지 바래다주려고 했는데, 정말 괜찮아?"

"네! 저녁을 대접해 주셨는데 그렇게까지 해주시면 제가 면목 없어서 안 돼요. 선배도 일하느라 피곤하실 테고요. 게다가 오늘은 걸어서 돌아가고 싶어요!"

"뭐, 억지 부리진 않을게. 밤길 조심해."

"……조심히 가."

"알겠습니다! 배우자분! 다음에도 요리 먹으러 오고 싶어요!"

"……70년에 한 번 정도라면."

"핼리 혜성이냐고…….."

이렇게 해서 이코마 씨는 우리 집을 뒤로했다. 뭐랄까, 회사에서 보는 부하로서의 그녀는 어디까지나 단편적인 모습에 지나지 않는구나 하고 통감했다. 인간은 누구나 입체적인 생물이다.

철컥, 하고 문이 닫힌 뒤, 우리는 몇 초 동안 자리에 서 있었다.

이윽고 리츠카가 비틀거리며 그 자리에서 주저앉고 말았다.

"피, 피곤해……. 무리했어……."

"고생 많았어. 오늘은 여러 가지로 고마웠어."

어딘가의 사장 부인 같은 태도는 리츠카의 정신력을 계속 깎아내리고 있었을 것이다.

게다가 음식 준비도 전부 리츠카가 해준 거고, 미리 방청소나 정리 같은 것도 해놓고 있었다. 낮에는 리츠카도 일을 했으니, 그 피로도는 나와 비교할 바가 아니겠지.

나는 감사의 마음을 담아 리츠카를 앞에서 끌어안았다. 이른바 공주님 안기다.

"자. 소파까지 옮겨줄게. 뒷정리는 내가 할 테니까 쉬고 있어."

"으음."

리츠카가 문질문질 내 가슴팍에 얼굴을 비볐다. 마치 고양이 같은 움직임이다.

"……착한 아이야, 그 애. 로우 군이 마음에 들어 하는 이유를 알겠어."

"이코마 씨, 무서울 정도로 우수했지? 시대를 잘 타고 태어났다면 엄청난 인물이 됐을 타입이야.”

“그런 게 아니라…… 하아. 뭐, 됐어. 운명이란 그런 거니까.”

“운명? 지금 그게 왜?”

“몰라도 된대도. 앞으로 계속 몰라도 돼.”

“으음…… 뭐, 내가 아는 건 이 정도긴 해.”

소파에 리츠카를 조심스레 내려준 나는 그대로 입술에 키스했다.

거절당할 일은 없다. 오히려 원하는 것 같았다. 그런 눈동자를 하고 있었다.

“………바보.”

“안 하는 편이 좋았으려나?”

“……몰라. 모르는 로우 군이 부러워!”

“하하. 벌레를 아무렇지 않아 해서 그래?”

“아・니・야!! 생각나게 하지 마!! 그건 그렇고, 그건 도대체 뭐야? 설명해!!”

“앗.”

뒷정리를 한 나는 리츠카에게 잔소리를 들었다.

우선 이번 주말, 사이가와가는 벌레 대책을 실시하게 되었다――.

옷을 갈아입지도 않고 침대에 쓰러져 멍하니 있었다. 메이크업을 지우고 목욕하고 다음 날 준비를 해야 하지만 아무것도 할 엄두가 나지 않았다.

스마트폰을 켰다. 앨범 앱을 열었다. 컴컴한 방 안에서 짜증날 정도로 휘황찬란하게 빛나는 디스플레이. 눈이 아프다. 머리도 아프다. 그러나 가장 아픈 건 마음일 것이다.

──6년 전, 5월. 거기까지 거슬러 올라가자, 스와이프하는 손가락이 멈춘다.

그날 친구가 보내준 어떤 동영상 파일을 말없이 탭해서 재생했다.

"얘들아, 잠깐 시간 괜찮을까?"

"? 뭔가요?"

"이거, 이 기계의 경품인데 나는 필요 없거든. 너희한테 줄게."

"괜찮아, 토코. 받아둬. 찜찜해서 그런 거면 신경 안 써도 돼. 어차피 동영상 찍어둬서 증거도 있으니까."

"저기, 죄송해요. 기쁘긴 한데, 이건 돈을 내서……."

"아니, 괜찮아. 나는 필요 없어. 갖고 싶어 하는 사람이 가지는 편이 이 인형으로서도 기쁘지 않을까? 아, 수상하다고 생각하는 거라면 버려도 상관없어. 그럼, 난 이만."

"앗! 적어도 사례를──."

거기에 찍혀 있는 것은 여고생── 이코마 토코와 갈색 머리의 남자 대학생.

촬영자는 친구이기에 화면에는 그 둘밖에 나오지 않았다. 마지막으로 등을 돌리고 떠나가는 남자를 멍하니 배웅하는 자신을 친구가 확대하면서 동영상은 끝난다.

——네. 남편이랑은 대학생 때 만났어요.

——사랑해야 할 단 한 사람의 남성이에요. 제가 여태껏 사귄 남자는 남편뿐이고, 그래서 다행이라고 생각하고 있습니다. 운명이란 이런 것이겠죠.

"하하."

자조했다. 누구에게 들릴 리도 없고, 또 누군가가 듣지 않았으면 한다.

"나는 고등학생 때 만났다고."

스마트폰을 방 어딘가에 내팽개쳤다. 충전해야 하지만 이제는 상관없다.

"빠른 사람이 임자 아닌가요, 운명은."

팔로 눈을 감싸듯, 세상 전부를 어둠으로 도배했다. 그런데도 눈가에 떠오르는 것은 너무나도 선명한, 오늘의 광경. 나에겐 보여주지 않는 남자의 웃는 얼굴과 나에게 자랑하는 듯한 여자의 웃는 얼굴. 행복을 형상화한 그것은 아마도 자신에게 있어서 맹독일 것이다.

그러나 맹독이라고는 해도, 언젠가 그 눈으로 확인할 필요가 있었다. 그것이 오늘이었을 뿐이다.

"한순간에 눈치챘어…… 역시. 내 마음을……"

젠더니, 평등이니 외치는 세상이지만 결국 여자는 여자가 가장 잘 안다. 같은 생물이니 당연하다. 고양이는 고양이, 개는 개. 여자는 여자. 남자는 남자.

이코마 토코에게 있어서 여자── 사이가와 리츠카의 첫인상은 『**끝났다**』였다.

이름과 지금까지 들은 적 있는 몇 가지의 자랑하는 듯한 에피소드를 통해 그녀의 존재를 알고 있었다. 그러나 사진만은 보여준 적이 없었기에 직접 얼굴을 본 것은 오늘이 처음이었다.

"피부가 하얀 미인에다가, 요리도 잘하고, 머리도 예쁜 은발에, 한결같은 마음, 서로 첫사랑인 운명의 사람이라니. 그게 뭐야. 남자의 욕망 모음 세트냐고. 진짜 무리, 말도 안 돼."

거짓말 같은 존재였다. 그런데도 마음 어딘가에서 납득해 버린 것은 그 정도의 상대이기 때문에 남자── 사이가와 로우시와 어울리는 사람이라고 생각했기 때문이다.

"가슴 크기 정도는 내가 이기는데……."

잘 어울렸다. 그의 옆에 설 자격을 모두 가지고 있었다. 분명, 자신이 모를 뿐, 저 부부는 더 여러 가지 공통점이 있다. 많은 걸 공유했던 과거가 있다. 그런 것을 모두 통틀어서 유대라고 부른다면, 이제 그 유대는 누군가가 끊을 수 있는 것이 아니다.

"그걸 알고 있는 데다가 불안해하지도 않아. 확신하고 있어. 선배가 사랑하는 건 세상에서 오직 자신뿐이라는 걸…… 그래서 집에 초대한 거야."

만약 사이가와 리츠카가 자신보다 못생겼거나 성격이 안 좋았다면 승리의 가능성을 찾았을지도 모른다. 실제로는 반대였다. 그녀는 자신을 끝내기 위해 방문을 받아들였다.

흔들림 없는 확신에 다다른 사랑을, 그가 주고 있다는 것을 알고 있으니까.

그리고 사이가와 로우시는 자기 것이라는 걸, 어느 개뼈다귀인지도 모를 계집애에게 알려주기 위해.

"나는 엑스트라도 아니었던 거야. 시작하기도 전부터 끝났는걸……."

그러니 내일도 연기하자. 우수하고, 눈치 빠르고, 솔직하고, 순종적인 후배를.

사실은 전부 아무래도 좋다. 사이가와 로우시의 곁에 있을 수 있는 건 그런 역할 뿐이니까.

바라건대, 그만은 아무것도 몰랐으면 한다. 지금의 관계성조차 잃고 싶지 않으니까.

이코마 토코는 사이가와 로우시를 사랑한다.

6년 전, 오락실에서 우연히 인형을 건네받았던 그날 첫사랑이 시작됐다.

2년 전, 우연히 취직한 회사 입사식에서 그를 목격했다.

억지를 부려 부서를 그와 같은 곳으로 해달라고 했다.

운 좋게도 그의 직속 부하가 된 이후로 오늘까지 쭉 함께 있다.

이 정도로 겹치는 우연과 필연과 행운을 운명이라고 부르지 않는다면 뭐라고 부른단 말인가.

그렇기에 운명은 존재한다고, 이코마 토코는 확신하고 있다.

"……왜 벌써 결혼해 버린 걸까……."

그리고 그것이—— 자신에게 있어서 편리하게 기능하지 않는다는 것도.

《제7화》

"슬슬 내를 만나고 싶던 참이었지?"

전통복 차림, 금발, 실눈, 사투리. 직업은 클레이 애니메이션 작가, 나와의 관계성은 아내의 친오빠. 쿠레이 토라지 즉, 나기라 토라지 형님이 자신만만하게 그런 의미불명의 말을 내뱉었다.

"으음, 그런 일은 없네요. 전혀 만나고 싶지 않았어요."

"쑥스러워할 거 없다, 매제~!"

"진심인데요. 정말이에요. 진짜예요."

"그럼, 내랑 데이트하러 갈까……? 사과의 의미로……♡"

나는 형님을 좋아하지 않는다. 믿고는 있지만 좋아하지 않는다. 싫어하지는 않지만 좋아하지 않는다.

지금 나는 형님의 작품인 『도토리』의 오피셜 굿즈 기획을 담당하고 있다. 이미 몇 개의 기획안이 통과되어, 내년 봄에는 상품화될 전망이다. 그러나 이미 붐이 된 『도토리』는 수요도 상승세인지라, 우리는 제2탄과 제3탄 기획을 계속 짜내는 중이다.

"왜 데이트해야 하죠? 오늘은 저와 둘이 다음 기획안 작성을 도와주기로 했잖아요? 일부러 외근하면서까지 어울리고 있으니, 식사가 끝나면 빨리 일하도록 하죠."

"아따 성실한 놈이라니까~! 전생에 미화 위원이었나?"

"성실의 기준점이 너무 낮아요……!!"

작품의 권리자인 형님은 세계에서 가장 까다로운 사람으로, 조금이라도 기획이 마음에 들지 않는 부분이나 흠이 있으면 즉시 거절하고 허가를 내주지 않는다. 이 사람이 고개를 끄덕이지 않는 이상 어떠한 상품화도 할 수 없는 우리 회사에 있어서 형님은 외부에서 온 독재자나 마찬가지다.

그러나 그만큼 『도토리』는 인기가 높아서, 다음 분기에는 전사원의 보너스가 올라갈 거라는 소문이 돌고 있다. 그래서 아무도 나서서 이 사람을 거역하지 않는다.

슬픈 사축은 보너스 금액으로 후려쳐진다——는 게 이 사람의 말이다.

……딱히 이 사람이 보너스 액수를 정하는 것도 아닐 텐데.

"내는 매제가 쉬지도 않고 일하는 거 같길래 오늘 칼퇴할 핑계를 만들어 준 기다."

"쓸데없는 참견이에요. 지금 안 하면 나중에 죽는다고요. 12월은 가뜩이나 바쁜데."

"그건 그때 죽으면 되잖아? 대신 지금 즐기면 된다. 기분 전환이다."

"계획성 없어도 너무 없는 거 아닌가요⋯⋯."

이렇게 대낮부터 고급스러워 보이는 프렌치 레스토랑의 런치 코스에 나를 데리고 올 수 있을 정도로, 형님은 시간과 지갑에 여유가 있는 것 같다. 물론 여기는 이 사람이 쏜다.

⋯⋯살짝 거기에 넘어갔다는 건 부정할 수 없을 것이다.

"마, 뭐든 좋다. 일단 밥부터 묵자고. 묵고 싶은 거 맘껏 시키라."

"형님과 똑같은 메뉴로 부탁드려요. 얻어먹는 입장이니까요."

"진짜 더럽게 성실하네~! 니 전생에 내였나⋯⋯?"

"그럼 저는 현생에서 해충으로 환생한 거군요."

"말 잘하네~!"

덧붙이자면, 성실이라는 카테고리 안에 이 사람은 분류되지 않는다.

"──그건 그렇고, 샐러리맨 같은 걸 용케 하고 있네. 나는 평생 그런 일 몬한다."

메인 요리인 돼지갈비를 덥석 물며, 형님이 나를 품평했다.

"저도 크리에이터로 사는 건 불가능이에요. 피차일반 아닌가요?"

"엥? 바보 같은 소리 마라. 내는 샐러리맨이 될 수도 있지만, 니는 크리에이터가 될 수 없다. 비유하자면 나는 공학이고 니는 남학교인 셈이지. 이 뜻 알겠나? 미안한데 내도 막 씨부리는 중이라서 이해가 안 된다. 근데 이 고기 억수로 맛있지 않나? 못 참겠다 아이가~."

사방에서 동시에 말하는 것 같다. 그 정도의 스트레스가 느껴졌다.

자유인인 형님은 대화와 행동도 엄청나게 자유롭다. 적어도 행동에 있어서 회사에 얽매여야 하는 샐러리맨은 할 수 없을 것이다.

"그래서 언젠데?"

"뭐가요? 다음 기획안이요? 그건 조금만 더 기다려 주세요."

거창한 잔에 담긴 물을 입에 머금었다. 형님은 레드와인을 마셨지만 아무리 그래도 그것까지 똑같이 따라 할 순 없었다. 회사가 마지못해 OK했다고는 하나, 이건 어디까지나 업무의 일환으로 거래처를 접대하고 있는 것이나 마찬가지였기 때문이다.

"무슨 소리고! 내 조카는 언제 태어나는지 묻는 거 아이가!!"

"커헉!"

마시던 물을 전부 입에서 뱉었다. 갑자기 무슨 말을 꺼내는 거야, 이 사람은. 아니, 아까부터 갑자기 이상한 화제만 꺼내고 있어, 이 사람. 위험해.

"콜록, 켈록! 더 무슨 말인지 모르겠는데요. 왜 갑자기 그런 얘기를……?"

"아이다, 리츠카한테 똑같은 거 물어봤는데『조만간』이라캐서 조만간 나오겠다 싶었지. 근데 그 조만간이 언젠데? 그 소리였다."

"그건『조만간 태어난다』는 의미가 아니라 적당히 얼버무린 거예요……."

리츠카는 오빠를 좋아하지만, 이 시스콤과는 달리, 어디까지나 평범한 남매의 관계성 범위 안에서 오빠를 좋아한다. 그리고 아직『축하받을』일을 보고하지도 않았는데 언제 태어나는지 물어보다니, 성격이 급해도 너무 급한 거 아니냐고. 괜찮은 건가? 아니, 안 괜찮아. 이상한 사람이야.

"뭐라! 헛빵 쳤잖아! 이름 1조 개 정도 생각한 내 시간을 돌리도!!"

"개그맨이 개그 짜는 것도 아니고……."

"……저기, 설마라고 생각하는데 말이다. 아직도 리츠카랑 안 했나?"

"………………."

평일에 말이야아, 점심에에, 고오급 프렌치 레스토랑의 창가 쪽의 좋은 자리에서어, 어째서어, 그런 것으을, 당신한태애, 말하지 않으며언, 안 되는 건데에?

그 정도의 나약한 기세로 되받아치고 싶었으나 그럴 수 없었다.

단순히 예스나 노로 대답할 수 있는 질문에 대해, 인간은 갑자기 둘러대지 못하는 법이다.

내 반응을 보고 형님은 대충 짐작한 것 같았다.

"그런 건가……. 아니, 괜찮다. 완전 괜찮다. 진짜로. 오히려 겁나게 하고 있어요~! 이라 말하면 역시 니가 여 계산하게 만들고 싶을 정도로 살의가 솟구치니께……."

"살의 해소가 너무 계산적인데요……."

"그래도 말이다~~. 슬슬 해도 되지 않겠나~~? 이제 리츠카도 애가 아니니까~~."

"먼저 말해 두는데, 저희 부부는 저희 나름의 페이스가 있고, 그에 맞춰서 걷고 있을 뿐이니 불필요한 걱정은 필요 없어요. 아니, 걱정하지 마세요. 그러니 이제 마음 놓고 일하죠."

"어차피 니 그 나우만코끼리 같은 거시기를 보고 리츠카가 질색해서 제대로 몬하고 있을 거 뻔하다. 《발기 부전 사냥꾼》이라는 별명대로."

"저기, 점원분."

"네. 무엇을 도와드릴까요?"

"권총 주세요. 이 녀석 죽일 수 있는 구경으로."

"없는데요……."

없는 건가. 고급 프렌치 레스토랑에 권총이 없다니. 그렇구나. 아쉽네.

잊고 있었는데 이 남매는 둘 다 묘하게 감이 좋다. 게다가 원래부터 어리바리한 리츠카와는 달리, 이 점토맨은 머리 회전이 평범하게 빠르다. 수상한 명탐정이라고 불러야 할지도 모른다. 이 자식! 죽어!

"내도 쫄았다. 사실 전에 니랑 목욕할 때 소리 지를 뻔했다. 니, 거시기 억수로 크잖아!! 이라면서. 만약 내 여자였으면 안겼을지도 모른다. 남자라면…… 니 하기 나름이지만♡"

"점원분! 청산가리 하나 주세요!"

"없는데요……."

그것도 없다니. 못 써먹을 가게군. 혹평 리뷰 달 거야.

"그케 부끄러워할 거 없다~. 거시기 크기는 여자로 치면 가슴 크기나 마찬가지 아이가? 큰 가슴을 자랑해도 되는 것처럼 큰 거시기도 자랑해도 된다. 나는 자랑스럽다, 매제 거시기가 크다는 것이."

우와, 때려죽이고 싶어……. 누가 뭐든 좋으니 무기 좀 줘…….

내가 전신에서 살의를 방출하는 것을 보고, 바보금——옛날에 이 녀석을 마음속에서 그렇게 불렀던 것이 생각났다——은 깔깔 웃었다.

"대낮부터 더러운 얘기 하지 마, 《토끼》……!!"

"시지마 기관의 호칭으로 부르다니~. 나는 형님이라고?"

"젠장……. 아아, 됐어. 어쨌든 저희는 신경 쓰지 마세요."

"그럴 수는 없지…… 응?"

형님이 등 뒤를 돌아봤다. 그쪽에서 인기척을 느낀 나도 눈을 돌렸다.

"저, 저기, 식사 중에 정말 죄송합니다. 저기, 쿠레이 토라지 씨죠?"

다른 손님 중 한 명일 것이다. 젊은 여성이 스마트폰을 움켜쥐며 물어왔다.

……아아, 그런 건가. 역시 유명인이라 이런 일도 종종 있는 모양이다.

그러나 지금은 일단 일하는 시간이기 때문에 너무 옆에서 참견하지 않았으면——.

"맞다~! 언니, 내 팬이가?"

——했으나, 형님은 한껏 신나 팬 사인회 준비를 시작했다. 이럴 줄 알았어.

"네, 네!『도토리』도 엄청 좋아하고, 쿠레이 씨도 TV에서 몇 번이나 봤어요. 굉장히 재미있고 멋진 분이신 것 같아서……."

"이야, 그것참 기분 좋네! 그럼 사인 해줄게! 매니저! 색종이랑 펜!"

"앗싸! 감사합니다!"

"펜은 있어도 색종이는 없어요. 그리고 저는 매니저도 아니고요."

"우짤 수 없네! 수첩을 찢든 뭐든 상관없다! 여자애를 기다리게 해선 안 되는 법이다!"

나는 수첩을 꺼내서 메모 페이지를 잘라냈다. 그대로 펜과 종이를 형님에게 건네자, 형님은 손에 익은 모습으로 사인과 일러스트를 스르륵, 그려 넣었다.

"이름은 뭐라 적을까?"

"아, 그럼 가타카나로 미카라고 적어주실 수 있을까요?"

"미카? 억수로 좋은 이름이네! 아, 기념사진도 찍을래? 매니저! 미카 핸드폰으로 우리 좀 찍어주라! 손 떨지 마라?! 지구를 기준으로 옆에 서라!!"

"누워서 찍으라는 소린가……?"

미카 씨에게 스마트폰을 건네받은 나는 카메라로 두 사람을 찍었다. 형님은 미카 씨의 허리에 자연스레 손을 두르고 있었지만, 대화의 분위기가 분위기였던지라 미카 씨는 매우 웃는 얼굴을 하고 있었다.

……그래서 꽤 좋은 사진이 찍혔다. "합격이다"라며 형님도 통과시켜 줬다.

"감사합니다! 평생 보물로 간직할게요!"

"기분 좋네~. 아, 미카. 혹시 연락처 좀 가르쳐 줄래?

다음에 내랑 놀자!”

“네? 앗, 저기, 그건…….”

(당연하다는 듯이 헌팅하네.)

적당한 이유를 붙이는 것도 아니고 직설적으로 상대의 연락처를 물어본 형님은 훌륭하게 미카의 연락처를 따고 있었다. 물론, 상대도 아주 싫지는 않은 듯, 볼을 붉게 물들인 채 자리를 떠나갔다. 형님은 손을 흔들며 미카 씨를 배웅했다. 야, 팬 사인회 끝났냐?

“……휴우. 인기남 되는 것도 마냥 편한 거 아이다. 다음에 리즈 친구한테도 사인 해주기로 했다.”

“알고는 있었지만 정말로 유명인이네요.”

“그럼, 그럼. 역시 오라가 다른 기겠지. 걸어가는 중에도 사람들이 하도 말을 걸어댄다.”

“그건 겉모습 때문에 그래요.”

전통복과 금발, 실눈, 장신의 임팩트 덕분에 길거리에서 남의 눈에 띄기 쉬울 것이다.

적어도 평상복을 입으면 눈에 좀 덜 띌 텐데.

“뭐, 내는 눈에 띄는 거 좋아하니까 상관없다.”

“그렇겠죠……. 그건 그렇고 꽤 노는 걸 좋아하시네요, 형님은. 애인 없으세요?”

“지금은 없다. 성공한 뒤로 전 여친 50명 정도한테 연락이 왔는데, 전부 차단했다. 지금은 적당히 놀다가 헤어지는 게 젤 재밌는 거 같다."

"조만간 칼에 찔릴지도 몰라요……."

"그때 일은 그때 생각하면 된다. 뭐, 안 찌를 것 같은 애를 놀이 상대로 고르고 있기도 하고. 그보다 내는 반대로 가르쳐야 한다고 생각한다. 미카랑 이야기하면서 확신했다."

"……뭘요?"

나쁜 예감이 들었다. 변변치 않은 말을 들을 것 같다는.

"사랑하는 매제에게 여자 놀음의 비법을 말이다……!!"

"일해야 하는데요……."

먼저 말해 두자면 그 후 나는 전혀 일을 할 수 없었다.

아아, 형님과의 거지 같은 오후가 시작된다…….

＊

"니, 헌팅 경험 없나?"

"한 번도 없어요. 것보다, 진심으로 안 할 거예요. 일부러 리츠카를 배신하는 짓을 왜 친오빠인 당신 앞에서 해야 하는 거죠?"

"오오. 저기 길에 서 있는 애 괜찮아 보이는데? 자, 빨리 가서 말 걸어라. 헌팅의 요령은 머신 감각이다. 스나이퍼 감각으로 하니까 상처 입는 기다. 몇 번이고 쏘면 된다! 일단 가!!"

서로 다른 시공에 존재하는 건가……? 이미 이야기를 듣지 않는 수준을 넘어선 것 같다.

"그러니까 안 한다니——."

"어허!! 얼른 안 하모 그 회사에서 일 몬할 줄 알아라!!"

"망할 자식……!!"

사축의 민감한 부분은 찔러 왔다. 이 독재자의 심기를 건드리면 될 일도 안 된다.

무엇보다 방금 형님의 말은 협박성 발언도 뭣도 아닌, 진심이었기 때문에 더 답이 없다. 나는 형님에게 들리게끔 한숨을 쉰 뒤, 형님이 지목한 여성의 등 뒤로 다가갔다.

(못 해 먹겠군. 적당히 길을 물어보고 끝내자. 헌팅은 실패한 걸로 하면 돼.)

"내 지켜볼 끼다~."

"저기, 죄송한데 잠깐 시간 괜찮으실까요?"

"네?"

말을 걸자, 여자가 휙 돌아봤다. 모자를 쓰고 있었기 때문에 어떤 헤어스타일인지는 전혀 알 수 없었다. 살짝 햇빛을 받은 은발이 흩날렸다. 아니, 잠깐…….

"리, 리츠카?!"

내 아내, 리츠카였다. 왜 이런 곳에 있는 거지?

"어, 로우 군? 왜 여기 있어? 지금 일하는 중 아니야?"

"리츠캬아말로 집에서 일하는 중……."

"뭐꼬, 뭐꼬, 뭐꼬!! 니, 설마 헌팅 상대가 아내라는 기적을 일으킨 기가?! 이러면 운명이잖아?! 무섭네!!"

"어휴……."

"오빠. 약속대로 서둘러서 여기 왔는데, 도대체 급한 용건이 뭐야?"

역시, 전부 이 바보 형님이 파놓은 함정인가.

리츠카는 아까 형님에게서 급한 일이 있으니 서둘러 말하는 곳으로 와달라는 연락을 받은 모양이었다. 그래서 일하는 중이던 리츠카는 급히 반차를 내고 이곳으로 왔다.

우리 부부에게 더블로 폐를 끼치고 있잖아, 이 바보금.

"그럼, 갈까~."

"어디를요?"

"대충 사정을 알 것 같아……. 오빠, 또 이상한 짓 하려고 했지? 적당히 해, 정말로……."

"바보 같은 소리. 오빠는 리츠랑 매제 사이를 더 끈끈하게 만들라고 했을 뿐이다. 그러려고 오빠가 가지고 있는 지식이나 기술을 전부 다 가르쳐 준 기다. 모두 미래를 위한 일이다, 이 말이다."

이를 드러내며 웃는 형님. 12월의 바람은 차갑다. 그러나 나와 리츠카의 시선이 그보다 차갑다는 것은 말할 것도 없을 것이다.

"로우 군, 일은 괜찮아?"

"아니……. 하지만 이미 포기했어. 이 사람 기분을 망치는 것보다는 나으니까."

"불쌍해…… 미안해."

적당히 걷기 시작하는 나와 리츠카. 그 뒤를 형님이 스토커처럼 관찰하며 쫓았다. 기분 나빠…….

"안 돼, 안 돼, 안 돼!! 너희, 무슨 짓을 하는 거야!!"

"왜요……. 그저 리츠카랑 걷는 것뿐인데요."

"그게 안 된다는 기다!! 그저 걷기만 하는 행위에도 남녀의 밀당이 존재하는 법!!"

"뭘 가르치려는 거야, 오빠……."

"우선, 리츠! 겨울에 좋아하는 남자 옆에 나란히 걸을 때는 팔에 감기듯이 꽉 낀 뒤, 가슴을 슬쩍 갖다 대도록!! 가슴을 슬쩍 갖다 대야 한다, 알겠나?!"

시끄러워. 뭔데, 그 문장은. 단어의 의미만 받아들인다면 가슴 안 닿았잖아.

"그리고 매제! 여자가 팔을 안 감싸면, 억지라도 다가오게 만들어라!! 그리고 은근슬쩍 가슴을 대게 만들어라!! 동시에 손으로 여자의 허벅지부터 서혜부를 정기구독으로 쓰다듬는 기다!!"

"목소리 커……."

여자 놀음의 비법부터 시작한 바카금은 아무래도 남녀 사이를 돈독히 하기 위한 테크닉을 굳이 바라거나 부탁하지도 않은 우리에게 전수해 줄 생각인 것 같았다. 정기구독으로.

기가 막힌 리츠카는 목소리도 내지 않았다. 오빠와의 마음의 거리를 알 수 있었다.

"어쩔 수 없지, 모범을 보여주마. 정말 어쩔 수 없이 보여주는 기다."

형님은 그런 말을 하면서 내 팔에 자기 팔을 휘감았다.

"왜 저한테 하는 건데요?!"

"가슴은 여기!! 손은 여기!! 손길이 느껴지면 울어!! 귓가에서!! 오우♡♡♡"

"리츠카. 이거, 땅에 묻어버릴까?"

"바다에 수장하는 게 좋을 것 같아. 땅이면 점토 인간이 돼서 부활할 것 같으니까."

울적해진 나는 형님의 손목을 잡고 땅바닥에 대충 던져 굴렸다. 그러자.

파앗! 하고 낙법 자세를 취했다. 체술도 가능하구나, 이 사람.

"난폭하게 굴지 마라. 자, 보여줬으니 직접 해 봐라. 『손 잡고 데이트』 같은, 그런 꼬맹이들 장난은 이제 됐다. 이건 어른의 심리전이다."

“그러니까, 오빠. 의미를——.”

“의미나 이치는 따지지 마라. 사랑한다면 해! 그게 싫으
면 고작 그 정도 사이였던 기다.”

“……기분 나쁜 도발이네요.”

“으으…… 짜증 나.”

형님이 했던 것처럼 리츠카가 내 왼팔을 힘껏 껴안았다.

엄청나게 부드럽고 따뜻해. 좋은 냄새가 나. 나란히 걷
는 거라기보다는 뒤엉켜 걷는 것 같은 상태였다. 나는 손
으로 리츠카의 하체를 의도적으로 몇 번이고 만졌다.

“으응…….”

“하, 하지 마, 그렇게 작은 목소리 내는 거…….”

“하지만 뭔가 간지러운걸. 기도 힘들고…….”

“——싫으면 하지 마라.”

“저는 딱히 싫지 않아요…….”

“나도…….”

“남들 눈치 보지 마라. 가끔 있잖아? 여러 사람 앞에서
바보같이 꽁냥거리는 멍청이들. 그게 바보 같아도 옳은 기
다. 그래야 남녀 사이가 발전하는 기라. 내 생각에 니들은
다른 사람들 너무 신경 쓰는 거 같다.”

조금 짚이는 구석이 있었다. 나와 리츠카는 언제까지나
맑고 올바르다고나 할까, 풋풋한 분위기의 데이트밖에 해
본 적이 없다. 이렇게 보기만 해도…… 데이트의 마지막에

야한 짓을 하는 것이 목적인 듯한 느낌으로 걷는 일 따위, 수줍음과 배려심이 방해해서 해낼 수 있을 리가 없다.

"『사랑』은 무엇보다 우선한다. 인간관계든 일이든. 나는 그리 생각한다."

"형님의 그 생각이 좀 과한 것 같은데요……."

"하지만 겨울철은 이 정도가 딱 좋을지도 몰라. 물론 손을 잡는 것도 좋긴 해도, 주변에 사람이 있을 때 이렇게 꼭 붙어서 걸어본 적은 없으니까."

"……하긴. 생각해 보면 우리는 지금까지 누구를 신경 쓴 걸까? 남에게 폐가 되지 않는다면 꽁냥거리면서 걸어도 상관없는데."

경망스럽다든가 꼴 보기 싫다든가 하는, 그런 선입견에 지배되고 있었다. 형님이 말하는 『바보 같은 짓』조차, 우리는 끝을 맺지 못하고 있다. 아이라고 불러야 할지도 모른다.

"이제 알겠제? 서로 드높여 주는 기다! 한 마리의 수컷과 암컷으로서!!"

"표현이 매번 너무 직설적이야……."

"애초에 이제 어떻게 해야 하지? 목적지도 정하지 않았잖아."

"그것도 그렇네. 내라면 인자부터 영화관에 간다. 자, 그럼 영화관 갈까!"

"아니, 저 일하는 중이라니까요……."

“시끄럽다!! 그럼 일하는 동안 불장난하면서 걸어!!”

“그게 가능한 건 AV 남자 배우 정도라고.”

더러운 태클을 걸자 리츠카가 팔을 힘껏 조여 왔다. 단어 센스까지 더러워지지 말라고 말하고 싶을 것이다. 나는 가볍게 사죄하며 형님을 선두로 영화관으로 향했다.

“우선, 이럴 때 보는 영화는『시시한』영화여야 한다.”

영화관 티켓 발권기 앞에서 형님은 다시 지식을 쏟아냈다.

“뭐어? 나 보고 싶은 영화 있는데. 로우 군, 전에 TV에서 광고했던 거 기억나지?”

“아, 그거? 발리우드 액션 영화였나?”

“맞아, 맞아! 오빠, 그거 보자~.”

“바보 같은 소리 마라!! 데이트에서 인도 영화라니……! 그렇게 즐거워지면 되겠나?! 즐겁다고, 인도 영화는!! 인도는 즐겁다!! 춤도 추고!! 하지만 인도 분위기는 재팬의 변태를 지워버리니까, 보면 안 된다!!”

“인도를 뭐라고 생각하는 거야.”

그 어떤 영화 평론가에게서도 들을 수 없는 조잡한 평가였다. 인도의 분위기는 재팬의 변태를 지운다니, 의미를 모르겠다. ……아니, 좀 알 수 있을지도…….

“그럼, 오빠가 말하는『시시한』영화는 뭔데?”

“음, 가르쳐주지. 우선 무조건 일본 영화 골라라. 그리고 장르는 로맨스가 좋다. 게다가 TV나 SNS에서 화제가 안 된, 상영 기간이 벌써 끝난 거 같은 거라야 한다. 주인공은 인기 배우는커녕 무명의 삼류, 조연만 왠지 유명한 배우가 나오면 더더욱 좋다. 포스터 홍보 문구에『진실』이라든가『사랑』이라든가『다시 한번』이라 하는 게 들어가 있으면 된다. 그래서 이 전제를 통해 우리가 볼 영화는……."

"앗. 여기『다시 한번 번 너를 만난다면 나는 진실한 사랑을 전하고 싶어』는? 오빠가 말한 조건에 꽤 들어맞는다는 느낌이 들어."

"좋은데! 홍보 문구 이전에 제목에 전부 들어간 게 딱 구련보등 같잖아! 흥행 수입 100엔도 몬 벌기다, 이런 기는!! 바보 아이가?! 원작이 라노벨이가?! 최고네!!"

"막말이 너무 심해……."

매운맛 리뷰를 하면 어느 정도 신자를 얻을 수 있을지도 모른다, 이 사람.

형님은 신나게 티켓을 끊었다…… 그 전에 화면을 우리에게 보여줬다.

"이 봐라. 이런 영화는 아무도 보는 사람이 없어서 자리도 니 맘대로 고를 수 있다. 단, 맨 뒷자리 중에서도 입구에서 젤 먼, 끝에 두 자리로 골라라."

"어째서?"

"그건 상영관 안에서 설명하지. 아, 참고로 팝콘이랑 음료는 사면 안 된다. 화장실은 무조건 먼저 다녀오고. 그럼, 가자~.”

즐거워 보이네……. 아니, 기본적으로 항상 즐겁다, 형님은. 그야말로 긍정의 덩어리라 할 수 있다.

서둘러 상영관으로 향하는 형님의 등을 바라보며 리츠카는 중얼거렸다.

“……어쩐지 그립네. 왜, 전에도 이런 적이 있잖아!”

“6년 전 일을 말하는 거지? 내가 리츠카한테 차였을 때의 일.”

“맞아, 맞아! 그날도 오빠가 따라와서 이런 느낌이었어.”

“뭐, ‘기억난다’기 보다는 ‘잊을 수 없다’에 가깝긴 한데…… 듣고 보니 그런 것 같기도.”

그때도 형님은 나와 리츠카를 이리저리 휘두르기만 했다. 애초에 여동생의 데이트에 오빠가 따라오는 건 전대미문이다. 이쪽은 엄청나게 짜증 났다고…… 지금도 생생히 기억날 정도로.

“하지만 6년 전이랑은 달라. 뭐랄까, 저 사람, 꽤 어른이 됐다고 생각해.”

“앗. 로우 군이 오빠를 칭찬하고 있어. 내일은 태풍이 오려나?”

“나도 칭찬할 때는 칭찬해……. 그도 그럴 게, 이제 우리 사이에 끼어들지 않잖아. 아까 나랑 리츠카 사이를 돈독히 만들기 위해서라는 말을 하기도 했고. 시스콤 형님이 이런 짓을 할 거라고는, 6년 전에는 생각지도 못했어."

"……오빠도 인정하는 거야. 우리 사이를."

"응. 방법이 독특하다고나 할까, 이해하기 어렵지만…… 형님 나름대로 그런 거겠지."

형님의 성격은 6년 전과 별반 다르지 않았으나, 나와 리츠카를 보는 눈만은 조금씩 업데이트하고 있었다. 그 부분만 본다면 확실히 '형님' 같은 느낌이 들었다.

오늘도 나와 리츠카가 걱정돼서 참견하는 거겠지. 시스콤도 그 형태가 점점 바뀌어 가는 걸지도 모른다. 아마 더 좋은 방향으로.

나는 리츠카와 눈을 마주쳤다. 그리고 둘이 웃고, 꽉 껴안은 채 걷기 시작했다.

"이런 재미없는 영화, 안 봐도 된다. 중요한 건 사람이 거의 없는, 어둡고 소리가 사라지는 이 환경이다. 이제 알겠나? 변태 무제한이다!!"

"영화관을 대체 뭐라고 생각하는 거야……."

"역시 그런 건가……."

『시시함』이 한계 돌파한 영화를 보는 사람은 아무도 없었다.

직원조차 없어서 상영관은 필연적으로 우리 세 사람이

독점한 상태가 되었다.

"이번에는 운 좋게 전세를 낸 것처럼 됐지마는, 난『사람이 좀 있다』고 상정했다. 그래서 이 끝자리를 잡은 기다. 영화를 볼 때 뒤를 돌아보는 바보는 없으니까. 즉, 애초에 무슨 짓을 해도 들키기 어려운 이 위치가 더욱이 들킬 일이 없어진 무적의 변태 안전지대가 되는 기다!"

"아무리 그래도 행동에 나서면 안 되잖아요. 체포된다고요."

"내는 끝까지 하라 한 적 없다! 자, 리츠. 자리 바꾸자."

"어? 응."

형님이 리츠카의 자리에 앉았다. 즉, 나와 바로 옆자리가 되었다.

형님이 빤히 스크린을 바라봤으므로 나도 영화를 봤다. 일본 영화 특유의 어두운 화면과 주연 배우들의 미묘한 발연기, 중얼거리는 목소리, 특히 흡입력 없으면서 복선이 없는 스토리, 장소에 맞지 않는 BGM이나 때때로 폭발하는 쓸데없이 큰 음향…… 졸작의 요소를 너무하다 싶을 정도로 욱여넣은 작품이었다. 영화만큼 호불호가 확실한 콘텐츠도 없는 것 같다.

슥…….

"우왓?!"

팔걸이에 있는 내 손에 형님이 자기 손가락을 휘감았다.

형님은 마치 아무 일도 일어나지 않았다는 듯 시선을 스크린에 고정했다. 모든 의미에서 가슴이 철렁 내려앉았다.

"어때?"

"어때라니…… 깜짝 놀랐어요. 공포 영화에서도 이런 짓을 하면 얻어맞을걸요."

"수줍음을 감출 필요 없다! 자, 리츠. 똑같이 해 봐라."

"앗…… 뭐, 상관없나?"

형님이 다시 리츠카와 자리를 바꿨다. 리츠카는 곧바로 따라 하지 않고 스크린을 바라봤기 때문에 나도 다시 영화를 봤다.

(아, 나왔다. 갑작스러운 난치병 설정. 등장인물을 죽게 하기 위해서만 등장하는 녀석.)

죽음을 통해 감동을 일으켜도 나는 전혀 울지 않는다. 차라리 개가 걷는 장면이 나을 정도다.

아마 빤히 보이기 때문일 것이다. 이야기 속에 병을 앓는 인물이 등장하는 것이 아닌, 이야기를 위해 병을 앓는 인물을 등장시키니까 어딘가 일그러져 보이는 거다. 원래 병이라는 건 좀 더——.

슥…….

"!!"

뇌 안에서 비평하고 있자니, 갑자기 리츠카의 손이 내 손에 겹쳤다. 힐끗 눈으로만 옆을 살피자, 형님과 마찬가지로 리츠카의 시선은 스크린에 고정된 채였다. 나도 리츠카의 얼굴이나 손은 보지 않고 정면을 바라봤다. 그러나 온 신경은 오른손에 집중되어 있었으며, 나는 가끔 손가락을 움직여서 리츠카의 가느다란 손가락을 문지르거나, 쓰다듬거나, 톡톡 두드리거나 했다.

리츠카 역시 이에 호응하듯이 내 손등을 부드럽게 꼬집거나, 손톱으로 꾹꾹 누르거나, 장난기 어린 반응을 보였다. 이걸로 서로 확신했다. 우리는 지금 영화가 아니라 이 오른손과 왼손의 손장난에 열중하고 있다는 걸.

상영 중에 몰래 하는 이런 행위에는 수업 중에 슬쩍 친구와 편지를 주고받는 것 같은, 그런 사소한 죄책감과 배 이상의 배덕감이 있었다.

그래서 굳이 말하고자 한다. 이거…… 엄청나게 즐거워.

"자, 봐라!! 니들, 지금 억수로 만족스러운 얼굴이다!"

""우와앗!!""

땅바닥을 기듯, 발밑에서 나타난 형님을 본 우리는 동시에 놀랐다.

"만약 명작 영화였으면 이런 짓은 반대로 거슬리기만 했을 끼다. 영화에 집중하고 싶기 때문이지. 그렇기에 『시시함』이 중요하다. 억수로 합리적이라고 생각 안 하나?"

"솔직히……."

"그렇게 생각합니다……."

확실히, 딴짓하는 타이밍은 주로 재미없는 수업 시간이 긴 했다.

"이런 시시한 일본 영화 러브 스토리는 대체로 중간에 의미 없는 베드신 나오거나, 마지막에 딥 키스신이 꼭 나오니께, 거기에 맞춰서 손으로 하거나 키스하거나 해라."

"거기까지 가면 아웃이에요."

"손으로 하라는 게 무슨 뜻이야?"

리츠카의 질문에 나와 형님은 동시에 입을 다물었다. 지금은 그쪽 지식을 알려줄 시간이 아니라 생각한 건가? 나는 흘끗 스크린을 바라봤다. 확실히 의미 없는 베드신이 전개되고 있었기에 형님의 말이 옳다고 생각했다.

*

"자, 여기서 문제다. 건축 역사상 가장 최근에 지어진 성은 뭘까?"

"".........""

셋이 영화를 보고 나서 택시를 탄 뒤, 끌려온 곳은.

교외의 간선도로변에 세워진 수상한 성 앞이었다.

"정답은 러브호텔서어어어어어엉!!"

그냥 러브호텔이잖아. 성을 본떠 만든, 공들여 만든 러브호텔.

"오빠, 왜 이런 곳에……."

"저, 절대로 셋이 여기 들어가고 싶지 않아요. 둘이라면 몰라도."

"그럼 내랑 매제가 같이 들어가는 건가?"

"형님이랑 저길 왜 가요! 리츠카랑 들어갈 거라고요!!"

뭐, 어른 데이트의 최종 목적지로서 러브호텔은 어렴풋이 예견하고 있었으나, 정말로 눈앞까지 데려올 거라고는 생각하지 않았다. 앞으로 어떻게 하라는 거야.

"여기는 니네 집에서도 꽤 가깝고, 안에 장식도 깨끗하면서 가격도 적당한 서민 러브호텔이다. 겉에는 성처럼 생겼지만, 이용자들은 다 여를 본가라고 생각할 정도다. 물론 내 본가도 여에 있지……!!"

"형님은 왕족이었군요."

"나도 여기가 어떤 장소인지는 알긴 하지만…… 절대로 남매끼리 들어 갈 수는 없어. 진심으로 화낼 거야, 그런 짓 하면."

"진짜로? 성 내부를 안내하고 싶었는데……."

여동생과 그 남편에게 자신이 좋아하는 러브호텔을 소개한 후, 그 내부까지 안내하는 건…… 벌써 선을 넘은 거 아닌가? 리츠카가 화를 내는 것도 당연하다.

형님은 아쉬운 듯이 눈썹을 아래로 내렸다. 오늘 하루 중 제일 슬퍼 보였다. 제정신인가?

“뭐, 여기서 해도 상관없나.”

“뭘요…….”

“러브호텔에서 하는 일 따위 뻔하지!! 섹스의 실연이다!!”

역시 제정신이 아니었다. 드디어 갈 데까지 가 버렸다.

것보다…… 상대는 어떻게 할 건데. 누가 됐든 큰일이 벌어질 거라고.

“설마——.”

“어허! 말하면 때려죽일 줄 알아!! 내를 뭐라 생각하는 기고?! 상대가 없으면——이래 하면 되잖아!! 《헤나》!!”

새삼스럽지만 형님은 리츠카와 마찬가지로 《블루즈》로, 『점토를 조종하는』 《블레스》를 지니고 있다. 능력자들은 자기 능력 이름을 말함으로써 그 힘을 전력으로 개방시킬 수 있다.

즉,. 지금 이 변태는 전력 전개로 《블레스》를 사용했다는 말이 된다.

“도대체 뭘 할 생각——.”

이 사람은 《블레스》로 점토를 조작함과 동시에, 그 질량을 어느 정도 무시하고 팽창시킬 수 있다. 형님은 항상 가지고 다니는 점토를 조작하며 창조해 나갔다.

전신이 점토로 만들어진——점토상혈인형(리얼돌)을!!

“이 양반이 미쳤나?!”

“뭐야, 저 인형? 못생긴 마네킹 같아…….”

"오래 능력 유지하는 거는 불가능하다. 한 번밖에 못 하니까 둘 다 한눈팔지 말고 잘 봐라."

숨을 거칠게 몰아쉬며 우리를 향해 그렇게 말하는 형님.

그러나 나와 리츠카는 눈을 돌리기 일보 직전이었다.

"우선, 여자를 안기 전에는 확실히 눈을 바라보며 온몸을 부드럽게 만져야 한다!"

형님은 자신이 만들어 낸 점토상혈인형의 뭉툭한 허리에 손을 돌려, 굵은 턱이나 부자연스러운 가슴 언저리, 빵빵한 볼을 손가락으로 만져 나갔다.

"그리고 무조건 서로를 칭찬해야 한다! 자존심을 높여라! 이래 하면서 말이다!"

『당신, 억수로 훈남이네요. (가성)』"그렇지? 니도 피부가 딱 점토 같다……."『토라지 씨, 마초맨 예스. (가성)』"니 나이스 보디에 비하면 아무것도 아니다. 가슴도 점토처럼 부드럽구마……."『컴온! 컴온! 아임 비치! (가성)』"그리 원하지 않아도 된다. 축축하구마, 니 여기…… 젖은 점토 같다.""싯! 싯! 컴온 싯트 컴온! 오우, 박는 거 예스!""그럼, 가볼까. 열반으로…….'

※이 일련의 행위는 전부 나기라 토라지 씨의 복화술입니다※

"여보세요? 경찰이죠?"

나는 자연스럽게 경찰에게 전화하고 있었다. 무슨 일이 생기면 신고하라는 가르침을, 본능이 따른 것이다.

참고로 리츠카는 내 가슴팍에 안겨 훌쩍훌쩍 울고 있었다. 친오빠의 그런 기행, 보고 싶지 않았던 거겠지. 나는 남는 손으로 리츠카의 등을 부드럽게 쓰다듬었다.

"니! 뭐 하는 기고!! (가성)"

"복화술로 화내지 마!!"

쓸데없이 다재다능한 사람이다, 정말로. 복화술까지 가능하다는 건 리츠카도 몰랐던 모양이다.

"이젠 싫어……. 이런 오빠 싫어……."

"괜찮아, 리츠카. 법이 저 녀석을 심판할 거야."

"뭐가 그래 맘에 안 들었는데!! (가성)"

"전부 다!! 목소리 원래대로 돌려, 변태야!!"

《블레스》을 사용하기 위해선 『대가』가 필요하다. 무상으로 이능력을 다룰 수는 없다. 각각의 능력마다 반드시 어떠한 『대가』가 발생한다. 형님…… 아니, 이 변태 점토맨의 《블레스》는 사용하면 할수록 『신체의 건조』 현상이 일어난다.

그래서 능력의 전개 사용은 그 『대가』를 폭발적으로 가속하는, 문자 그대로 결사의 기술이므로 현재 변태 점토맨은 입술이나 피부가 거칠게 변해 있었다.

“아직도 동정이랑 처녀인 니들을 위해서 내가 이래 뼈를 깎아가면서 시범을 보이는 기다? 소년 만화로 치면 나는 인자 여기서 죽고, 그 의지랑 기술을 니들이 이어 나가야 한다.”

“기술 전수가 아니라 임종 직전의 저주잖아…….”

“로우 군, 이제 돌아가자. 일주일 정도 이 사람과 인연을 끊을 테니까…….”

“그래. 그럼, 저희는 이만 여기서 실례할게요. 바보금.”

“●튜버 같은 이름으로 부르지 마!! 딱히 돌아가도 상관은 없는데, 내 말은 똑바로 기억해라!! 도움 될끼니까!! 내 말 듣고 있나?!”

삐용 삐용 삐용 삐용 삐용 삐용…….

나와 리츠카가 집을 향해 걷기 시작함과 동시에 경찰차 사이렌 소리가 다가왔다.

“실례합니다, 경찰인데요.”

“신고가 들어와서 급히 찾아왔습니다!”

“오, 수고가 많군. 마침 잘됐네. 걸어가려니 따분한데 니들이 내 좀 태워주면 안 되겠나? 어차피 짭새들은 한가하다 아이가? 내 낸 세금만큼 일해라.”

“뭐라고?! 이 자식. 너, 뭐야?!”

“어, 엄청나게 뻔뻔하네요!! 선배, 화내시면 안 돼요!!”

그런 대화가 멀리서 들렸다. 뭐…… 경찰이 출동한 정도로 초조해하거나 반성할 리가 없다, 저 사람은. 그러나 이 번에는 정말로 선을 넘었으니, 경찰이 한 소리 해줬으면 좋겠다.

　"로우 군."
　"응?"
　"집까지 꽤 멀지?"
　"응. 택시 탈 정도는 아니긴 하지만."
　"계속 걸으면 땀이 나겠지?"
　"겨울이니까 그 정도는 아닐 것 같은데…… 뭐, 조금은 날 수도?"
　"그럼, 돌아가면——."

　"——같이, 목욕할까?"

　틀림없이 우연의 산물이라고는 생각한다. 아무런 논리도 없다. 억지일 수도 있다.
　그러나 내 인생에 있어서 그 바보 형님과 엮이면 높은 확률로—— 금방 엉뚱한 행운이 찾아오는 일이, 비교적 자주 있었다.

"아~ 정말, 매일 매일 불륜 조사니 신용 조사니 실종자 수색이니, 탐정은 정말 하는 일이 너무 지루해서 재미없어요! 보스, 가끔은 어려운 사건 해결 의뢰 같은 것 좀 가져다주세요!!"

《쿠로바 탐정 사무소》. 직원은 요시노와 카야마를 포함해 단 네 명뿐인 개인 탐정사무소이다.

탐정이라고 해도 픽션 속에 존재하는 것처럼 어려운 사건을 명쾌하게 해결하지는 않으며, 현실의 탐정업법에 준거한 신용 조사나 개인정보의 수집을 주로 한다.

실시하고 있으나── 몇 년이나 이를 반복하면 아무래도 싫증이 난다. 짜증을 담아 키보드를 두드리며, 요시노는 소장인 쿠로바에게 거친 질문을 던졌다.

"없네요. 나쁘게 생각하진 말아 주세요⋯⋯."

"하핫. 쿠리, 갑자기 무슨 일이야? 그런 신입 같은 소리를 하고. 벌써 인생의 절반 정도를 이 사무소에 바친 거 아니었어? 새삼스럽네."

"아앙? 뭐라고 했냐?"

"죄송함다!! 건방진 소리해서 죄송함다!! 반성할게요!!"

요시노가 노려보자, 카야마는 굽실굽실 고개를 숙이며 사죄했다. 이 대화도 완전히 익숙한 광경 중 하나다. 요시노는 고등학생 때부터, 카야마는 대학생 때부터 이 사무소에서 아르바이트했으며, 지금은 정식 사무원과 탐정으로서 매일 쿠로바에게 혹사당하고 있다.

"그, 한 번쯤은 해결해 보고 싶잖아? 완전 범죄의 수수께끼라든가, 밀실 살인의 수수께끼라든가. 그리고 외딴섬에서 배가 난파된 뒤에 전화선이 끊어지거나, 설산의 산장에서 의심에 빠져드는 상황도 겪어보고 싶어."

"쿠리 씨는 목숨이 여러 개라도 모자라겠네요. 이야기 속의 탐정은 자신이 피해자가 될 수 있다는 가능성에 별로 눈을 돌리지 않으니까요……. 탐정이란 제삼자로서 관측자, 사건의 바깥을 기어다닌다는 점에 가치가 있는데 말이죠……."

"쿠리는 《조직》 시절에 말도 안 되는 체험을 많이 하지 않았어? 그야말로 살인 사건 같은 건 성에 차지 않을 정도의 사건을 겪어 왔잖아."

요시노는 카야마에게 뒷세계의 사정에 관해 알려주고 있다. 쿠로바는―― 원래부터 알고 있었다.

물론 요시노는 《조직》에 있었을 때 수많은 비정상적인 상황과 조우했다. 그러나.

"말했잖아. 나는 후방지원이었다고. 기본적으로 그런 건 릿카 같은 전투원이 헤쳐 나갔으니까. 내가 앞에 나서서 싸운 건 정말 한 손에 꼽을 정도로 적어."

"너도 앞에 나서서 나기라와 함께 싸운다는 선택지는?"

"……그야 생각해 본 적은 있지. 하지만 불가능했어. 카야마도 알잖아. 나는 정말 전투 능력이 없다는 걸. 《블레스》도 전투용이 아니고."

특이한 재능을 지닌 한정된 인간만이 이능력과 총탄, 그리고 칼날이 교차하는 전쟁터로 향할 수 있다. 그러나 요시노에게는 그 재능이 존재하지 않았다. 새삼스러운 이야기이긴 하지만.

"자극을 추구한다는 것은 지금이 평온하고 무사하다는 증거예요."

"하핫. 보스의 말이 맞아. 가끔 이상한 의뢰가 들어와서 그 사건에 일일이 휘둘리는 정도가 딱 좋다고 생각해. 탐정도 사무원도 결국은 일반인이잖아."

"그야 그렇긴 한데. 뭐, 평범한 사람은 평범한 사람 나름대로 할 일을 할 수밖에 없겠지."

"──그럼 여기서 뒷세계에 관련된 의뢰 이야기를 할까요?"

""네?""

쿠로바가 맥락 없이 그렇게 말을 꺼냈으므로 두 사람은 무심코 동시에 얼빠진 목소리를 냈다. 이 소장은 전혀 허투루 볼 수 없는 남자이며, 사생활조차 아직도 수수께끼에 싸여 있다. 그나마 아는 건 뒷세계의 관계자였다는 정도이다.

"두 사람 모두 《시지마 기관》과 《조직》을 알고 계시나요?"

"당연하죠. 후자는 제가 예전에 소속되어 있던 기관이니까요."

"쿠리가 알려줬어요."

"그럼 《오르간》에 대해서는요?"

“피아노랑 비슷한 악기요.”

“교회에서 사용하는 이미지가 있으려나요?”

《오르간》. 가장 먼저 악기가 생각난다. 그렇다기보다는 그 외에 떠오르는 것이 아무것도 없다. 그렇기에 요시노와 카야마는 쿠로바의 다음 말을 기다릴 수밖에 없었다.

“안타깝지만 악기는 아니에요.”

“……일단, 과거 《잃어버린 날개》를 둘러싼 항쟁의 양대 조직으로 시지마와 저희 조직이 있고, 그 이외에 자질구레한 조직 여러 개가 존재했었다는 얘기는 들은 적이 있어요.”

“그럼 《오르간》은 그 『자질구레한』 조직 중 하나라는 건가? 확실히 그 가능성은 있을지도 모르겠네.”

“아뇨. 《오르간》은 10년 전에는 존재하지 않았어요.”

“뭔가요, 그럼!”

“보스. 빨리 말해주세요. 도대체 그 《오르간》이 뭐죠?”

에두른 표현은 쿠로바의 특징이다. 그러나 결론을 듣는 타이밍이 늦춰진다는 것은 꽤 고통스러운 일이다. 카야마가 재촉하자, 쿠로바는 천장을 바라봤다.

“《오르간》이란, 도대체 어떤 존재인지 아무것도 알려지지 않았어요.”

“뭐라고요?”

“저희를 놀리신 건가요?”

“아뇨, 그런 건 아닙니다. 《오르간》은 현재 이름만 알려진 상태로, 개인인지 조직인지 물건인지 능력인지, 아직 확실하지 않아요. 그렇기 때문에 조사해 달라는 의뢰가 우리 쪽에 들어왔습니다.”

“아무도 모르는 걸 굳이 저희가 알고 있는지 물어볼 필요가 있나요?”

애초에 《오르간》이 무엇인지 전혀 모르기 때문에 탐정 사무소인 이곳에 조사해 달라는 의뢰가 들어왔을 것이다.

그러나 어느 정도 경험을 쌓은 탐정 카야마와 사무원인 요시노는 곧 어떤 생각에 다다랐다.

“근데 그게 뒷세계 관련 의뢰인지 어떻게 아시는 거죠? 뭔지도 잘 모른다고 하셨잖아요. 이상하네요. 단순히 악기 이야기일 수도 있는데. 안 그런가요, 보스?”

“어디서 온 의뢰죠? 제가 전혀 파악하지 못하고 있었다는 건 보스가 개인적으로 받은 의뢰라는 얘기겠죠. 누구인가요? 고객 데이터 안에는 없는 사람이죠?”

“성장했네요, 두 사람 모두. 의뢰인은 저의 오랜 친구로…… 시시마 쪽 관계자입니다. 그 의뢰인이 말하길, 《오르간》은 《블레스》를 자세히 조사하고 있다고 해요.”

“《블레스》를 조사한다고요? 도대체 어떻게? 뭘 위해서요?”

이능력이 관련된 시점에서 이 안건은 뒷세계에 속하는 안건으로 확정된다. 현대 일본에서는 표면상으로는 그런 식으로, 픽션 속의 존재일 뿐이라고 처리되고 있기 때문이다.

"심술궂네요, 보스. 처음부터 그렇게 말하면 좋잖아요."

"물어보지 않는 내용은 알려주지 않을 거예요. 이제 두 분은 어린애가 아니니까요."

조사라는 능동적인 행동을 취하고 있는 이상, 《오르간》은 사물의 이름이나 능력의 이름이 아니라, 개인이나 조직의 이름에 해당할 것이다. 그것을 처음부터 말해주면 좋을 텐데, 쿠로바는 절대로 전부 알려주지 않았다. 상대가 한 말 중 마음에 걸리는 걸 기억해 내, 이를 바탕으로 정보를 끌어내는 것. 이것이 부하를 가르칠 때의 그의 교육 방침이었다.

"《오르간》이 무엇을 하고 있는지를 포함해서 여러 가지를 알아보라는 건가요? 확실히 그건 좀 위험한 냄새가 나네요. 쿠리는 어떻게 생각해?"

"코에 대고 묻지 마! 조사하는 것뿐이라면 괜찮지 않을까? 그 《오르간》을 데려오거나, 그 녀석이 조사하고 있는 내용을 훔쳐 오는 건 위험하겠지만."

"과연. OK, 보스. 그럼 그 의뢰를 받아들이죠. 저와 쿠리가 《오르간》이 도대체 뭔지, 가능한 한 조사할게요."

"알겠습니다. 그럼, 이 사진을 봐주세요……."

쿠로바가 한 장의 사진을 카야마에게 건넸다. 함께 그 사진을 확인한 두 사람은——.

"이 사진 속 인물이 《오르간》과 관련이 있지 않을까…… 하고 의뢰인은 추측하고 있어요. 우선 그를 찾아내는 것부터 시작해

주세요…….”

“엇……. 나, 이 녀석 본 적 있는 것 같은데.”

“나도. 그건 그렇고 사진발을 잘 안 받네, **이 양아치는.**”

──대상은 이미 접촉한 적이 있는 인물이었다.

『──너는 우반자(羽斑者)에 대해 어디까지 알고 있지?』

"아앙? 뭐야, 갑자기. 일 얘기하려고 전화한 거 아닌가?"

스마트폰 너머로 들리는 그 목소리의 주인은 남자인지 여자인지 구분이 되지 않았다. 아마 목소리를 변조했을 것이다. 요타로는 상대방이 한 쓸데없는 이야기에 대한 짜증을 감추지도 않고 목소리의 물음에 대답했다.

"신체 어딘가에 날개 모양의 멍이 있다. 그리고 《블레스》라고 불리는 이능력을 사용하지. 《블루즈》라고 불리기도 하지만 그 정식 명칭은 우반자……였든가? 그게 뭐 어쨌는데."

이곳은 파친코 매장 내에 있는 통화용 작은 방이다. 방음 대책은 되어 있으나 그래도 파친코 소리까지는 전부 막아주지 못한다. 적어도 복잡한 이야기를 할 환경은 아닐 것이다.

요타로는 저지 주머니에 남은 손을 아무렇게나 쑤셔 넣었다.

『그렇다면 그 우반자가 **되는** 방법은?』

"알 리가 있냐. 《칠흑의 성녀》라는 녀석한테 선택받아야 하잖아."

『그러면 평범한 인간과 우반자의 구체적인 차이는 뭘까?』

"이봐. 나는 네놈과 사이좋게 지낼 생각도 없고, 같이 공부할 생각도 없어. 일 얘기가 아니라면 끊겠다. 아까 확변스루해서 열받았다고, 이쪽은."

원래 이리도 말이 많은 상대였던가? 항상 필요한 용건만 전달한 뒤 전화를 끊던 녀석이었다. 이쪽에서 연락해도 절대 전화를 받지 않고, 애초에 전화번호도 매번 달랐다. 내력을 알 수 없도록 철저하게 숨기던 사람이 갑자기 말이 많아진 탓에, 요타로는 어쩐지 으스스한 무언가를 느꼈다.

『──답은 뇌에 있다.』

"사람이 하는 말을 들어! 이거 뭐 자동 응답기냐?!"

『우반자와 평범한 인간은 뇌 구조가 아주 약간 다르다. 그 근소한 차이가 바로 물리법칙과 현실을 왜곡시키는, 초상의 힘을 일으키는 열쇠지. 만약 성녀가 인간의 뇌를 순식간에 개조해서 우반자를 만든다고 가정해 봐라. 그렇다면 성녀가 아니더라도 같은 작업을 진행함으로써 **우반자로 각성시킬 수 있다……라는 가능성도 있지 않나?** 답은 '가능하다'이다. 우반자란 인위적으로 만들어낼 수 있는 존재다. 경구, 경피, 경관을 불문한 모든 투약, 혹은 개두(開頭)에 의한 뇌의 외과적 침습을 통해 대뇌와 소뇌와 뇌간, 그 모든 것에 걸친 **극소의 인체 미출 기관**──《시지마 기관》을 발생시킬 수만 있다면 반드시.』

잘못 들은 것은 아닐 것이다. 《시지마 기관》이라는 단어를 들은 요타로는 눈썹을 찡그렸다. 그 이외에는 무슨 말을 하는지 전혀 이해되지 않았지만, 그 단어만은 귀에 익었기 때문이다.

그러나 애석하게도 깊고 긴 이야기를 할 생각은 없었다. 어려운 이야기는 두통을 낳을 뿐이다.

"맞지도 않는 파친코의 약한 리치를 끝없이 보고 있는 기분이군."

『흠. 들어본 적 없는 비유군. 무슨 의미지?』

"시간 낭비란 소리다."

『그것참 미안하군. 그럼 단도직입적으로 의뢰를 하도록 할까. 우반자의 **뇌 샘플**이 필요하다.』

"……뇌 샘플이라고? 무슨 소리야? 평소에는 털이라든가 손톱 같은 걸 요구했잖아."

『이능력의 강함과 약함은 무엇으로 결정되는지 아나? 간단한 얘기다. 인간의 운동 능력이 근력이나 골격 원심성 신경의 회로 형성으로 결정되듯, 뇌에 걸친 **기관의 크기**로 결정된다. 물론, 운동선수처럼 어느 정도 노력을 한다면 이능력을 향상할 수도 있겠지. 그러나 평범한 사람이 프로 스포츠 선수와 똑같은 훈련을 한다고 한들, 결코 그들처럼 될 수는 없다. 노력으로는 넘을 수 없는 벽이 존재하기 때문이다. 즉, 강력한 이능력자는 그만큼 뇌에 큰 미출 기관을 지니고 있다.』

"뭔 소리야? 한 대 치고 싶으니까, 이쪽으로 튀어와."

대화가 성립하질 않는다. 요타로는 전화기 너머로 노골적인 분노를 드러냈다.

그러나 변조기 너머로도 알 수 있는 그 엉뚱함과 담담함은 그대로였다.

『이 전화를 끊은 후, 내가 특히 원하는 우반자의 화상 데이터를 너에게 보내겠다. 강력한 이능——《시지마 **기관**》의 영향으로 뇌세포와 조혈모세포에까지 영향이 생긴 유일한 우반자다.』

"어려운 단어를 사용하지 않고는 설명할 수 없는 병이냐?"

『당신도 이해할 수 있게끔 바꾸어 말하자면, **머리카락에 이상 변화가 나타난 사람**이다.』

"뭐? 머리카락?"

『그자의 **목**을, 평소와 똑같은 기일—— 다음 달 크리스마스까지 내게 보내라. 아, 생사는 따지지 않으니, 부담 갖지 않아도 돼.』

"무슨 개소리야? 목을 얻는 시점에서 이미 죽는다고."

『그것도 그런가. 그렇다면 나에게 주는 크리스마스 선물이라고 생각해도 상관없어. 그럼《오르간》을 위해, 잘 부탁하지.』

전화가 끊어졌다. 다시 걸어도 연결되지 않을 것이다. 요타로가 스마트폰을 마구 주머니에 쑤셔 넣으려던 그때, 곧바로 발신인 불명의 메일 한 통이 도착했다.

제목 없음. 본문은 한 줄 뿐. 요타로는 첨부된 사진 한 장을 봤다.

"은발의 젊은 여자—— 이름은《사이가와 리츠카》……."

아키에게 줄 크리스마스 선물을 까먹지 않기 위해 먼저 파친코에서 적당히 경품을 교환할지 고민하던 참이었다.

"기일이 크리스마스라는 건, 전날까지 이 녀석의 목을 보내란 말인가……."

그렇다면 진짜 기한은 성탄절 전날—— 크리스마스이브.

그날까지 앞으로 딱 한 달.

자신의 **목적**을 위해, 이바 요타로는 선택해야만 했다.

《최종화》

둘이 같이 탈의실에 섰더니 꾕장히 좁았다. 그야 그런가. 이곳은 혼자 쓰는 것을 상정한 공간이니까. 그렇기 때문에 이 비좁음에서 기묘한 특별함이 느껴졌다.

"".........""

말이 없다. 뭔가 재치 있는 말을 할 마음과 몸의 여유가 없다. 나는 와이셔츠의 단추를 푼 뒤, 빨래 바구니 속으로 아무렇게나 내던졌다. 솔선수범해서 벗는 것은 아직 리츠카가 전혀 옷을 벗지 않았기 때문이다. 탈의실은 옷을 벗는 공간임에도.

"너……."

"응?"

"너무 빤히 보는 거 아니야……?"

"그래?"

겨우 짜낸 리츠카의 말에, 나는 어안이 벙벙해졌다. 시선은 확실히 리츠카의 일거수일투족을 쫓고 있었다. 생각해 보면 나는 성인 비디오 속에서만 여성이 옷을 벗는 모습을 봐 왔다. 눈으로 직접 그 일련의 흐름을 확인한 적이 없다. 스스로 말하는 것도 그렇지만, 불꽃놀이를 고대하는 소년과 같은, 그런 눈을 하고 있을 것이다.

"먼저…… 들어가."

"싫어."

"어째서?"

"벗는 거 보고 싶으니까."

"역시…… 뭐, 딱히 상관없긴 한데."

숨길 생각은 없었기 때문에 솔직하게 말했다. 나에게 여유는 없지만 욕망은 있다. 리츠카는 크게 심호흡한 뒤, 각오를 정했다. 롱스커트의 지퍼를 내리고 블라우스 단추를 하나씩 풀어 나갔다. 사락, 사락, 스르륵…… 옷이 스치는 소리만이 우리의 호흡 소리에 섞여 울려 퍼졌다. 단지 그 소리가 이 정도로 은밀하게 들리는 것이 세상의 불가사의였다.

복식이라는 이름의 이성으로 뒤덮인 인간이 실오라기 하나 걸치지 않은 원시적인 모습으로 회귀한다. 이성을 전부 걷어낸 끝에 모습을 드러내는 건 본능밖에 없다. 지금, 우리는 굳이 사람에서 동물로 돌아가고 있다.

리츠카가 연분홍색 브래지어에 손을 댔다. 등에 손을 두르고…… 응?

"브라는 그렇게 벗는 거야?"

"응…… 뭐라고 생각했어?"

"아니, 평범하게 셔츠처럼 벗을 줄 알았는데."

"프런트 후크는 그런 식이지."

“전위, 후위의 개념이 있어……?”

“무슨 말을 하는 거야?”

나는 본능과 동시에, 동정도 노골적으로 드러내고 있는지도 모른다.

전에 침실에서 행위에 도전했을 때만 해도 리츠카는 탈의 모습을 보여주지 않았다. 지금 이렇게 제대로 관찰하니…… 이제는 모든 행동이 야하게 보였다. 이런 일도 있나? 있는 모양이다.

“그만 봐! 먼저 들어가서 물 데우고 있어!”

“어쩔 수 없지~.”

드러난 가슴을 한 팔로 감싸며, 리츠카가 새빨간 얼굴로 지시했다. 팬티를 벗는 장면도 보고 싶어 견딜 수가 없었는데 그건 다음번의 즐거움으로 남겨둬야겠다.

나는 셔츠와 팬티를 던졌다. 남자의 탈의는 바보 같다. 멋이 없다.

욕실로 들어간 나는 뜨거운 물을 틀었다. 지금은 겨울이라 처음에는 뜨거운 물이 아니라 차가운 물이 나온다. 나는 몸을 비틀어서 겨울철마다 많은 일본인이 당하는 트랩을 회피했다. 이윽고 찬물이 따뜻한 물로 바뀌기 시작할 무렵, 등 뒤의 문이 열리는 소리가 났다.

“……시, 실례합니다.”

두 팔로 국부를 가린 리츠카가 눈을 내리깔며 나타났다.

나는 생긋 미소 지은 뒤—— 리츠카가 목욕탕의 벽에 등을 붙일 정도로 다가갔다.

"히약! 앗, 왜…… 왜?"

"숨기면 안 되지."

"…………부끄럽단 말이야."

"난 부끄럽지 않아."

"그야 로우 군은…… 훌륭하니까. 나는 전혀 아닌데…….”

리츠카가 자기 몸에 자신이 없다면, 나는 그것을 부정해야 한다.

달콤한 말로 그녀의 자존감에 하나씩 물을 줘야 한다. 그게 남편의 의무다.

가늘고 믿음직스럽지 못한 그 양손을 움켜쥔 나는 수치를 숨기려는 리츠카의 팔을 완력만으로 강제로 떼어냈다. 마치 항복의 자세를 취하게 하듯. 리츠카의 전부를 내 망막에 새겨 넣었다.

"……웃."

원래라면 저항하고 거부해야 하는 상황이다. 그러나 나는 그렇게 하고 싶었고——무엇보다 리츠카가 그렇게 되고 싶어 했다. 눈동자가 촉촉해지고 볼이 상기된 리츠카는 무언가를 기다리는 듯한 표정을 지었다. 그것에서 배덕감과 흥분을 느낀다는 것을, 나는 오래전부터 알고 있었다.

씩씩하고 강하기 때문에—— 리츠카는 약자 포지션에

처했을 때, 나에게만 여자의 얼굴을 보여준다.

"예뻐, 리츠카."

"이런 상태에서 할 말은……."

"손 떼면 또 가릴 거잖아."

"이제 안 가릴 테니까…… 놔줘."

"그래?"

예술적이기까지 했다. 실오라기 하나 걸치지 않은 리츠카의 몸은 가늘고, 유연하고, 버들처럼 흔들렸다. 방금 막 쌓인 눈이 연상되는 새하얀 피부. 자기주장이 강하지 않은 가슴과 봄빛 유두. 그리고 은밀한 곳보다 조금 위에 새겨져 있는 날개 모양의 멍이 특히 나의 흥분을 자극했다.

사실은 지금 당장 기세에 맡겨버리고 싶었지만 나는 꾹 참고 리츠카에게 속삭였다.

"몸, 씻을까."

"……네……."

리츠카를 풀어주자, 얼굴이 새빨개진 리츠카가 조용히 고개를 끄덕였다.

이제부터 시작이다, 나와 리츠카의 배스타임은.

가능하다면 아침까지도 계속 이어졌으면 좋겠다.

"지쳤어……."

"그러게……."

──현기증이 났다. 너무 오래 있었다. 인체는 장시간의 입욕을 견딜 수 없다.

침대에 쓰러진 채, 리츠카는 신음했다. 지금이 여름철이었다면 우리는 목욕탕에서 열사병에 걸렸을지도 모른다. 겨울이라 다행이다. 뭐, 겨울이기 때문에 너무 장시간 욕탕에 들어가서 이런 일이 생겼다고 말할 수 있지만.

"다음에 또 같이 들어가자."

"당분간은 혼자서 느긋하게 하고 싶어. 로우 군, 계속 만지려고 했잖아."

"내가 그랬나?"

시치미를 뗐으나 확실히 리츠카의 몸을 씻긴다는 핑계로 마구 만지긴 했다. 부드럽고 말랑하고 부드러워서 몸 어디를 만져도…… 야했다. 여자의 몸은 굉장하다. 특히 가슴이라든가 엉덩이라든가, 틀림없이 남자와 여자는 다른 생물이라고 확신할 정도로 차이가 났다.

아아, 떠올렸더니 다시 흥분되기 시작했어…….

"안 만진 시간이 더 적었는걸……. 멍들었을지도 몰라."

"멍 하니까 생각난 건데, 리츠카의 그 멍── 귀여웠어."

"그, 그러지 마. 콤플렉스 중 하나란 말이야."

"개성 중 하나야."

솔직히 그렇게 칭찬했으나 리츠카는 반신반의하는 것 같았다. 그런 곳에 그런 모양의 멍이 있는 사람은 분명 리츠카밖에 없을 것이다. 그걸 개성이라고 부르지 않는다면 뭐라고 부른단 말인가.

"리츠카도 내 몸 만졌잖아. 어땠어?"

"어땠냐니…… 거의 철봉 같던데."

"뭐, 그렇지."

솔직히 말해서 목욕하는 내내 나는 불끈불끈했다. 들어가기 전부터 임전 태세였다. 하지만 어쩔 수 없었다. 남자라면 모두 그렇게 된다. 후회는 하지 않는다.

"근데 생각보다 아무렇지도 않게 쳐다보던데?"

"응……. 전보다는 괜찮았어.『순화』덕분일지도 몰라."

"하구사 씨에게 감사해야겠네."

"정말로……. 그건 그렇고 손으로 씻어주면…… 나오는구나."

"푸흡."

바디워시 때문에 미끈미끈해진 리츠카의 손으로 나의 곤봉을 씻기는 순간, 폭발에 이르렀다. 그러나 어쩔 수 없었다. 동정이라면 모두 그렇게 된다. 후회는 하지 않는다. 기분 좋았다.

"어쩐지 자랑스러워 보이네……. 혼자 들어갈 때도 항상 나와……?"

"그렇진 않아."

"왜?"

목욕할 때마다 방출해 버리면 배수구 청소만으로 주말이 날아갈 것이다.

리츠카는 침대 옆 테이블에 놓인 컵을 들어 물을 마신 뒤, 한숨을 돌렸다.

"스킨십이라는 단어 말이야…… 그게 무슨 뜻인지 알 것 같아. 로우 군은 계속 야한 짓을 했지만, 부부가 함께 옷을 벗는 일은 중요할지도 몰라."

"맞아. 씻는 건 즐겁기도 하고."

"로우 군은 계~~~~~~~~~~속 변태맨이었지."

"푸흡."

"조금은 반성해……."

일반적인 부부라면 아마 여기서부터 본 게임에 돌입했을 것이므로 우리들은 아직 튜토리얼 단계에 불과하다. 금방 그런 생각을 떠올린 시점에서 나는 리츠카의 말대로 변태맨일지도 모른다. 후회는 하지 않는다.

"그럼, 앞으로 주에 몇 번 정해진 날에 같이 들어갈래?"

"로테이션 짜지 마!! 가끔이라서 좋은 거잖아!!"

"그런가……."

매우 유감이다. 나는 매일 같이 들어가고 싶은데.

단순히 스킨십을 목적으로 목욕하는 거라면 목욕 후에 먹을 아이스크림이라도 사둘까. 그런 즐거움을 늘려가다 보면 좀 더 자주 리츠카와 함께 목욕할 수 있을 것――.

“앗. 아키 씨한테 연락 왔어.”
“어떤 연락?”
“어디 보자……. 크리스마스이브에——.”

＊

12월 24일, 이른바 크리스마스이브. 아이들은 산타클로스에게 소원을 빌고, 커플들은 기합을 넣고, 솔로는 세상을 원망하고, 서비스직은 격무에 눈이 뒤집히는, 한 해 중 꽤 정신없는 하루라고 할 수 있다. 그리고 그것은 나도 예외는 아니어서, 매년 이날은 장난감 가게의 매상이 격증하므로 본래 업무에 더해 추가 근무를 하게 되었다.

“선배!『호비숍 시마다』에서 이쪽 리스트에 적힌 완구의 재고가 없는지 문의하셨어요. 있다면 바로 가지고 와 달래요! 제가 가게에서 보내준 리스트와 재고를 대조했으니, 피킹해서 배달 부탁드립니다!”

“알겠어. 금방 준비할게.”

우리 회사는 대기업 브랜드의 인기 완구나 유행하는 프라모델 등을 하청받아서 제조하기 때문에, 브랜드의 지시로 창고에 어느 정도 재고가 쌓여 있다. 평소에는 그다지 재고에 변동이 없지만, 전국적으로 장난감이 잘 팔려서 품귀 현상이 발생하는 오늘만큼은 우리가 대기업의 허락을 얻은 후에 각 판매점까지 직접 가져가게 된다.

그리고 우리 회사 영업부만으로는 일손이 부족하기에 우리 기획개발과도 차출된다. 어느 판매점이나 상품 판매에 필사적이고, 재고가 떨어질 것 같으면 바로 쌓아두고 싶어 한다. 그 수요에 응할 수 있다면 응하는 것이 약소 브랜드인 우리 회사의 생존 전략일 것이다. 뭐, 크리스마스 경쟁에 자신들이 기획한 장난감으로 싸울 수 없다는 것이 억울하긴 하지만.

그런 이유로 이코마 씨로부터 리스트를 받은 나는 필요한 것들을 서둘러 준비해 회사 차에 채워 넣은 뒤, 판매점으로 출발했다. 오늘은 하루 종일 이런 식으로 시간이 순식간에 지나갈 예정이다.

"아— 피곤해……."

"고생하셨어요, 선배. 커피 한 잔 드릴까요?"

근무 시간이 한참 지나서 회사로 돌아온 나는 크게 한숨을 내쉬었다. 계속 사내에서 수배에 쫓기고 있던 이코마 씨 역시 피곤한 기색을 보이면서도 날 신경 써 줬다…… 그러나.

"아니, 오늘은 이만 퇴근할게. 약속도 있고."

"부부끼리 크리스마스 데이트겠죠? 좋네요."

"음, 아니. 리츠카와 친구 집에 가기로 했어."

"대학 시절 친구인가요?"

"그것도 아니야. 리츠카가 다니는 회사의 친구……라고 해야 하려나?"

하구사 씨가 집에서 크리스마스이브 파티를 연다며 나와 리츠카를 초대했다. 설마 그 이바가 그런 것을 기획할 거라고는 생각할 수 없으므로 이건 아마 하구사 씨의 생각일 것이다.

그래서 오늘 리츠카는 반차——형님과의 사건 때문에 썼던 반차의 남은 반차——를 써서 일찍이 하구사 씨를 도우러 갔다. 아마 내가 마지막으로 도착하겠지.

이바는 아무리 봐도 밥벌레, 좋게 말해서 프로 파친코 선수일 테니까…….

"이코마 씨는 약속 없어?"

"진심으로 물어보시는 거예요? 약속이 있었다면 진작 조용히 퇴근했겠죠."

"하하…… 그것도 그런가."

"사이가와 선배, 이코마, 먼저 실례하겠습니다."

회사로 복귀한 오오타카가 바로 퇴근 준비를 했다. 오오타카는 원래 야근을 안 하고 금방 돌아가는 녀석이니, 크리스마스이브라서 일찍 돌아가는 건 아닐 것이다.

그러나 일단 후배와의 커뮤니케이션을 위해 물어보는 시늉은 하기로 했다.

“뭐야, 오오타카. 왜 그렇게 서둘러? 데이트 약속이라도 있어?”

“네. 아내가 기다리고 있어서요.”

“……뭐?! 오오타카 군, 결혼했어?”

“했는데요.”

“어?! 했다고?! 근데 반지 안 꼈잖아, 너!!”

“일에 방해되니까요.”

““………!””

“그럼 이만 가보겠습니다.”

뜻밖의 사실이었다. 기껏해야 여자 친구일 줄 알았는데, 저 녀석이 기혼자였을 줄이야. 평소에 전혀 그런 내색을 보이지 않았다고나 할까, 아직 어리지 않나? 사람은 역시 겉모습과는 다르구나…….

“대박……. 완전히 패배한 기분이에요……. 최악의 크리스마스이브…….”

“뭐, 오오타카에게 악의는 없잖아. 이코마 씨라면 금방 좋은 사람을 찾을 수 있을 거야.”

“선배, 성희롱인가요? 이런 날에.”

“으윽……. 미안, 변명의 여지가 없네. 곧 가야 하기도 하고.”

“괜찮아요! 어차피 혼자 사는 여자는 일이 연인이니까요! 게다가 저는 착해서 산타할아버지가 선물을 줄 거예요!”

“자기 입으로 말하는구나⋯⋯. 참고로 산타한테 뭘 받을 생각인데?”

“운명의 사람이요!”

“그러면 인신매매 아닌가?

양말에 인간이 꽂히는 걸까. 그런 그림을 상상해 버렸다.

조금 더 야근하고 간다고 하는 이코마 씨를 곁눈질하며 나는 조용히 사무실을 나왔다. 회사 내의 솔로 사원은 야근하지만, 기혼자이거나 애인이 있는 사람은 이미 퇴근한 모양이었다. 정확히 두 그룹으로 나뉘어져 있었다.

바라건대 이코마 씨에게도 행운이 찾아오길⋯⋯ 괜한 참견이려나?

*

“”메리 크리스마스~~~~~~~!!””

파아앙! 이바와 하구사 씨가 사는 맨션으로 향한 내가 5층에 있는 현관문을 여는 순간, 폭죽 소리가 울려 퍼졌다. 장식용 모자를 쓴 리츠카와 하구사 씨가 일부러 나를 현관에서 기다리고 있었던 것 같다. 하하, 하고 나는 입꼬리를 추켜올렸다.

“깜짝 놀라긴 했어도 기쁘네. 이런 거.”

“일하느라 고생 많았어! 오늘 힘들었지?”

“아무래도. 업종 상 어쩔 수 없는 날이라곤 하지만.”

“**나**랑 리츠카가 음식을 잔뜩 만들어 놨으니, 천천히 드세요.”

『안녕! 안녕! 안녕―!!』

“감사해요, 하구사 씨. 카쿠카쿠 목소리도 들리네요.”

“메리 크리스마스.”

파아아아아앙!! 안쪽에 있던 이바가 에어건으로 나의 몸을 쐈다.

“넌 뭐야?”

“배고파. 네놈이 사축으로서 일하는 동안 이쪽은 계속 기다렸다고.”

“그럼 너도 사축이 되라고.”

“요타로! 사람을 쏘면 안 되지!”

“시험 발사야. 자, 손 씻고 와, 사이가와. 밥 먹자.”

편해 보이는 이바가 부럽다. 아마 하구사 씨의 보살핌을 받고 있을 것이다. 두 사람이 아직 결혼하지 않은 건 이바가 무직자인 것과 관계가 있지 않을까?

아니, 이브에 그런 생각을 하면 안 되지. 나는 화장실을 빌려서 손을 씻고, 식탁으로 향했다. 테이블 가득 음식이 차려져 있었다.

“로스트 치킨, 비프스튜, 감자튀김, 가라아게, 그라탱까지. 대단한데, 보기만 해도 텐션이 올라가. 크리스마스 분위기가 물씬 풍기는걸.”

　“그렇지? 아키 씨는 요리를 잘해!”

　“에이, 리츠카에 비하면 아무것도 아니야.”

　“나도 도와줬거든? 간장 사 왔잖아.”

　“그건 도와준 게 아니야.”

　“요타로는 계속 옆에서 집어 먹기만 해서 오히려 방해됐을 정도니까.”

　애냐……. 그 마음을 모르는 건 아니지만.

　“로우시 씨, 술은 어떤 걸로 하실래요? 여러 가지 많아요!”

　“그럼 무난하게 맥주로 부탁드려요.”

　“우리는 와인!”

　“난 물.”

　물이라고? 그 외모로? 틀림없이 첫 번째 잔부터 센 술을 마시는 타입일 줄 알았는데.

　“평소에는 마시면서 왜 오늘은 물이야…….”

　“맞아요. 이바의 요타로 씨, 분위기 좀 읽어요.”

　“시끄러워. 밥파란 말이다, 나는. 맛있는 거 먹고 싶으니까 안 마실 거야.”

　“아, 그래서……?”

　이바는 술을 못 마시진 않는 것 같다. 뭐, 남이 마시는 음료에 불만을 가져서 뭐 하나. 나는 잔에 병맥주를 따랐으며, 리츠카와 하구사 씨는 와인잔에 와인을 따랐다.

"그럼, 건배!"

『뿅뿅뾰옹!! 축하해! 축하해!』

리츠카와 카쿠카쿠의 구호에 맞춰 우리는 잔과 페트병으로 건배했다.

사실 꽤 배고팠기 때문에 나와 이바는 거의 동시에 요리를 집어 들었다.

"오~. 동시에!"

"아니, 내가 좀 더 빨랐어, 사이가와 와이프. 제일 먼저 가라아게를 잡았으니까."

"딱히 경쟁하는 것도 아니잖아. 그리고 나는 가라아게가 아니라 감자튀김을 집었거든?"

"그건 제일 큰 감자튀김이었냐?"

"감자 크기까지는 신경 안 썼어!"

"아하하. 많이 있으니까 천천히 드세요."

음식 쟁탈전이 일어나지 않을 정도로 많은 음식이 있었다.

나는 두 사람이 만든 요리를 즐겼으며, 술이 들어간 덕분에 기분도 좋아졌다.

"이렇게 크리스마스를 즐기는 건 오랜만인 것 같아."

"그러게. 케이크를 산 적은 있어도, 요리까지 전부 제대로 만든 적은 없었지? 외식하러 나가는 편도 아니었고."

"서로 맞벌이하면 그렇게 되기 쉬우니까요."

크리스마스가 주말인 해라면 몰라도 크리스마스이브나

크리스마스가 평일이라면 사회인은 아무래도 만반의 준비를 할 수 없다. 게다가 그렇게까지 하지 않아도 되지 않나, 하는 생각이 드는 것은 아마 우리가 기독교인이 아니기 때문일 것이다. 그렇기에 이렇게 파티 형식으로 즐기는 건 오랜만이었다.

“우리도 원래 이렇게는 안 해.”

“맞벌이가 아닌데도……?”

“응. 우리는 불교풍이거든.”

“불교풍……?”

불교 신자도 아니고 불교풍은 뭐야?

나와 리츠카는 의미를 알 수 없었다. 이바 녀석, 그냥 분위기상 아무렇게나 말한 거 아니야?

“요타로가 매년 파친코에 가서 안 하는 게 아니라 못 하는 거야…….”

“어쩔 수 없잖아. 크리스마스는 반대로 뜨겁다고.”

“반대로……?”

“너, 하구사 씨를 너무 슬프게 하지 마…….”

오늘은 우리를 초대했으므로, 아무리 이바라도 분위기를 파악해서 저녁이 되기 전에 파친코에서 돌아왔다고 한다. 아니, 오늘도 갔다 온 거냐? 적당히 좀 해.

하구사 씨가 오늘 파티를 기획한 이유를 조금 알 것 같다. 이렇게라도 하지 않으면 이바가 함께 있지 않는 거겠지. 죄

많은 남자다, 정말로……. 조만간 칼 맞을 것 같아…….

뭐, 이러니저러니 해도 이바는 좋은 녀석이다. 하구사 씨는 당연히 말할 것도 없고. 대부분의 양아치에게 친구가 많은 이유를 알았다고나 할까, 전에 함께 파친코에 갔을 때도 실제로 꽤 즐거웠다. 뭐, 열 받아서 기계에 주먹을 날린 건 좀 깨긴 했지만…….

"둘은 언제까지 산타클로스를 믿었어요?"

"나는…… 9살 때까지였으려나?"

"앗, 로우 군, 빠르지 않아? 난 중학교에 들어갈 때까지였던 것 같아. 매년 오빠가 산타 할아버지 차림을 하고 선물을 몰래 두고 갔는데, 중학생 때부터는 기숙사에서 생활했거든."

"아. 오빠가 더 이상 못 오게 돼서 산타 할아버지가 안 계신다는 걸 깨달았구나."

"아니. 강제로 기숙사에 들어온 오빠가 경비원들에게 붙잡히는 바람에 산타클로스는 오빠였다는 걸 알게 됐어."

"머리 어떻게 된 거 아니냐? 너희 오빠."

"진짜로 그런 사람이야……."

내가 모를 뿐이지, 형님의 위험한 에피소드는 무한히 있는 모양이다…….

만약 형님이 잡히지 않았다면 리츠카는 지금도 산타를 믿고 있었을지도 모른다.

잠깐…… 설마 오늘 집에 오진 않겠지? 아무리 그래도 그건 아닐 거야.

"그럼, 아키 씨랑 이바의 요타로 씨는?"

"나는…… 으음. 처음부터 안 믿었어. 근데 요즘에는 믿는다고도 할 수 있을지도…….'

"무슨 말이야?"

"우리는 어릴 때부터 시설에서 자랐거든. 거기서는 매년 크리스마스 때마다 다 같이 축하해서, 산타라고 하면 시설장 아저씨의 이미지가 있어. 그래서 그래."

"아하…… 그랬구나."

"그런 경험이 있었군."

이른바 아동 양호 시설인가. 이 두 사람이 언제부터 알고 지낸 사이였는지 궁금했는데, 설마 어린 시절부터 이어진 인연이었을 줄이야. 이바가 아무리 나쁜 사람이라도 하구사 씨가 버리지 않는 이유를 알 수 있었다.

술이 들어간 덕분에 젓가락질도 이야기의 진행도 빨라졌다. 이윽고 적당한 때가 다가오자, 리츠카가 짝짝 손뼉을 쳤다.

"자, 기대하던~~…… 선물 교환 시간입니다!"

『게키아츠! 게키아츠!』

"와~~~!"

"현금으로 부탁해."

"조용히 좀 해, 너는……."

사전에 선물 교환을 한다고 했기에 나도 제대로 준비해 왔다.

보통 선물 교환은 랜덤이지만, 이번에는 리츠카와 하구사 씨, 그리고 나와 이바로, 미리 상대를 정해서 교환하기로 했다.

"나는 최애 캐릭터 인형을 준비했어!"

리츠카가 꺼낸 것은 하얗고 동그랗고 뿔과 날개가 달린, 표정이 조잡한 웃는 얼굴의, 떡인지 만주인지 알 수 없는 캐릭터 인형이었다. 전에 리츠카와 데이트했을 때 귀엽다고 했던 녀석일 것이다. 정말로 전혀 팔리지 않을 것 같은, 엄청나게 마이너한 존재다…….

"고, 고마워. 귀엽다……."

"그치~. 이 아이는 분명 뜰 거야!"

(아닐걸…….)

"이런 못생긴 게 뜰 리가 있냐."

"요타로! 그런 말을 하면 안 돼! 소중히 간직할게……."

리츠카의 감성은 독특하다. 그래서 지금처럼 다른 사람들이 이해하지 못할 때도 있다. 가구나 소품을 고르는 감성은 좋은데 말이지.

"저기, 나는 추천하는 아로마 세트를 준비했어. 상황마다 향기가 나뉘어져 있는데, 예를 들어서 이쪽은 자기 전에,

이쪽은 휴식을 취할 때 피우면 효과적이야.”

“우와, 대단해! 기뻐! 당장 내일부터 쓸게~.”

(센스 좋네, 하구사 씨…….)

“냄새 구리면 어떡해?”

“요타로는 조용히 해.”

이 정도로 입 다물고 있으라는 말을 듣는 인간도 많지 않을 것이다. 그러나 이바는 절대로 굴하지 않았다.

다음은 남자팀 순서였다. 나는 가방에서 작은 꾸러미를 꺼냈다.

“로우 군, 그게 뭐야?”

“맥가이버 칼.”

“앗……. 그런 걸 샀구나…….”

“선물로는 몹시 의외인 물건이네요…….”

“저, 정말……?”

내가 이걸 받았으면 엄청나게 기뻐했을 텐데. 텐션도 올랐을 거고. 로망 덩어리란 말이야, 맥가이버 칼! 갖고 싶잖아? 이런 건 보통 스스로 사질 않으니까…….

그렇다면 과연 이걸 받은 이바의 반응은 어떠려나?

“뭔데, 이거! 텐션 미친 듯이 올라가잖아?! 이런 건 스스로 살 일이 없으니, 누군가한테 받지 않는 이상 손에 들어오질 않는다고!! 땡큐, 사이가와!!”

““엄청나게 기뻐하고 있어…….””

"거 봐."

내 선택은 옳았다. "둘이 닮았네……"라며 리츠카가 중얼거렸다.

마지막으로 이바가 나에게 무언가를 던져줬다. 이게 뭐야……? 에어건?

"뭐야, 이거 아까 나한테 쏜 거잖아!!"

"맞아. 오늘 파친코 경품으로 교환해 온 따끈따끈한 녀석이다. 마음에 들지?"

"단 한 마디만으로 선물의 가치를 깎아내리다니……."

"리츠카가 로우시 씨는 총을 좋아한다고 요타로한테 알려줬거든요……."

"과연. 난 그런 밀리터리 캐릭터였던 건가……?"

"그야 로우 군, 대학생 때는 자주 쐈잖아. 고리 씨의 총."

"그건 고리 씨가 취미로 대량으로 모았을 뿐, 나는 딱히 그런 게……. 아니 뭐, 상관없나? 일부러 신경 써 줘서 고마워, 이바. 방에 박아둘게."

"조만간 버리겠다는 선언이잖아."

농담이야. 내가 그렇게 마무리하자, 자리가 웃음으로 가득 찼다.

편하다. 왜일까. 아, 분명 그건 이 둘이 닮았기 때문일 것이다.

계속 그렇게 생각하고 있었다. 나와 리츠카의 관계성을,

이 둘은 어쩐지…….

＊

"크어……."
"으음……."
소파에서 리츠카와 하구사 씨가 서로 기대어 자고 있다.
선물 교환을 하고 나서 식사를 마치고, 케이크를 먹은
두 사람은 완전히 취했는지 이렇게 다운되어 버렸다. 그래
서 나는 달그락달그락 설거지하는 중이다.
"술이 별로 안 세단 말이지, 아키는. 텐션 올라서 과음
했어."
"리츠카도. 세지도 않으면서 비교적 많이 마신 것 같아."
"뭐, 오늘 정도는 괜찮지 않겠어?"
"맞아. 그건 그렇고…… 이바."
"왜?"

"왜 내가 설거지하고 있는 거냐……?"

여기는 너희 집이라고. 만약 접시를 깨거나 하면 어떡
할 거야. 쓰레기 모으기 같은 건 해주겠지만, 설거지는 집
주인인 네가 해. 뭔데 이거. 남의 집 설거지하는 건 의외로

긴장되고 스트레스받는단 말이다.

그런 느낌으로 항의했으나 이바는 실실 웃고 있었다.

"적재적소에 사람을 배치한 거야~. 그렇게 열 내지 말고 마음 편하게 계속 설거지해."

"웃기지 마……!"

끝까지 집안일을 안 하는 것이 이바의 스타일인 모양이다. 쓰레기냐…….

나는 전혀 긴장을 풀지 못하고 식기류를 전부 씻은 후, 겨우 의자에 앉아 한숨을 돌렸다.

"고생했어. 내가 설거지한 걸로 해도 될까?"

"때린다, 너…….."

"농담이야. 이래 보여도 감사해하고 있다고~, 나는."

"설거지한걸?"

"아니. 사이가와 와이프의 존재에."

"리츠카? 무슨 의미야?"

"남을 대하는 태도라고 해야 하나? 사람을 잘 따르는 작은 동물 같아. 저 녀석은── 아키는 그런 상대와 더 잘 어울릴 수 있어. 거의 친구가 없거든, 저 녀석은. 사이가와 와이프와의 만남은 기적이라 해야 할지도 몰라."

"친구가 없다니…… 그렇게는 안 보이는데 말이지. 하구사 씨는 제대로 된 사람이잖아."

"가슴이?"

"너 진짜……. 행동이나 사교성 이야기를 하는 거야."

남의 여자를 당당하게 성희롱할 리가 있겠냐. 이바는 "농담이야"라며 어깨를 으쓱했다.

"그런 건, 저 녀석이 나중에 익힌 처세술 같은 거나 다름 없어. 이봐―― 사이가와."

"왜. 오늘은 파친코 안 갈 거야."

나도 가벼운 말을 돌려줬다. 이바의 표정이…… 사라져 갔다.

"너는 우리들은 어떤 식으로 봤지?"

"……좋은 친구야. 알게 된 지 얼마 안 됐지만, 서로 좋은 친구가 될 수 있을 거라고 생각해."

"네 희망사항 말고. **그렇게 될 수 없다고 생각하는 이유**를 말하라고."

"――정체를 알 수 없으니까. 너는 처음부터, 그리고 하구사 씨는 중간부터."

이런 말을 하고 싶지는 않았다. 상대가 재촉하지 않는 이상 나도 가만히 있을 생각이었다. 리츠카가 하구사 씨를 따르는 것은 사실이고, 하구사 씨가 리츠카를 귀여워하고 있는 것도 사실이다. 그렇다면 두 사람의 **혹** 같은 존재인 나와 이바도 사이좋게 지내야만 하고, 두 사람도 그것을 원할 것이다.

원하겠지만…… 그렇게 할 순 없다. 두 사람을 대하면서 느낀 위화감을, 나는 더 이상 무시할 수 없었다. 나는 리츠카처럼 다른 사람을 그대로 받아들이지 못하니까.

"이바. 하구사 씨는—— **모종의 병**을 앓고 있지?"

"……그렇게 생각한 근거는?"

"리츠카가 말했어. 하구사 씨는 천식 환자라고. 네가 전에 약을 건넸다더군. 근데 나는 하구사 씨와 대화하는 도중, 거친 소리는 단 한 번도 들은 적이 없어. 호흡이 너무나도 깨끗했지. 그래서 천식 환자라는 건 네가 한 거짓말이고, 실제로는 **기억에 관한 병**……을 앓고 있을 거라고 생각했어."

"………."

"이바. 하구사 씨의 일인칭은 뭐야?『나』? 아니면『저』? 초면인 나에게 그것을 구분해 쓰는 거면 상관없어. 하지만 동물병원에서 하구사 씨는 너나 리츠카에게도『저』라고 말했어."

리츠카가 나에게 하구사 씨에 대해 처음 이야기했을 때, 『말투가 남자답다』고 했다.

나는 신기하다고 생각했으나, 처음 하구사 씨와 만났을 때 그녀의 1인칭은『저』였다. 상황에 따라서 일인칭을 구분하는 건가, 생각했지만 이후 기본적으로 그녀는『나』를 사용했다.

"일인칭이 뒤죽박죽인 거야 이 나라에서는 흔한 일이잖아."

"……게다가 하구사 씨는 리츠카를 마치 잊어버린 듯한 모습을 보였어. 똑 부러진 하구사 씨가 업무로 만난 지 얼마 되지 않은 리츠카의 얼굴을 금방 잊어버리는 건 부자연스럽지. 가령 깜빡 잊었다고 해도—— 리츠카와 일면식이 없는 네가 귓속말로 리츠카가 누구인지를 하구사 씨에게 가르쳐 주는 건 이상해. 즉 **너는 예전부터 리츠카를 알고 있었지?**"

"전에 파친코 앞에서 사이가와 와이프와 만난 적이 있다고 했을 텐데? 얼굴을 알고 있었던 건 그것 때문이다."

"그래. **그래서 이상하다는 거야.** 그때, 리츠카는 너에게 이름을 물어보지 않았어. 하구사 씨가 너에게『일로 사이가와 리츠카라고 하는 여자의 상담을 담당했어』라고 이야기했다 쳐도, 이름만 알 뿐, 얼굴은 알 수 없지. 이 둘을 연결하는 정보가 없으니까. 그래서『같은 회사의』라는 너의 그 말은 애초에 네 입에선 나올 수가 없어. 리츠카의 얼굴 사진을 가지고 있지 않는 한은 말이지."

나는 그 점이 마음에 걸렸다—— 그리고 이바는 처음부터 적의를 가지고 있었다.

그래서 동물병원에서 나는 이바의 역량을 탐색했다. 물

론, 이건 나의 일방적인 추리이며, 우연히 리츠카의 자료를 하구사 씨가 집에 가지고 가서, 그것을 이바가 보았을 가능성도 있었다.

적의도 양아치 특유의 경계심일 뿐일지도 모른다.

그렇다면 이야기는 거기서 끝이다. 차라리 그게 나았다.

그러나── 이바는 명확하게 **전사**의 몸을 지니고 있었다.

"이바, 전부 틀렸다고 부정하는 건 어때? 의심 많은 사축의 헛소리라고."

"그러게. 사축 따윈 관두고 탐정업이나 시작하는 게 어때, 《날개 사냥꾼》?"

"그럴 순 없어. 지금의 생활이 있으니까. 너도 마찬가지 아닌가──《오르간》?"

즉…… 그런 것에 지나지 않는다.

이바는 이쪽 사람이다. 처음부터. 하구사 씨는 불분명하지만 적어도 아무것도 모른다고 생각되지는 않는다.

"어디서 그 단어를 들었지? 말하고 다닌 적은 없는데, 《오르간》에 대해서."

"똑같은 말을 돌려주지. 나도 《날개 사냥꾼》이란 말을 떠들고 다닌 기억은 없어."

"핫! 그럼 서로 알려줄 의무는 없겠군."

사전에 『정보』를 모으고 있던 건 이바뿐만이 아니다.

나도 얼마 전에 카야마로부터 이바의 사진을 접했다.

『이 남자가 《오르간》이라는 사람? 조직? 이랑 관계있는 사람인데, 발견하면 연락 좀 해줄래?』라며. 뭐, 이바와는 이미 아는 사이였고, 원래 의심하고 있었으니, 이건 어떤 의미에서 내 생각이 옳았음을 인정받는 거나 마찬가지였다.

"……나를 의심한 건 어쩔 수 없지만, 아키까지 의심하고 있었을 줄이야. 와이프와 다르게 귀엽지 않은데, 너. 그렇게 아무렇게나 지껄인 상대의 발언 전부를 하나하나 의심하면서 생활하는 거냐?"

"어느 정도는. 다만 너에 대해서는 아직 리츠카에게 말하지 않았어. 먼저 대화로 해결 가능하다면 난 그게 좋으니까. 이바, 너의 목적은 무엇이고 뭘 원하는 거지?"

나와 리츠카는 일반인이다. 조금 특이하긴 해도.

그래서 우리의 소망은 평온하게 사는 것이다. 죽음이 두 사람을 갈라놓을 때까지 함께.

"사이가와 리츠카, 《백마》의 목이다. 나는 지금부터 그 녀석을 죽이겠어. **오늘이 기한이거든.**"

"그런가. 진심인가 보군."

"아무리 그래도 그런 질 나쁜 농담은 안 해. 진심이다."

그렇기에 나와 리츠카의 평온을 누군가 방해한다면.

아니, 리츠카를, 누가 악의와 의도를 가지고 해친다면.

"그럼 내가 먼저 너를 죽이겠다. 이바!"

나는 귀신도 되고 악마도 될 수 있다. 그로 인해 누군가의 생명을 빼앗게 되어도 상관없다.

누군가를 위해 싸워. 전에 리츠카가 해준 말이다. 그래, 그 말대로다.

내가 싸우는 이유는 하나부터 열까지 리츠카를 위해서다. 결국, 나의 힘은 그것을 위해서만 존재한다.

"해보시지, 《날개 사냥꾼》!!"

"그래."

우리는 거의 동시에 움직였다. 식사 시간에도 그랬지만 이바는 나와 비슷한 정도의 속력을 지니고 있는 것 같다. 그러나 과연 반응 속도는 어떨까?

"컥……!"

이바의 일격을 받아넘긴 나는 주먹을 상대의 복부에 날렸다. 어느 정도 예상한 일이다.

계속해서 나는 몇 번의 공격을 이바에게 쏟아부은 후, 발로 차 버렸다. 그러나 벽으로 내동댕이쳐진 이바는 아직 움직일 수 있는 모양이었다. 반쯤은 막을 수 있었을 것이다. 아마추어였다면 이미 병원행이었겠지.

"하핫……! 너처럼 맨주먹이 강한 녀석은 처음이군……! 《날개 사냥꾼》, 괴물이냐……!!"

"전투 경험이 있다면 방금 이해했을 텐데? 내가 더 강하다.”

“그럴지도 모르지……!”

“《블레스》가 있다면 써라. 죽고 난 뒤에는 늦으니까.”

“시지마 출신은 제정신이 아닌 건가? 조금 전까지만 해도 같이 밥을 먹던 상대라고? 그리고 난 《블레스》 따위 가지고 있지 않아!! 너랑 마찬가지로 말이야!!”

이바는 주머니에서 꺼낸 무언가를 투척했다. 여태껏 이바가 사용한 무기는 내가 건넨 맥가이버 칼뿐이었다. 저런 건 무기로서 적합하지 않다. 이에 호응하듯, 나도 투척했다.

맥가이버 칼과 에어건이 공중에서 충돌했다. 칼날이 총신에 꽂혀 부러졌다.

“짧은 크리스마스 선물이었네.”

“그러게 말이다. 아깝군.”

“설마 계속할 생각인가? 무기도 이능력도 없는 너는 내 적수가 안 돼. 잘 알고 있을 텐데?”

“맞는 말이야. 길가에 굴러다니는 잔챙이들이라면 몰라도, 나 혼자서는 널 이기지 못해.”

“그럼 포기해. 나는 너를 죽이고 싶지 않아.”

“의미 없는 대화다. 포기할 여지가 있었으면, 애초에 이런 일은 안 벌어졌을 거야.”

등 뒤에서 기척이 났다. 나는 옆으로 뛰어 그 기습을 어떻게든 피했다. 빈 와인병을 든 하구사 씨가─ 나를 노려보며 이바의 옆에 섰다.

"——안 그래? 파트너."

"맞, 아. 저기…… 아아, 아파. 머리가…… 뇌가. 요…… 타로. 으윽……."

하구사 씨의 상태가 이상하다. 병을 떨어뜨린 하구사 씨는 양손으로 머리를 감싸 안고, 눈에 보일 정도로 극심한 떨림에 휩싸였다. 두통일까. 상태가 이상했으나 이바는 냉정했다. 그리고 또 한 마리——.

『너는 아키! 너는 아키! 너는 아키! 너는 아키! 너는 아키!』

카쿠카쿠가 하구사 씨를 보고 미친 듯이 그 이름을 연호했다. 이런 상황에서 **하구사 씨가 하구사 씨로 있도록 만들고 있다.** 마치 기억이 어지럽혀진 그녀를 되돌리듯.

"응…… 맞아. 나는…… 하구사 아키야. 떠올릴 수 있어. 아직 괜찮아. 나는 아직 나야. 요타로, 여기 이 사람은 적이지?"

하구사 씨는 순식간에 나를 그렇게 판단했다. 즉, 나를 **망각했다.** 역시 하구사 씨는 기억 능력에 어떠한 문제가 있는 것 같다. 그러나 정답을 얻었어도 상황은 악화할 뿐이다.

"그래. 미안하지만 좀 도와줘. 끝난 다음에는 쉬어도 되니까."

"알겠어."

2:1 상황을 생각한 나는 경계를 높이고 『대기』 자세를 취했다.

이쪽에서 먼저 공격할 생각이 없었기 때문이다. 그러나 그렇기에 하구사 씨의 행동에 의표를 찔리고 말았다.

……키스하고 있다. 하구사 씨가 이바의 입술에. 아무리 봐도 전투 중에 할 행동이 아니다.

즉 이건 두 사람에게 있어서 다른 의미가 있는, 의식 행위에 가깝다.

"사이가와. 하나 정정하지. 나는 이능력자가 아니다. 하지만 너와 같은 무능력자도 아니야."

"젠장……."

"나는 그 중간—— **아능력자**(亞能力者)다."

날개 모양의 멍이, 이바의 뺨에 나타났다. 조금 전까지는 존재하지 않던 멍이다.

말도 안 돼. 후천적이면서 능동적으로 《블레스》를 사용할 수 있다는 애기는 들어본 적이 없다.

노력으로 어떻게 되는 것이 아니다. 무슨 수를 써도 몸에 익힐 수 없다. 그러나 이바는 지금 순식간에 이를 획득했다. 하구사 씨와의 키스를 통해. 그렇다면 생각할 수 있는 것은 하나.

"다른 사람이 《블레스》를 사용하게 하는 《블레스》라고?!"

"비슷해. 자세한 건 안 알려줄 거지만."

(곤란해……. 적어도 무기가 있었더라면…….)

만에 하나 이렇게 될 것을 상정한 나는 그 건틀릿을 오늘 여기로 가져오려고 했다. 그러나 히토미 주임이 『아직 제작 중이다!』라고 했기에 어찌할 도리가 없었다.

뭐, 떼를 써도 별수 없다. 어차피 할 수 있는 일은 한정되어 있다. 상대의 《블레스》의 상세한 내용을, 전투 중에 어떻게든 파헤치고 이바를 쓰러뜨려야만 한다.

우리는 서로 그 자리에서 움직이지 않았다. 이바는 **한쪽 눈을 감고 있었다.**

"윽!!"

순간적으로 몸을 굽힌 나는 이바의 시야에서 벗어나기 위해 옆으로 뛰어서 거리를 벌렸다.

등에 일직선으로 열감이 느껴졌다. 와이셔츠가 찢어졌을 뿐만 아니라 피부까지 도려내졌다.

이런 식의 통증은 익숙하다. 리츠카가 특기로 삼던──.

(참격이라니?! 하지만 이바는 칼을 가지고 있지 않아. 움직이지도 않았어! 보이지 않는 칼을 날렸나?! 어째서 전투 중에 한쪽 눈을 감은 거지?! 그게 조건인가?! 뭐가 됐든……!!)

"하, 그걸 피했다고?!"

"요타로. 난 어떻게 하면 돼? 저 사람을 억누르러 갈까?"

"필요 없어. 너는 구석에서 가만히 서 있기만 하면 돼. 괜히 가까이 갔다가 인질로 잡히기라도 하면 끝이야."

나는 부엌으로 미끄러지듯 몸을 숨겼다. 직감적으로 이바의 시야에서 벗어난 것이, 아마도 나의 생명을 연장해 주었을 것이다. 이바가 『어떤 방법으로 상대를 베는 능력』을 지니고 있다면, 그것은 상대를 직접 바라보지 않는 이상 발동하지 않는다고 추측했기 때문이다. 실제로 몸을 숨긴 지금, 나의 몸은 아직 무사하다.

(등에 난 상처는 별거 아니야. 무엇보다 나 이외의 것, **즉 벽이나 바닥은 베이지 않았어.** 이 찰과상으로 얻은 그 정보는 커.)

비교적 피가 많이 흐르고 있다는 느낌은 들었으나 상처의 범위가 넓을 뿐, 깊이는 그렇게까지 깊지 않을 것이다.

"나와라, 사이가와. 다음엔 놓치지 않을 거니까."

그렇게 말하며 이바는 서서히 이쪽으로 접근했다. 부엌은 막혀 있고, 어디에도 도망갈 곳은 없다. 이바가 여기까지 다가온 시점에서 나는 아마 막다른 길에 몰렸을 것이다. 치고 나갈 수밖에 없다.

(도박이군……. **예상**이 빗나가면 죽을 거야.)

이바의 목적은 아직 자는 리츠카의 목이라고 했다. 그

말에 거짓은 없을 것이다.

그리고 그것을 막는 나는 단순한 장애물일 뿐이다. 한 명을 죽이든 두 명을 죽이든, 그것은 이바에게 있어서 크게 다르지 않겠지. 무엇보다 저건『필살(必殺)』에 속하는 《블레스》다. 그러므로 적당히 봐줄 가능성은 별로 없다.

"나오지 않는다면, 지금 네 녀석의 아내를 죽이겠다."

"윽, 이바아아아아아아————————!!"

절규와 함께 나는 부엌에서 뛰쳐나왔다.『대기』하고 있을 때가 아니다.

리츠카가 노려지기 전에 표적을 이쪽으로 돌려야만 한다.

"월척이군! 죽이겠………?!"

이바의 앞으로 뛰쳐나온 나는 오른손에 든 프라이팬으로 얼굴을, 왼손에 든 도마로 내 몸통을 각각 가리고 있었다. 딱히 장난치고 있는 것은 아니다.

쩌억, 하고 굵은 도마가 두 동강이 났다. **예상**이 적중했다.

"절규는 정신을 다른 데로 돌리게 하기 위한 연기였나, 젠장!!"

(이건 보이지 않는 참격이 아니라, 시야에 들어온 대상을 **절단하는 능력!**)

만약 이바의 《블레스》가『보이지 않는 칼을 초고속으로 날리는 능력』이었다면, 나는 이번 공격으로 죽었을 것이다. 도마째로 베였을 테니까. 그러나 그 가능성은 높지 않았다. 그 경우, 첫 번째 참격은 나의 등과 벽, 바닥에도 상처를 입혀야 했다. 하지만 실제로 상처를 입은 것은 나의 등뿐이었다.

더욱이 몸을 숨기면 추격해 오지 않은 시점에서, 최소한 이하의 요소를 생각할 수 있었다. 『①절단하기 위해선 시야에 대상이 들어와야 한다』『②동시에 절단 가능한 것은 하나뿐이다』『③시야에서 조금이라도 벗어날 경우, 위력이 대폭 감소한다 (추측)』『④한쪽 눈을 감지 않으면 사용할 수 없다 (?)』

그래서 순간적으로 나타난 대상이 손에 든 무언가로 몸을 가린 경우, 이바의 《블레스》는 순간적으로 **가리고 있는 물건을 우선으로 절단한다.** 다만, 방어구처럼 몸에 착용하는 것이라면 방어구 = 신체로 간주 되어 틀림없이 위험했을 것이다. 옷은 찢어졌으니까.

나는 프라이팬을 내던졌다. 그리고 망설임 없이 주머니에 집어넣어 뒀던 포크를 꺼냈다.

이걸로 이바의 목을 찌를 것이다. 그 《블레스》를 연속으로 사용할 수 있을 리가 없다. 이능력이란 의외로 좋은 밸런스를 갖추고 있기 때문이다.

"끝이다……!!"

"쳇———."

근접 격투는 압도적으로 나에게 유리하므로 이걸로 결

판이 날 것이다…… 그럴 터였다.

──채앵!

포크가 꽂히지 않았다. 이바의 목과 그 포크 끝에 작은 **얼음벽**이 나타났다.

"로, 로우 군. 도대체 무슨 짓을──."

잠에서 깬 리츠카가 나와 이바의 전투를 보고── 이바를 위기에서 순간적으로 구해냈다.

당연하다. 리츠카는 아무것도 모른다. 그러나 이바는 그렇지 않다. 한쪽 눈이 감겨 있다.

"리츠카!! 이바의 시야에서 벗어나!!"

"뭐……?"

"바보 자식. 먼저 노리는 건 네 녀석이다."

리츠카와 나, 둘 중 하나가 공격당한다면 그 사람은 내가 되어야 한다. 이바가 날 배제하기로 했으니, 최악의 사태는 피했다고 말할 수 있다. 문제는 이 근접 거리에서 이바의 《블레스》를 회피할 방법이 없는 이상, 이제 나는 죽음이 코앞이라는 점이다.

(큭! 적어도 리츠카가 도망갈 시간만이라도──.)

"요타로!!"

이바의 눈동자가 열린 것과 하구사 씨가 나를 날려 버린 것은 완벽히 동시에 벌어졌다.

촤아아악. 빗소리처럼 벽에 붉은 피가 튀겼다. 그리고

팔랑팔랑 뭔가 흩날리는 소리도 났다. 나는 상황을 확인하기 위해 바로 몸을 일으켰다.

"하, 하구사 씨!!"

"으윽, 아파……. 내 몸, 두 동강 난 건 아니지……?"

"괜찮아. 어떻게든 막았으니까. 조금 다치긴 했어도."

팔이 베인 하구사 씨와 옆에서 하구사 씨를 도와주는 리츠카. 두 사람은 무사한 것 같았다.

한편, 공격 대상을 잘못 포착한 이바만이 한 걸음, 두 걸음 후퇴하고 있었다.

"……아키. 마지막 순간에 돌아온 거냐."

"그런 것 같아. 요타로, 무슨 일이 일어나고 있는지 설명해 줘. 그리고 능력을——."

"로우 군도…… 무슨 일이야? 어째서 이런 짓을……."

"음, 그게, 어디서부터 설명해야 하지……."

"——《바실리스크(마안일섬)》!"

전투 종료인 줄 알았으나 그게 아니었다. 이바가 《블레스》의 이름을 외쳤다. 색이 옅은 선글라스 너머로도 알 수 있을 정도로 그 눈이 붉게 물들어 있었다.

이 녀석은 무엇 하나 포기하지 않았다. 아직도 나와 리츠카를 베려 하고 있다.

그 이유는 이제 왠지 알 것 같았다. 아마도 하구사 씨를 위해서—— 사랑하는 사람을 위해서다.

『사랑』은 무엇보다 우선한다. 인간관계든 일이든. 형님의 말이 뇌 안에서 반향을 일으켰다.

내가 리츠카를 지키기 위해서라면 이 세상 전부를 적으로 돌릴 수 있듯.

이바 역시 하구사 씨를 위해서라면 모든 것을 적으로 돌려 싸울 수 있는 남자다.

"죽이겠다……!!"

전력으로 사용할 경우, 저 절단 능력은 어떻게 변화할까. 절단 대상이 늘어나나? 시야에 들어오기만 해도 한순간에 두 동강이 나나? 아니면 대상을 보지 않아도 발동할 수 있게 되나?

뭐가 됐든 내가 할 수 있는 것은 그렇게 많지 않다. 반사적으로 몸이 움직였다.

"리츠카!!"

"요타로!! 하지 마!!"

"닥쳐! 이제는 물러날 수도 없어!!"

내 몸을 던져서 리츠카를 껴안았다. 대상을 인식하지 않으면 절단할 수 없다는 조건만은 불변하길 기도할 수밖에 없다. 그래서 내가 죽는다 해도, 리츠카라면 이바에게 반격할 수 있다. 살아야 하는 것은 리츠카이기 때문에 나의 이 선택은 옳다.

눈을 깜빡인 이후에는 내 인생이 끝나 있을지도 모른다.

그런 경험이 지금까지 없었던 것은 아니다.

죽을 고비라면 몇 번이고 경험했으며, 이겨내 왔다. 나는 계속 살아 남아왔다.

그러나── 결혼하고 나서는 이런 적이 한 번도 없었다.

그렇기 때문일 것이다. 나는 리츠카를 껴안으면서 그녀의 향을 맡고 솔직하게 생각했다.

아직, 죽고 싶지 않──.

"메리이이이이이이이이이이이이이이이이이이이이이크리스마아아아아아아아아아아아아아아아아스!!!"

차례차례 하구사 씨 집의 유리창이 깨지며, 포탄 조각인지 뭔지가 발사되었다.

그 포탄은 나와 리츠카를 뒤덮을 정도로 갑자기 부풀어 올랐다. 그러나 한순간에 산산조각 났다. 『절단』된 것이다. 몇 번이고 몇 번이고, 무수한 참격을 맞은 것처럼.

만약 이 포탄이 나와 리츠카였다면…… 분명 둘 다 즉사했을 것이다.

그리고 포탄 속에서 붉은 옷과 붉은 모자를 쓴, 흰 수염이 자라난 침입자가 나타났다.

오늘은 크리스마스이브…… 성스러운 밤의 침입자는, 산타클로스.

산타는 들고 있던 큰 자루를 열었다. 거기서 튀어나온 것은, 포탄. 아니──.

"내가 왔다아아아아아아아아아아아아아아아아아!!!"

대량의 점토 구슬이 방출되었다.

아니, 산타가 아니라 형님이었다. 어째서? 아무리 그래도 너무 막무가내 아니야?

"뭐야, 이 변태 자식은?!"

"닥쳐, 멍청아! 변태가 아니라 산타잖아, 어떻게 봐도!!"

"그럼 먼저 죽어라, 변태 산타……!!"

이바가 형님을 붙잡았다. 방 안은 슈퍼볼처럼 많은 양의 점토 구술이 난반사하고 있었다. 그러나 점토들은 주인이 공격 대상이 되는 순간, 단번에 결합하여 『벽』이 되었다.

"니는 눈으로 공격하제? 잘은 모르지만. 내한테는 안 통할끼다? 잘은 모르지만."

점토의 『벽』은 이바와 형님 사이를 가로막았다. 아무리 벽을 잘라본들 무의미하다.

그리고 그 『벽』은 거대한 아메바처럼 꿈틀거리며 마치 잡아먹으려는 듯 이바를 붙잡아 포박했다. 조심스레 그 두 눈을 점토로 덮으면서.

"젠장!! 이거 놔, 이 자식!!"

"자, 종료. 리츠!! 이 녀석, 죽여도 되지? 잘 모르지만."

"안 돼! 이제 설명 좀 해줄래?"

서로 비장의 수단을 숨긴 상태라면 모를까, 난입 시점에서 형님은 이바의 능력을 간파하고 있었던 모양이다. 너무나도 쉽게 결판이 났다. 새삼스럽지만 리츠카에 버금가는 《조직》의 실력자였다, 이 변태 점토 산타클로스는. 어쩌면 이미 싸움을 관둔 리츠카보다, 이러니저러니 지금도 능력을 사용해서 가끔 날뛰는 형님이 더 강할지도 모른다.

"그건 그렇고 형님이 어째서 여기에 계신 거죠? 아무도 안 불렀는데요."

"산타니까!"

"전혀 설명이 안 되거든……."

"아…… 아앗……! 이분은……!"

"내는 산타라니께~. 설명은 이쪽한테 들어라."

형님이 자기 핸드폰을 나와 리츠카 쪽으로 던졌다. 요시노와 통화 상태였다.

"앗. 요시노?"

『여보세요, 릿카? 산타와는 만났어?』

"응…… 왔어."

『다행이야. 시간에 딱 맞춘 것 같네. 산타가 좀 날뛰었지?』

"응…… 날뛰었어."

"쿠리 씨. 이게 무슨 상황이야? 설명해 줘."

『우리가 《오르간》이랑 관련이 있는 양아치를 조사하고 있다는 얘기는 카야마한테 들었지? 카야마는 최근에 그 녀석을 찾아내서 미행하고 있었어. 앗. 그것보다 사이가와 씨, 그 양아치랑 친해졌으면 먼저 카야마한테 말했어야지?! 잠자코 있다니, 너무해!』

"……미안."

카야마가 이바의 사진을 보여줬을 때, 나는 이바와 안면이 있다는 사실을 숨겼다.

이유는 뭐, 내가 먼저 이바를 알아보려고 생각했기 때문이긴 한데.

『하지만 카야마는 그때, 사이가와 씨와 양아치가 아는 사이라고 눈치챈 것 같아……. 아무튼 카야마는 오늘 양아치의 집에 두 사람이 들어가는 걸 확인했고, 나는 카야마에게 일단 안의 상황을 살피라고 말해 두었어. 그랬더니 사이가와 씨랑 양아치가 배틀 만화 분위기를 뿜어내더라고. 그래서 만약을 위해 산타클로스에서 연락을 넣은 거야. 릿카가 있는 곳이라면 지옥에라도 따라갈 테니까, 저 산타.』

저래 보여도 탐정이라는 건가. 카야마는 이 자리에 없을 뿐, 어떤 수단을 써서 이 방의 상황을 훔쳐보고 있었던 모양이다. 어느새 우수한 탐정이 되었다.

"근데 왜 하필 오빠한테 연락한 거야? 관계없잖아……."

『그게, 그 토라 오빠 산타, 오늘 두 사람 집에 말없이 돌격한 것 같아. 하지만 집에 없으니까, 나에게 전화로 릿카가 있는 곳을 물어본 거지. 그래서 내가 릿카가 있는 곳을 알아내서 나중에 다시 걸 테니까 대기하고 있으라고 말해 놨어.』

"진짜로 온 거냐……."

"오빠……."

즉, 카야마와 쿠리 씨가 이바를 조사하고 있던 것과는 전혀 관계없이, 형님은 산타 코스프레를 하고 우리 집에 무허가 돌격을 했을 뿐인가. 결과적으로는 도움이 되었지만…….

『일단 지금부터 카야마를 그쪽으로 보낼 테니까 그 이후의 일은 그 녀석에게 물어봐. 그럼, 메리 크리스마스! 뭐, 나는 지금도 일하는 중이지만! 켁!』

최종적으로 욕설을 퍼부은 뒤, 쿠리 씨는 전화를 끊었다. 나는 다시 산타에게 핸드폰을 던졌다.

그리고 점토에 붙잡혀 있는 이바에게 돌아섰다.

"……이바."

"뭐냐. 이제 저항은 안 해. 죽이고 싶으면 맘대로 해."

"진짜로?! 때려죽여도 된다고 하는데?!"

"진정하세요, 형님……. 저기, 하구사 씨. 이바의《블레스》는."

"괜찮아요. 방금『회수』했어요."

"알겠습니다. 그럼 형님, 이바를 풀어주세요."

"어쩔 수 없지. 산타니까……."

이 사람이 있으면 모든 공기가 폭발하는 것 같다…….

점토에서 벗어난 이바는 크게 심호흡하며 의자에 주저앉았다.

"……이미 다 봤겠지만, 아키는『기억』이 불안정하다. 항상 누락과 복원을 반복하고 있어. 그래서 심할 때는 자기 이름도 까먹고, 전날 만났던 녀석조차 잊어버려. 자기 증상에 대한 것조차 잊어버리는 날도 있었지. 이렇게 된 지도 벌써 몇 년이 지났어."

중얼중얼, 이바가 이야기를 시작했다. 나는 잠자코 다음에 이어질 말을——.

"뭐?! 아키 씨, 그런 병을 앓고 있었다고?!"

"응. 리츠카도 어렴풋이 눈치챘을 줄 알았는데……."

"전혀…… 로우 군도 알고 있었던 거야?"

"만난 지 얼마 안 됐을 때부터 별난 사람이라고 생각하긴 했지……."

"거짓말! 나만 몰랐다니?!"

"너희 부부는 도대체 뭔데?!"

"오? 음식이 남았네? 내 이거 먹을 테니까 저쪽 가서 이야기해라."

"마음대로 먹지 마, 망할 산타!!"

이바가 조금 불쌍해졌다. 리츠카는 아마 하구사 씨가 조금 이상해도 눈치채지 못하고 (신경 쓰지 않고?) 사이좋게 지냈을 것이다. 나와는 달리 상대의 일관성을 따지지 않고, 그 사람이 좋으니까 좋아하는 타입이다. 자잘한 건 신경 쓰지 않는 타입이라고도 할 수 있다.

"그 병은 고칠 수 없는 건가?"

"그래, **병이 아니니까.**"

"뭐? 그럼 대체 뭔데?"

"이건『대가』다. 이 녀석이 지닌 《블레스》의."

"『대가』라고……?! 잠깐, 기다려. 그러면 힘을 안 쓰면 되잖아!"

각자가 지닌 능력이 다르듯, 『대가』 역시 다르다. 리츠카는 체온의 저하, 형님은 신체의 건조, 그리고 이바의 경우, 눈이 몹시 충혈되는 걸 보면 아마 안구에 부하가 걸리는 것이 『대가』일 것이다. 그러나 이것들은 모두 《블레스》를 사용하기 때문에 발생한다.

하지만 이바는 그렇게 말할 줄 알았다는 듯 고개를 저

었다.

"너희 같은 우반자와는 달리, 아키의 능력은 상시 발동 형태야. 끊을 수가 없지. 그래서 평생『기억』의 누락과 복원이 계속 발생한다. 자고 있을 때조차."

"상시 발동형의《블레스》인가."

"우, 우반……?"

리츠카가 나에게 시선을 보냈다. 아마 그녀는 우반자란 단어가 생소할 거다.

뭐, 일일이 설명하는 것도 좀 그랬기에 나는 그냥 넘어가기로 했다.

"봄버맨 해골 아이템에 걸리가 설사 범벅 폭탄을 싸지르는 놈 같구만~."

"닥치고 처먹어, 설사 산타!!"

비유는 더러웠으나 미묘하게 정곡을 찌르고 있었다. 확실히 그것은 축복이 아니라 **저주**다.

"그래서 의학으로는 아키를 고칠 수 없어. 그래도 나는 아키에게 뭐든 해주기 위해── 모든 방법을 써서《블레스》를 조사하는 인간을 찾아냈다. 그리고 발견한 게 너희가 말하는《오르간》이야."

"아니, 잠깐. 그럼 너는《오르간》소속이 아니라는 건가?"

"그래. 나와 연락하는 녀석이 그렇게 자칭할 뿐이지. 그 녀석은《블레스》전문 과학자로,《블레스》를 자세하게 연구하고 있는 것 같다. 그래서 나에게 매번 『일』을 의뢰하고, 달성하면 그 대가로 약을 건넸어. 그게 아키에게 준 약…… 천식약의 정체다. 실제로 그걸 복용하면 아키의 증상은 상당히 억제되었다. 이제는 그 약 없이는 살 수 없을 정도로."

이바가 《오르간》이 아니라, 이바와 연결된 그 과학자가 《오르간》이라는 건가. 역시 《오르간》은 개인을 지칭하는 코드 네임인 모양이다.

"저기, 오르간이라니, 악기를 말하는 거야……?"

"크리스마스에 어울리네~."

나기라 남매가 전혀 이야기를 따라오지 못하고 있다. 《오르간》이라는 단어를 들으면 당연히 악기밖에 떠오르지 않을 것이다. 뭐, 리츠카에게는 다음에 다시 설명하기로 하자. 지금은 어쨌든 알고 싶은 것이 많다.

"『일』은 원래 그렇게 대단한 게 아니었어. 지정된 우반자의 모발이나 체조직의 조각 같은 걸 채취하기만 하면 됐거든. 그래서 요타로는 나를 위해서 회사에 다니지 않고, 《오르간》의 지시를 받아 계속 약을 조달해 줬어."

"그랬던 거군."

"이바의 요타로 씨……."

이바는 오로지 하구사 씨의 『대가』를 완화하기 위해서 움직이고 있었다.

그것이 비록 자신의 삶을 버리고 누군가의 꼭두각시가 되는 것이라 할지라도.

"아니, 내가 회사에 다니지 않는 건, 프로 파친코 선수가 되기 위해서다. 《오르간》이랑은 상관없어."

"이게 뭔…… 거기는 그냥 지시 때문인 걸로 넘어가. 부탁이니까……."

여자를 울리는 쓰레기 짓은 원래 성격이란 거잖아. 잠깐 든 동정심이 아깝네.

"……그럼, 이번 『일』만이 지극히 특수했다는 건가?"

"그래. 뇌 샘플을 요구했다는 말을 괜히 장황하게 설명했군. 기일은 배송 시간을 포함해서 생각하면 오늘까지. 그전까지 사이가와 와이프의 목을 넘기라고 했다. 정신 나갔지? 그 녀석도── 실행하려고 했던 나도."

"동감이다. 역시 죽이는 게 낫지 않겠나? 방금 한 말 때문에 산타도 빡칠 것 같은데."

형님이 조용히 화를 내고 있다. 여동생이 표적이 되었으니 당연한 반응이다. 나 역시 그랬다. 솔직히, 지금 이렇게 이바와 대화할 수 있는 것만으로도 기적이다. 이 녀석에게도 짊어질 것이 있다는 것을 알았기 때문에, 리츠카가 무사했기 때문에, 그 결과 냉정함을 유지할 수 있을 뿐이다.

만약 이바가 리츠카를 죽였다면, 나는 인생을 바쳐서라도 이바에게 복수했을 것이다.

“나의, 뇌 샘플……?”

“……요타로. 나는…… 그런 거, 바란 적 없어.”

“아앙? 뭔 소리야, 이 망각녀가.”

“나는 친구를 희생시키면서까지 내 기억을 유지하고 싶지 않아!! 어째서 나한테 먼저 얘기하지 않은 거야?! 혼자 그런 걸 정했다고?! 무언가 하나라도 잘못되면 돌이킬 수 없게 되잖아!! 너는 리츠카와 로우시 씨를 그 손으로 죽이려고 했어!! 그건 용서받을 만한 일이 아니야!!”

“시끄러워. 어차피 너는 무슨 말을 해도 금방 잊어버리잖아. 그러니 너랑은 아무런 상관없어.”

“그렇지 않아!! 전부 내가 원인이니까!!”

비통한 외침이었다. 이바는 의미도 없이 악행을 저지르지 않는다. 그것은 여기 있는, 형님을 제외한 사람은 모두 알고 있다. 알고 있으나, 이바가 우리를 습격한 사실은 사라지지 않는다.

그 이유가 하구사 씨인 것 또한 변하지 않는다. 그렇기에…… 이렇게나 허무한 것이다.

“그게 아니야. 원인은 너지만 동기는 그렇지 않아. 이건 나를 위한 거다.”

그러나 이바는 분명히 부정했다. 타인을 이유로 삼지 않았다.

“내가 가장 무서운 건 **네가 나를 잊는 거야.** 아니, 벌써 몇 번이고 잊었어. 그 사실조차 잊으니까 너는 자각조차 없겠지만. 그래서 더 이상 나는…… 좋아하는 여자에게 잊히고 싶지 않아. 그걸 위해서라면 악한 길에라도 들어설 수 있어. 네가 무슨 말을 하든, 이건 나를 위해서다."

"그래도…… 안 돼. 그런 말은 하지 마……."

"그럼, 날 잊지 말아줘."

"요타로……."

어느 날 잠에서 깼을 때, 옆에 있는 리츠카가 날 전부 잊었다면.

나는 아마 세상이 끝났다고 생각할 것이다. 아니, 세상이 끝나버리는 게 낫다.

그럼에도 계속되는 세상에서 리츠카가 나만 기억하지 못하는 일 따위, 견딜 수 있을 리가 없다.

이바는 그것을 몇 번인가 경험했다. 지금 하구사 씨는 이바를 확실히 기억하고 있으나, 그렇지 않을 때도 있었다. 그건 우리들로서는 감히 짐작할 수 없는, 이바만의 지옥이었을 것이다.

그리고 그 지옥에, 어떤 형태로든 얼마 안 되는 광명이 있다면——.

"……이바. 나였어도 나도 너와 같은 행동을 했을 거야."

"그래? 하지만 의미 없는 위로군. 그럼 같이 죽어 줄 건가? 네 와이프랑."

"그건 안 돼."

"그렇겠지. 그래서 둘이 충돌했고, 나는 지고, 너는 이겼다. 게임 오버야. 《오르간》의 업무 조건에 의하면, 계약을 지키지 않은 시점에서 모든 관계는 중단된다. 기일은 오늘…… 내일부터는 더 이상 녀석에게 연락이 오지 않을 거야. 이쪽에서 연락할 수단도 없으니 이걸로 끝이다."

모든 것을 포기한 것처럼, 이바는 내뱉듯이 말했다.

기일 직전에 결행했다는 것은, 그때까지 줄곧 이바 나름대로 갈등했다는 얘기가 된다.

리츠카를 노릴 기회 자체는 지금까지 여러 번 존재했음에 틀림없으니까.

"그럼, 약은……."

"나는, 그래도 괜찮아. 요타로가 악행을 저지를 바엔 더 이상 이런 약을 먹지 않겠어. 요타로가 나를 위해서라고 말했으니까, 나는 나를 위해 그렇게 할 거야."

"그것도 의미 없는 고집이잖아. 이제 와서 새삼스레 뭘 해본들 소용——."

"하핫. 그럼 그 《오르간》을 붙잡아서 약을 직접 만들게 하면 되잖아."

"우와앗!! 카야마?!"

“이 녀석은 또 뭐야?!”

“기척이 전혀 없었어……. 카야마 선배, 대단해…….”

어느새 집안에 카야마가 들어와 있었다. 그러고 보니 쿠리 씨가 이 녀석을 보낸다고 했었지. 적어도 인터폰 같은 걸 누르란 말이다.

“비교적 오래전부터 있었는데? 아, 안녕하세요. 사이가와 부부의 친구이자 쿠로바 탐정사무소 소속 탐정, 카야마 레이치입니다. 현재 어떤 분의 의뢰로 그 《오르간》에 대해 조사하고 있습니다. 여기 계신 양아치분이 중요 참고인이니, 아무쪼록 협조해 주셨으면 합니다.”

“……그 녀석을 찾는 건 불가능해. 나도 몇 번이나 시도했지만, 녀석은 더럽게 조심성이 많아서——.”

“이 세상에 찾지 못하는 인간은 없어. 세계 어딘가에 있어서 누군가와 연결되는 한, 흔적이 남으니까. 처음에 어떻게 해서 《오르간》과 접촉했지? 그 녀석은 우반자 샘플을 평소에 어떻게 회수하고 있고? 전에 연락이 왔을 때 전화번호는 자세히 조사해 봤어? 만약 매번 전화번호가 다르다면, 그만큼 많은 전화기를 조달한 방법은? 약을 조제한다면 그에 상응하는 설비가 필요하지 않을까? 그런 것을 전부 실현할 수 있는 장소는 이 나라에 한정적일 거야. 뭐, 현시점에서 조사해야 할 건 이 정도 있긴 한데 문제는 일손이 부족하다는 거겠지.”

술술 말하는 카야마. 분명 상대가 유령이 아닌 한, 이 세계 어딘가에 존재하고 있을 것이다. 찾을 수 없다는 것은 이바의 일방적인 생각에 지나지 않는다고도 말할 수 있다.

"⋯⋯사이가와!! 이 롱헤어는 도대체 뭐야?! 네 친구냐?!"

"뭐⋯⋯ 응."

"하지만 이 사람 말이 맞아. 확실히 《오르간》이 있는 곳을 알아내면 여러 가지로 어떻게든 될지도 몰라. 저기, 카야마 씨! 우리에게 한 번 이야기를⋯⋯."

"으아악──!!"

"앗, 저기, 카야마 씨?"

"여자가 있잖아!!!"

"진짜 뭐 하는 놈이야, 이거⋯⋯."

하구사 씨가 접근한 탓에 전신을 경직시키면서 뒤로 뒹군 카야마는 등을 땅에 세게 내려친 충격으로 다시 자리에서 일어났다. 그야말로 오뚝이다. 인간 맞아?

"미안해, 아키 씨. 이 사람은 여자 공포증이 있으니까 가까이 다가가지 마."

"나보다 사는 게 힘들 것 같아⋯⋯."

"허억, 허억⋯⋯. 뭐, 뭐, 오늘은 이미 늦었으니, 앞으로 연락을 긴밀히 주고받으면 되지 않을까? 우, 우욱. ⋯⋯토할 것 같아. 여기 내 명함이야. 뭐든 포기하기 전에 먼저 의지할 수 있는 사람에게 의지하는 편이 좋아, 이바 군. 의외로 네 곁에는 착한 사람이…… 우웩."

"토하랴 말하랴, 바쁜 녀석이군……."

카야마가 쩔쩔매며 명함을 건넸다. 명함을 받은 이바는 우리 모두의 얼굴을 차례로 바라봤다.

착한 사람이라. 자기가 그렇다고 자부하는 것도 좀 그렇다고 생각하지만 뭐.

"──너에게 협조하겠다. 내가 할 수 있는 일이라면 뭐든지 말이야."

"친구를 위해서 저도 도와줄게요! 뇌는 안 줄 거지만!"

카야마가 일손이 부족하다고 말했으니, 조금 정도는 도와줄 수 있다.

"……그만둬. 쉽게 용서하지 마. 조금 전까지 너희들을 죽이려고 했던 쓰레기라고, 나는."

"하핫. 그런 쓰레기에게도 상냥하니까 착한 사람들이라는 거야. 아아, 어쩐지 그리운데."

그러고 보니 6년 전 카야마도 비슷한 상황이 있었다. 그걸 떠올리는 건가.

"딱히 널 용서한 게 아니야. 이 이상 나와 리츠카에게 피해가 가지 않도록 하기 위해서다. 그러니 나도 **날 위해서** 너에게 협력하겠어. 이러면 되지?"

"사이가와, 너……."

"다음에 요타로 씨가 저희한테 밥을 사면 되죠!"

"너무 싼 거 아니야? 정말 그걸로 되겠어?"

"요타로. 도움을 받자. 우리끼리는 불가능하지만, 그들과 함께라면 어떻게 될지도 몰라.《오르간》을, 모두 함께 찾지 않을래?"

하구사 씨가 이바의 손을 부드럽게 잡았다. 시작을 거슬러 올라가면, 그녀의『대가』를 어떻게든 해주고 싶었을 뿐, 나나 리츠카와 싸운 것은 그 과정에 불과하다. 따라서 으르렁거릴 필요는 더 이상 없다.

"아아, 젠장……. 알겠어. 전부 내 패배야. 그렇다면 패배자로서, 너희가 날 받아들여 준다면, 조금만 더 나도 발버둥 치고 싶어."

"응!"

"아앙? 내는 니놈을 살려둘 생각이 쥐뿔도 없는데? 잘도 내 귀여운 리츠를 죽이려 했겠다? 피로 물든 크리스마스를 만들어 주마, 멍청이 새끼야!!"

"오, 오빠! 잠깐 조용히 좀 해!"

"리츠. 이거는 중요한 이야기다. 농담하는……."

"여, 역시!! 쿠레이 토라지 씨죠?! 그『도토리』의!!"

눈을 반짝이며 하구사 씨가 형님에게 달려들었다.

응? 이 사람도 변태 점토 산타클로스풍 변태의 팬인가? 말도 안 돼……!

"그렇다만…… 아, 설마 리츠가 말한, 전에 내 사인 갖고 싶어 한다는 새로운 친구가 이 아인가?”

“맞아! 하구사 아키 씨!”

“호오. 그럼 마침 잘됐네. 온 김에 리츠 줄라캤으니까.”

형님은 대량의 점토를 방출한 그 자루에서 색종이 하나
를 꺼냈다. 그러고 보니 리츠카의 친구에게 사인해 줘야
한다는 말을 전에 했었지. 그게 하구사 씨였나.

색종이를 직접 건네받은 하구사 씨는, 오열하고 있었다.

“기뻐요오오오오~. 평생 보물로 간직할게요오오오오~.”

“크하~~~! 남자를 보는 눈은 좀 그렇긴 해도 죽이는
거는 봐주기로 할까~. 내 팬을 울리는 기는 안 좋으니 말
이다~. 이봐, 쓰레기 남! 이 애한테 고마워해!!”

“시끄러워……. 이미 고마워하고 있거든?”

독자적인 논리로 형님은 이바를 향한 분노를 거둔 모양
이다. 만약 하구사 씨가 형님의 팬이 아니었다면 그 후 정
말로 이바를 엉망진창으로 만들었을 것이다.

“결국 그 《오르간》이라 하는 쓰레기 남한테 지시를 받은
기제? 잘은 모르겠지만 이래 뒤에서 조종하는 놈이 젤 열
받는다. 그러니 그놈 찾으면 또 내를 불러라. 진심으로 그
놈을 죽일끼니까. 좋았어, 그럼 슬슬 돌아가자고! 아, 리츠
랑 매제! 선물은 집 우체통에 쑤셔 넣었으니 나중에 확인
해라! 그럼 간다!”

전부 깨진 창문 밖으로 형님이 뛰어내렸다. 여기 비교적

높은데…….

형님이 폭풍 같은 느낌으로 떠나간 이후, 이윽고 이바가 문득 알아차렸다.

“저 녀석, 유리를 전부 깼는데?! 물어내!!”

“그, 그러지 마, 요타로. 쿠레이 씨잖아. 깨뜨려 주신 걸 감사해야지.”

“무슨 사이비 교주냐?! 웃기지 마!!”

그러나 형님이 계신 덕분에 최악의 사태를 막을 수 있었다.

유리창 값 정도는 참으라고 이바에게 말하자, 씁쓸한 표정으로 납득했다.

“좌충우돌하긴 했지만 여기 있는 사람 모두 《오르간》 찾기에 협력하는 거지?”

카야마가 정리했다. 협력을 안 할 생각은 없다. 여러 가지 의미에서 그 《오르간》이라는 녀석에게는 빚이 생겼다. 형님의 말대로 원흉은 결국 그 녀석이기 때문에 나도 한 대 때리고 싶다.

“그럼 나도 이만 가보도록 할까. 사무소에 돌아가서 보스랑 쿠리 씨에게 보고해야 해. 배틀 만화 같은 짓을 한 너희들의 화근은 내가 없는 곳에서 해소해 줘. 나중에 또 보자.”

카야마도 훌쩍 발걸음을 돌리고 떠나갔다. 발소리를 죽이는 기술이 상당히 늘었는지 전혀 소리가 나지 않았다.

카야마도 점점 이쪽 세계로 오는 것은 아닐까, 하는 생각이 들었다.

그렇다면—— 남은 건 우리 넷인가. 뭐, 새삼스레 이러니저러니 뭐라고 말할 생각은 없지만.

"리츠카. 우리도 돌아가자."

"앗. 로우 군, 그렇게 갑자기……."

"등을 살짝 다쳤어. 집에서 치료해 줘."

"앗, 정말이네. 다쳤구나."

"로, 로우시 씨! 치료라면 우리 집에서——."

하구사 씨의 제안을 가로막은 것은 이바였다. 나와 이바의 시선이 교차했다.

하고 싶은 말은 여러 가지 있을 것이다. 전부 들어줄 생각은 없지만.

"사이가와. 역시 난 너에게 다시……."

"파친코에 같이 가면 친구잖아?"

"뭐어? 너, 그건……."

"그럼 우리는 이미 친구야. 이상 해산이다."

그렇게 인정한다고 말한 건 이바였다. 그리고 우리는 전에 파친코에 갔으므로 이 녀석 방식에 의하면 우리는 친구다. 그에 따랐을 뿐이다. 나는 리츠카와 함께 신발을 신었다.

"이봐! ……아아, 젠장! 고맙다!! 앞으로도 잘 부탁해!!"

"나야말로. 나중에 제대로 하구사 씨에게 사과해. 무직이라서 미안하다고."

"알겠어. 하여간 시끄럽긴! 이제 와서 그걸 사과한들 아무것도 안 변하거든!!"

"아니, 변할 걸……."

"힘내, 아키 씨! 다 같이 힘을 합치면 사람은 금방 찾을 수 있으니까!"

"……응, 고마워, 리츠카. 로우시 씨도. 조심히 가."

――메리 크리스마스. 그렇게 말한 뒤, 우리들은 해산했다.

《블레스》를 연구하고 있다고 하는, 《오르간》을 자칭하는 존재. 그 녀석이 무엇을 생각하고 있으며, 또 무엇을 하려는지, 나는 전혀 흥미가 없다. 단지 그 녀석이 리츠카의 뇌 샘플을 갖고 싶어 하고, 이바의 사정을 알고 나서 약을 빌미로 그를 컨트롤하고, 습격하게 만든 장본인이라면.

(뭐, 샅샅이 뒤져서라도 찾을 수밖에 없어.)

이바와 하구사 씨를 위해서. 나와 리츠카를 위해서. 우리 모두의 평온한 미래를 위해서.

"여러 가지 사건이 일어난 파티였지……. 나, 아직 절반 정도밖에 이해 못 했어."

"나중에 전부 설명해 줄게."

"응. 저기, 로우 군."

“응? 손잡을래?”

“──앞으로는 절대로 누군가를 죽이려고 하지 마.”

“…….”

탓하는 게 아니다. 나무라는 것도 아니다. 슬퍼하는 것
도 아니다.

리츠카는 단지 그것을 바랄 뿐이다. 하구사 씨가 이바에
게 그랬듯이.

내가 돌이킬 수 없는 일을 하지 않도록.

“누군가를 위해 싸우는 건…… 그런 게 아니야.”

“……미안해. 두 번 다신 안 그럴게.”

“괜찮아. 이제 말 안 해. 이런 건, 말하는 것 자체가 이상
하니까…….”

나는 리츠카에게 거짓말한 게 되는 걸까?

그때 이바와 나의 살의는 진짜였다. 서로 양보할 수 없
는 것이 있기 때문이다.

죽이고 싶은 것은 아니다. 그러나 그렇게 해야만 할 때
가 올지도 모른다.

어떻게 해도 용서할 수 없는 인간이 앞으로 나타날지도
모른다.

살의란, 지켜야 할 중요한 것이 없으면 생기지 않는다.

나는 갑자기 리츠카를 끌어안았다. 아주 강하게. 하지만 부서지지 않을 정도로.

"저기, 리츠카."

"응? 왜?"

"——돌아가면 할 거야."

"………뭐?!"

《에필로그》

　집에 돌아와서 현관의 불을 켜는 것과 동시에 로우 군이 나의 입술을 막았다.
　언제나처럼 어리광을 부리듯 쪼아대는 상냥한 키스가 아니라, 탐하듯 혀를 비틀어왔다. 뜨겁고 탄력 있고, 날뛰는 듯한 그의 혀가 내 입안을 엉망으로 만들어 갔다.
　혀와 혀가 엉겨 붙었다. 치아도, 볼 안쪽도 닿는 곳마다 로우 군의 혀끝이 닿았다.
　쪼옥, 츄웁, 쪽, 츄압.
　우리들 입에서 나는 물소리가 조용한 집안에 메아리쳤다. 몸을 비틀어도 단단한 로우 군의 손이 나의 뒤통수를 눌러서 놓아주지 않았다.
　등에 둘린 팔은 마치 불타는 밧줄 같았다.
　도망치려는 건 아니지만 그래도 절대로 놓아주지 않을 거라는 걸 알 수 있었다.
　숨쉬기가 힘들다. 호흡이 있어야 키스가 있는 건데. 마치 키스가 주고 호흡은 덤인 것 같았다.
　“웃, ……앗. 기다려, 잠깐, 기다려……! 으음…….”
　말 따윈 원하지 않아. 그렇게 말하는 듯, 입술에 달라붙어 왔다.

1분, 5분, 10분. 좀 더. 시간 같은 건 이제 모르겠고 세는 의미도 없다.

키스가 멈췄을 때, 두 사람의 입술과 입술 사이에 실 같은 다리가 놓여 있었다. 닦아내야 한다는, 그런 당연한 생각은 하지 않는다. 지금은 그런 당연한 게 당연하지 않으니까.

퇴근하고 나서 곧바로 아키 씨의 집으로 향했기 때문에 로우 군은 정장 차림 그대로였다.

남색 롱코트를 현관에 내팽개치고, 검은색 재킷을 내던지고, 마치 쇠사슬을 잡아 뜯듯이 넥타이를 벗었다. 마지막으로 패션 안경을 벗고 어딘가에 던져 버렸다.

로우 군의, 눈에 보이던 이성이, 내팽개쳐지는 감각.

육식동물에게 먹히기 전의 초식동물은 분명 이런 기분일 것이다.

"머, 먼저, 상처를 치료하거나 목욕을……!"

"필요 없어."

단 한 마디로 나의 제안을 전부 걷어찬 로우 군은 침실로 나를 밀어 넣었다. 밀어 넣은 뒤, 넘어뜨렸다. 나는 아직 아무런 준비도 하지 않았는데. 몸도 마음도 아무것도.

그러나 상관없다. 잡아먹힐 동물이 몸을 깨끗하게 할 테니 시간을 달라고 말해도 그런 게 통할 리가 없다. 나에게 남은 일은 어떻게 먹힐지 기다리는 것뿐이니까.

침실은 복도의 불빛만 새어 들어오고 있어서 어두컴컴했다. 팔을 세우고 내 몸을 덮은 그의 표정은 알 수 없었다. 계속 키스를 당해서 눈을 감고 있기 때문이다.

몇 번이고 몇 번이고 격렬한 키스를 당한 탓에 온몸에 열이 전달된 것처럼 전신이 뜨거워졌다. 혈관이 떨리고 피가 끓고 뼈가 삐걱거리고 살이 탔다. 머릿속이 그로만 가득 채워져 갔다. 이성이라는 외딴섬에 조수가 차오르듯…….

"옷…… 벗을, 게……. 스스로……."

인간의 말은 키스 사이에만 허용된다. 나는 그 사실을 그제야 이해했다.

옷 위에서 로우 군이 내 가슴을 만졌다. 브라 때문에 조금 아팠다. 게다가 어차피 전부 벗어야 한다. 그래서 조금 시간을 원했다.

"………."

아무 말도 하지 않고 로우 군은 자기 와이셔츠 단추에 손가락을 가져다 댔다. 하나씩 풀려고 했지만, 이 셔츠는 등에 칼자국이 나서 더 이상 못 입게 되었다는 것을 깨닫고 탁탁 힘으로 전부 뜯어냈다. 마치 쓰레기를 버리듯 그것을 버린 로우 군은 나에게서 떨어졌다.

"빨리."

"응……?"

"이제 못 기다려."

어느새 로우 군은 발가벗고 있었다. 다부진 몸 곳곳에 싸움의 자국이 오래된 흉터로서 남아 있었다. 온몸에서 땀이 났으며, 열이 나는 건지 김 같은 것이 피어올랐다. 등에는 일직선의, 생긴 지 얼마 되지 않은 열상이 보였다. 피는 멈춰 있었으나 바로 치료해야 하는 그 부상은 그에게는 이제 아무래도 상관없었다.

그런 것보다도 빨리 나를 갖고 싶다.

그렇게 말하기라도 하는 듯, 이미 사타구니가 터질 것처럼 부풀어 있었다.

(엄청난, 몸이야……)

상냥하고, 온화하고, 유머러스하고, 누구에게나 사랑받고, 누구보다 사랑하는 이 사람이 이렇게까지 흉포한 것을 지니고 있다는 사실을 새삼 깨달았다.

그는 본래 좀 더 자유롭게…… 여러 여성을 어떻게 해버릴 힘을 가지고 있다.

어떤 동물이라도 그 이빨로 물어뜯어 죽일 수 있는 짐승이…… 나라는 여자에게만 그 이빨을 겨눈다는 현실이 참을 수 없을 만큼 흥분됐다.

"저기…… 음, 읏."

나도 내 전부를 드러냈다. 함께 목욕했을 때, 그에게 전부 보여준 기분이었는데 지금은 그때와는 전혀 다르다. 바깥쪽이 아니라 안쪽까지 요구되고 있기 때문이다.

로우 군은 나를 다시 끌어당겨 입술로 입술을 다물게 했다. 서로 맞닿는 피부와 피부 모두가 달라붙고 빨아들여서 질척질척하게 섞이는 것만 같다. 불타는 것처럼 뜨거운 것은 나, 혹은 로우 군 한 사람만이 아니다. 우리 둘 다 마찬가지였다.

굵고 거친 열 손가락이 내 전신을 만지며 확인했다. 볼이 함께 닿아서 기분이 좋다. 목덜미를 스쳐 지나가서 기분이 좋다. 등을 쓰다듬어 기분이 좋다. 어디를 만져도 상관없고 기분이 좋다. 나 이외의 누군가에게 자신의 모든 걸 허락한 것 같은 기분이었다.

좋아하는 거겠지. 가슴이라든가, 엉덩이라든가, 허벅지라든가. 나에게 붙어 있는 모든 게 좋아서 어쩔 줄 모르니 확인하고 싶은 거겠지.

"괜찮아⋯⋯. 어딜⋯⋯ 만져도⋯⋯."

사랑한다는 감정은 말과 마음만으로도 전부 전할 수 있다고, 그렇게 생각했다.

그러나 조금 다른 모양이다. 전해지긴 하지만 전부는 아니었다.

몸속에 말과 마음이 있으니까. 거기서부터, 말과 마음을 통해서⋯⋯ 사랑이 되는 거다. 그래서 지금 나는 말과 마음으로부터 몸이라는 사랑의 뿌리를 향해 가고 있다.

"저기, 말해줘⋯⋯. 사랑한다고⋯⋯."

하지만 이기적인 나는 몸으로 사랑을 이해할 수 있어도, 마음으로 사랑을 이해할 수 있어도, 역시 말로도 사랑을 이해하고 싶어. 로우 군의 전부를 갖고 싶어.

누구에게도 주고 싶지 않으니까. 나에게만 너의 전부를 줘.

"리츠카. 나——."

아주 조금, 그는 숨을 들이쉬었다. 이제야 제대로 숨을 쉰 것처럼.

"——무서웠어."

그렇게 내 몸을 덮은 로우 군에게서 뚝뚝 뜨거운 것이 떨어져 내렸다.

그 물방울은 내 몸으로 흘러 들어가 땀과 섞여 하나가 되었다.

사랑한다는 말 대신 그는 자신의 마음 전부를 나에게 보여줬다.

"이바는…… 진심이었어. 나를 죽일 힘도 있었어. 어쩌다 보니 그렇게 되지 않았을 뿐."

"응……."

"몇 초 후, 내가 이미 의식이 날아가서 리츠카를 다시 못 본다고 생각했더니 참을 수 없었어. 죽고 싶지 않다고, 그

런 생각을 해본 적은 없었는데. 지금 이렇게 살아서 리츠카와 서로 만질 수 있다는 것이 기적이라고 생각될 정도야. 그러니까 나는…… **약해**."

그가 이렇게까지 솔직하게 자신의 감정을 쏟아낸 적은 여태껏 한 번도 없었다.

약하지 않아. 어떤 적에게도, 어떤 어려움에도, 그 몸 하나로 계속 맞선 로우 군이 약할 리가 없어. 하지만…… 그것은 내가 보고 있는, 내 안의 그겠지.

"약하고, 한심하고, 자신 없는 주제에 오직 운만으로…… 지금 나는 리츠카의 곁에 있어. 이게 꿈이 아니라고, 계속되는 현실이라고 어떻게든 나에게 알려주고 싶어서…… 너를 안는 거야. 그런, 사랑한다는 말은 안 해. 겁쟁이가 그저 다른 사람한테 위로받고 싶을 뿐이니까……."

또다시 물방울이 떨어졌다. 사실은 울보인 사람.

로우 군은 『만약』을 자주 생각한다. 좋은 『만약』이 아닌, 나쁜 『만약』을. 내가 죽는 『만약』과 자신이 죽는 『만약』을 생각해서 현실과 비교하고, 그렇게 됐을지도 모른다는 가능성에 아이처럼 겁을 먹고 만다.

그런 생각하지 마, 라고 말하는 건 쉽다. 그러나 생각해 버리기 때문에 우는 것이다.

그렇다면 내가 할 수 있는 일은 몇 개 없다.

"약해도, 한심해도, 기적이었대도——."

그의 등에 팔을 둘렀다. 맞닿은 그곳을 손끝으로 더듬었다. 붉디붉은, 생긴 지 얼마 되지 않은 그 상처를 도려내듯 손톱을 세웠다. 날카로운 통증에 로우 군의 몸이 움찔하고 반응했다.

"아프지? 당연해. 그야 로우 군은 **여기 있으니까.**"

"……리츠카."

"나도 **분명 아플 거야.** 하지만 그게 살아 있다는 증거라면——."

남은 눈물을 혀로 핥아서 가볍게 키스했다. 전혀 다른 맛이 났다.

"——둘이 함께 확인해 나가고 싶어."

"……앗!"

로우 군이 나를 다시 껴안았다. 누구보다도 강하고 무엇보다도 상냥하게.

"리츠카. 사랑해."

"나도 사랑해."

또 그의 상처를 건드렸다. 이건 분명 멍이 들 것이다.

그러나 멍은 그곳에 있다는 증거다.

상처받는 것은 아프다. 아픈 것은 무섭다.

하지만—— 지금 여기 살아 있다는 증거가 된다.

그래서 더 이상 무섭지 않다.

　따로따로 떨어진 몸과 마음이 겨우 겹친다. 말에 감싸여 하나가 된다.
　우리는 살아 있다. 살아 있으며, 살아간다.
　앞으로도 계속, 사라지지 않도록.
　분명 언젠가 사라질 그날까지.
　그것에 겁먹고 울어버리는, 작은 우리이기 때문에.
　몇 번이고 몇 번이고, 당연한 것처럼 우리는 서로 전하는 것이다.
　사랑해, 라고.

It's so sweet when
I marry my organization's nemesis.

《후기》

처음 뵙겠습니다. 우조 토시미치라고 합니다. 이번 후기는 페이지를 줄여서 전합니다.

본 작품은 제 안에서 통산 12권째가 되는 작품입니다. 1권 완결 예정인 작품이 3권까지 나온다는 것에 놀라움이나 기쁨을 느끼고 있습니다만 아마 4권도 나옵니다. 신기한 이야기네요…….

그 결과, 3권까지 오다 보니 본래 쓸 일이 없었던 부분을 쓰게 되었습니다. 켄고나 카야마, 요시노의 그 이후 이야기나, 1권에서 쓰고 싶었던 이번 권의 새로운 캐릭터 등이 이에 해당합니다. 제가 만든 세계가 이렇게까지 넓어진 것은 여러분의 응원 덕분입니다. 조금이라도 즐겨 주셨으면 합니다.

마지막으로는 감사 인사를 전하고자 합니다. 항상 돌봐 주시는 아난 편집장님과 담당 편집자 타바타 씨, 매번 멋진 일러스트를 완성해 주시는 하야시 케이 선생님, 본 작품을 미리 읽어준 친구들, 무엇보다 끝까지 읽어주신 독자 여러분께 이 자리를 빌려 감사의 말씀을 드립니다.

아마 공지가 있을 것 같습니다만, 본 작품의 코미컬라이즈가 2024년 11월부터 시작됩니다. 작화를 담당하신 시메

선생님이 원작 이상으로 재미있게 만들어 주고 계시므로
아무쪼록 잘 부탁드립니다.
　여기까지 읽어주셔서 정말 감사합니다. 기회가 된다면
또 읽어주세요.

　　　　　　　　　　　　　　　　우조 토시미치

SOSHIKI NO SHUKUTEKI TO KEKKON SHITARA MECHA AMAI Vol.3
©Toshimichi Uzo 2024
Edited by 전격 문고
First published in Japan in 2024 by KADOKAWA CORPORATION, Tokyo.
Korean translation rights arranged with KADOKAWA CORPORATION, Tokyo.

조직의 숙적과 결혼했더니 엄청나게 달다 3

2025년 10월 15일 1판 1쇄 발행

저   자 우조 토시미치
일 러 스 트 하야시 케이
옮 긴 이 이해빈
발 행 인 유재옥
이   사 조병권
편 집 2 팀 정영길 박치우 조찬희
편 집 3 팀 오준영 권진영 이소의 정지원
디자인랩팀 김보라 전세연
디지털사업팀 김지연 윤희진 장혜원
라이츠사업팀 김정미 유아현 이지현
영업마케팅팀 최원석 윤아림
물 류 팀 백철기
경영지원팀 최정연
인쇄제작처 ㈜코리아피엔피
발 행 처 ㈜소미미디어
등   록 제2015-000008호
주   소 서울시 마포구 토정로222, 502호 (신수동, 한국출판콘텐츠센터)
판매 및 마케팅 (070) 8822-2301

ISBN 979-11-384-8813-6
ISBN 979-11-384-8683-5 (세트)